「魔王の俺の肉槍に穿たれて、気持ちよくなりたい?……真昼」
魅惑的な魔王の声が、私のほんのわずかに残っていた理性を搦め取っていく。
捕食されるときの小動物ってきっとこんな気分なんだろうな。

魔王になった幼馴染みとは子作りできません！

藍杜 雫

Illustrator もぎたて林檎

Jewel
ジュエルブックス

目次

contents

※本作品の内容はすべてフィクションです。
実在の人物・団体・事件などには一切関係ありません。

プロローグ　告白はタイミングが命です

「真昼《マヒル》、実はずっと話そうと思っていたことがあるんだ」

幼馴染《おさななじ》みの月読《ツクヨミ》から言われた瞬間、私は「来た！」と思った。

――子作りの話よね、もちろん。

「な、なに……話って……」

形ばかり問い返しながらも心のなかでは祝福の鐘《かね》が鳴っていた。

やっと待ち望んでいた展開が来たのねなんて考えて、ともすれば頬《ほお》が緩《ゆる》んでしまう。

朝、登校してきてすぐ。昇降口の壁際で手をつかれている、いわゆる壁ドン状態。

本で読んで知っていたけど、眼鏡をかけた顔を近づけられるとドキドキする。

月読ってば真剣な顔をすると、かっこいいんだから――どうしよう。

ついに私も月読と『おつきあい』しちゃうのかな。処女を失って、人妻になっちゃうわけよね。子作りするってことは。

眼鏡の奥から熱っぽい視線を向けられると、鼓動《こどう》が高鳴って頬が熱い。たぶん私の顔は真っ赤になっているんだろうな。

ほかの生徒が登校してくるときに「ひゅーひゅーおふたりさん、朝から熱いねぇ」なんて冷やかしてくるのは、ひとまず無視。朝のこの時間に、昇降口でする話ではないと思うけど、ずっと話をするタイミングを待っていたから、拒絶《きょぜつ》するという選択肢は私にはなかった。

「こ、子作りの話ならもちろん、いいわよ？　私だって月読とって思っていたし……でもいまこの場所で話すのはちょっと、ね――？」

もうすこし雰囲気がいい場所を選んで欲しかったな。

なんて思うのはぜいたくだろうか。だってこれから試験があるし、みんなに見られてるし。ま、まぁいいんだけど？　月読のことだから、そこまで気が回らなかったのかもしれないし、幼馴染みの私としては大目に見てあげないこともないんだけど？

月読の黒髪がさらりと流れるのがかっこよくて、思わず見蕩《みと》れてしまうから許してあげるわけじゃないんだからね!?

なんてドキドキしている私に、月読が口を開く。

「真昼、『子作り』ってなんの話？　そうじゃなくて僕、追試なんだ！　真昼、一生のお願い。魔法歴史のノートを見せて！」

「は？　え……って追試!?」

拝み倒すように手を合わせて頭を下げられ、私は一瞬なにを言われたのかわからなかった。

「僕、今度こそ落第するかもしれない――だから、さ。真昼おねーさま、お願い！」

あわあわと言い訳しながら頭を下げる月読は、いつものほほん眼鏡の月読で、さっきかっこいいなんて思って、きゅんとさせられた私のときめきを返せと言いたい。

私は震える拳を握りしめて叫んだ。

「月読のバカー‼　何回、追試を食らったら気がすむのよー‼」

‡　‡　‡

私の名前は真昼・ナナカマド。学兵です。

学兵ってなにかというと、まだ修学中の身でありながら、戦争に出撃する兵士のことです。

白砂《はくさ》王立第一《おうりつだいいち》魔《ま》法学校《ほうがっこう》、高等部二年生。

追試だからノートを見せてって言ってきた黒髪眼鏡の少年は幼馴染みの月読・フユモリ。

同じく白砂王立第一魔法学校に通う普通の高等部二年生。

私も月読も一応超常現象たる魔法が使える——いわゆる魔法使いだったりします。

白砂王国には昔からすこしばかり、この超常現象たる魔法を使える人がいました。

これでも私は、魔法学校では一応、優等生で通っていたんですよ？

戦争がはじまるまでは……ですけど。

私の目標は魔導士の資格を取って就職すること。あ、もちろん結婚して素敵な旦那さまが欲しいとかそういうのもありますが、まずは安定した生活が一番ですものね！

魔法学校での成績は二百人中常に十番以内をキープ。

先生の面倒な用事も断らず、内申もバッチリです！

国立魔法大学への推薦《すいせん》も間違いないし、目指せ、公務員――白砂王国魔法省！　だったんだけど……。

その順風満帆《じゅんぷうまんぱん》の人生を邁進《まいしん》していたところで、戦争ですよ。

樹海魔族《じゅかいまぞく》が攻めてきたのです。魔法歴史や魔法情報学で勉強するだけじゃなくて、本物の樹海魔族をこの目で見る日がくるなんて――正直、思ってもみませんでした。

魔王復活⁉　なにそれって感じです。

けれども樹海魔族との戦いのために、あっという間に全魔法使いが召集され、その数が足りないとなると、今度は魔法学校の生徒も学兵として戦争に投入されることになりました。

いま、試験を受けに行こうかという瞬間にも、出撃要請のサイレンが鳴ったらと思うと気が気じゃありません。

え？　戦争ってなんで突然？

私の生活は一変し、学校でいい成績をとるより、もっと難しい問題が迫ってきました。

――私も月読も、この戦争で、最後まで生き残れるのかな？

第一章　出撃待機は嵐の前の静けさ

「だーかーらー、昇降口でいきなりお願いしたのは悪かったたってば、真昼」

「あたりまえでしょう⁉　今度やったら、もう二度とノートを見せてあげないからね⁉」

ツンと鼻を上向けると、目の端で月読がしゅんと意気消沈したのが見えた。

まるで叱られた犬がぺたんと耳を垂れたみたい。月読のこういうところはかわいいと思うし、嫌いじゃないけど、なんだか私が強く言いすぎたみたいでちょっとバツが悪い。

でもね、あんなふうに腕に囲いこまれて間近で真剣な顔をするなんて――。もっとときめく話をされるんじゃないかって期待して当然でしょう？

私だけが悪いわけじゃないと思う。思うんだけど……。

「真昼ぅ――ごめんってば」

情けない声で謝られながら制服の端を摑《つか》まれると、弱い。

上目遣いに潤《うる》んだ瞳を向けてくる月読ってば、庇護欲《ひごよく》をそそるかわいさなんだもの。怒ってる自分がすごくいじわるに思えてくるんだ。

うぅ……この卑怯《ひきょう》ものめぇぇぇっ！

「しょ、しょうがないなぁ……月読ってば、いっつも人をあてにして――私がいないとダメなんだから！」

ノートを見せてあげるから感謝しなさいよね！　って腕を組んでお姉さんぶる私に、月読はぱっと垂れていた耳を立てて、しっぽを振った。じゃなくて、表情を一変させて喜んだ。

「うん、真昼。ありがとう！　やっぱり真昼は頼りになるよね！」

眼鏡の奥で目を細めてうれしそうに言われると、私だって無下《むげ》にはできない。

――あーあ……子作りの話はまた今度かなぁ……。

ため息を吐きながらも、私は月読のために自習室の予約をとってやった。

毎回落第すれすれの月読が、ノートを見せるだけで追試を乗り切れるとは思えない。私が勉強を教えてあげないとね！

なんだかんだ言って、月読の面倒を見てあげるのは嫌いじゃないのだ。まぁ、真昼おねーさまに任せなさい！　なんてちょっといい気になっているところに、キンコーンカーンと予鈴の音が鳴った。

「真昼ー！　急がないと試験が始まっちゃうよ！」

月読に急かされて、私は慌てて魔法実技演習棟へと駆け出す。

胸元の臙脂《えんじ》の飾り紐《ひも》を揺らし、制服の短いスカートが翻《ひるがえ》る。

襟《えり》やボタン留めに金の雲流《うんりゅう》が意匠《いしょう》されている制服は、魔法学校の生徒である証し。

男子は白地に浅葱《あさぎ》色と濃紺色、女子は白地に萌葱《もえぎ》色と臙脂色がところどころにあしらってあり、凛々《りり》しさと清潔感が漂う。腰の飾りについたリボンが揺れるのもくすぐったい。

魔法学校の制服は子どものころからの憧れだったから、入学が決まったときはうれしくて、できたばかりの制服を着て、隣の月読の家まで見せに行ったっけ。懐かしい。

金の雲流は白砂王立第一魔法学校の校章で、校舎のあちこちに浮き彫りや盾の形で見ることができる。実は魔力を秘めた図形で、校舎を防御しているらしい。

同じように制服自体にも防御魔法が施《ほどこ》され、魔法攻撃に対して生徒の肉体を守る機能を備えているのだとか。

私が住むここ——白砂王国は白砂大陸中心部に位置する豊かな国だ。

高い山脈から絶え間なく流れる水に肥沃《ひよく》な土地は、誰の目から見ても魅力的なのだろう。

その昔、白砂大陸に棲《す》んでいたヒト族は危機に瀕《ひん》していた。

魔王が率いる樹海魔族に襲われ、人間が次から次へと殺されたのだ。

異形の姿をした樹海魔族は強い魔法能力を持っていて、普通の武器では歯が立たない。そんな樹海魔族と闘う兵士を養成するために魔法学校が創設された。

私が通う白砂王立第一魔法学校は、国内でも最初に創設された由緒《ゆいしょ》正しき魔法学校なのだ。エッヘン。

もっとも古いのは校舎ばかりで、通う生徒のほうは伝統なんて大して気にしてないのが実情だけどね。

「おはよう、真昼。相変わらず旦那といっしょに登校とは……朝から見せつけてくれるわね」

廊下を歩いているうちに、寮で同室のユカリに追いつかれていた。

「ほんとほんと。試験なのにイチャつかれてても困るわぁ」

同じく友だちのマサゴがひやかすように相槌を打つ。まったくもう……ふたりとも私と月読をからかうのを毎日の楽しみにしてるところがあって、ときどき困る。

「誰が旦那よ！　いいじゃない別に……幼馴染みなんだから……」

頬が熱いのをもてあますように、もごもごと苦しい言い訳をする。さっきも子作りの話をし損ねたばかりで、私の心のデリケートなところなんだから、友だちならすこしぐらい気遣ってよね⁉　なんて、ユカリとマサゴを軽く睨《にら》みつけていると、空気を読まない人がひとり。

「あ、僕は別に構わないよ。旦那で」

ちょっ……天然んんんっ！　月読ってば、なにを言っちゃってるの⁉

にこにこと邪気《じゃき》のない笑顔をしている月読は、言葉の意味をわかっているのだろうか……。

正直、先が思いやられる。はぁ……。

だって、私と月読はただの幼馴染みで、まだつきあってもいないんだよ？

子作りまでの道のりは遠い……。

本当に、こののほほん眼鏡を見ていると、戦争で生き残れるのか、不安になるくらいなんだよね。

かつて異形《いぎょう》の樹海魔族を率いた魔王に襲われ、ヒト族は絶滅の危機に瀕した。

魔王は六枚の黒い翼《つばさ》を持つ有翼ヒト型の異形で、天空を自在に飛び回り、ほかに類を見ないほど広範囲に影響する魔法を行使できたという。

けれどもいまの白砂王族のご先祖が立ちあがり、死力を尽くして魔王を倒したのだ。

もちろん、これは過去の魔王の話。

白砂王族が国を拓《ひら》いた千年以上も昔の話。

——で終われたら、どんなにめでたいことか。

魔王はなんと、白砂王族に倒されるときに、『ヨミガエリ』の秘術を施したのだという。

『俺は何度でもよみがえる。よみがえってこの地に君臨し、白砂王族を、この地に住むものを皆滅ぼしてやる——！』

初代魔王は死ぬ直前にそんな呪《のろ》いのような言葉を残した。

事実、過去に五度、魔王はよみがえった。

だからなのだろう。戦争が始まって以来、魔王が復活するかもしれないという噂《うわさ》が、白砂王国のなかではまことしやかに流れていたのだった。

ちょっと、どこの誰が流した噂か知らないけど、やめてよね⁉

魔王なんてお目にかかりたいわけがないじゃない！　ぶるぶる……想像しただけで体が震えちゃう。

そんな魔族の襲来や魔王復活に脅《おび》える戦下であっても、魔法学校は、いま試験期間中。

しかも今日の試験は私が苦手な魔法実技だ。

魔法実技演習棟という、結界《けっかい》に守られて、室内で魔法を使っても外に影響がない特殊な建物で行われる。

その魔法実技演習棟の演習室の中心に立ち、

「……できるできる。私はできるんだから」

そんな自己暗示で集中力を高めると、まずは炎を生みだそうと手甲《てっこう》を嵌《は》めた右手を振りかざした。

濃赤の魔法石がついた手甲は攻撃魔法を使いやすくするためのもので、手首を保護するサポーターによく似ている。普段は身につけていないが、私のように精霊《せいれい》魔法が苦手なものには、試験での使用が許可されていた。

「我は願う。炎の精霊よ、灯明《とうみょう》となりて現れたまえ」

呪文を唱えると、私の目の前に爪の先に灯すような炎が現れ、だんだんと大きくなる。

たいまつの炎くらいまで大きくなったところで、教官が「よし」と合格を告げた。

生活する上で使うことが多い炎の魔法は、まだ馴染みがあるから、精霊魔法のなかではマシなほうだ。

はっきり言って、炎を出すとか雷を打つとか、精霊魔法の攻撃魔法、苦手なんだよね……。

ひとまずほっと胸を撫で下ろしながら、次の防御障壁《ぼうぎょしょうへき》の呪文を口にする。

「我は願う。一重二重に我を守り給え……加護《かご》障壁」

これは攻撃魔法ではないし、まだ得意な魔法だった。

ピィンッと薄いガラスを弾いたような澄んだ音がして、魔法が成立する。

すると私が自分の周りに作った障壁に向かって、教官が炎を繰り出した。

「きゃああっ⁉」

ちょっ、待っ……ぶ、ぶつかる……！

私が作った炎とは比べものにならない、まるで小さな炎の龍《りゅう》だ。口を開けて、うねるように炎の龍が襲ってくるなんて。怖い！　殺される！

怯《ひる》んで逃げ出したかったけれど、足がすくんで動けなかった。やられる――そう思って目を閉じたところで、バシン、と大きな音を立てて炎の龍が障壁に衝突した。

あ、よ、よかった……。ほかの人たちが試験を受けているときに何度も聞こえていた『バシン』という音はこれかと納得する。

私の弱腰とは反対に、障壁は炎の龍を完全に退《しりぞ》けてくれた。

えらい！　自分で張っておいてなんだけど！

助かったとばかりに肩の力を抜いたところで、先生から無情な宣告がくだされた。

「防御障壁はよし。炎もいいが……真昼・ナナカマド。雷と礫《つぶて》は限りなく不可に近い可だな」

「う……そ、そんなぁ……！」

わ、私の成績がぁ‼

よろれりと倒《こ》けつ転びつ、私は演習室から出ていった。

黒髪を留める桜花の髪飾りが、慰《なぐさ》めるかのようにしゃらりと音を立てるけど、ショックなことには変わりない。

うぅぅ……『優』とまでは言わないけど、せめて『良』が欲しかったよぉぉぉ。

雷の魔法はなかなか安定せず、小さな光を生みだすのにも苦労したし、礫飛ばしなんて踏み固められた土床がわずかに盛りあがったのが、人差し指くらい飛んだだけ。

そんなありさまでは確かに『限りなく不可に近い可』だって、お情けでもらったに違いない。でもこれまで優等生で通っていた私は、『限りなく不可に近い可』なんてとったことがなくて、しおしおとうなだれるしかなかった。

——これも全部戦争のせいだぁぁ……滅びろ、戦争！

心のなかで悪態を吐いたところで、評価が変わるわけはない。

戦争がはじまり、攻撃魔法の実技評価が重視されるようになったせいで、このところ私の成績は下降気味だ。努力して維持してきた成績がぁぁぁ！

泣きたい。泣いてもどうにもならないのはわかっているけど。

「はぁぁ……だから魔法実技なんて嫌いなのよ……」

入れ違いで試験に向かった月読はどうしただろう？

ひとしきり頭を抱えたあとでふと思い出した瞬間、ズガンとものすごい音を響かせて、魔法実習棟の建物が大きく揺れた。

「うわぁ……こ、これ……つ、月読かなぁ……」

魔法実技演習棟の結界を揺るがすほどの魔法が、なかで使われたに違いない。

「あいかわらず……攻撃魔法だけは得意なんだから」

それがどうしてあんなにペーパーテストは苦手なのかなぁ。

私だって攻撃魔法が苦手だから、あまり人のことは言えないんだけど。

生まれもっての素養《そよう》が必要な攻撃魔法と比べると、ペーパーテストなんて努力次第でもうすこしどうにかなる気がしてしまう。

——まぁ、最近では攻撃魔法ができるからこその問題もあるんだけど……。

ふぅっとため息を吐いたところで演習室の扉が開き、黒髪眼鏡の少年が顔をのぞかせた。

「真昼、待っててくれたんだ？」

「と、当然でしょう？　勉強を教えてあげるって言ったじゃない……」

しっぽを振って駆け寄ってくる月読に、私はすこしばかり唇を尖《とが》らせながら答える。

どうにか試験の及第点《きゅうだいてん》がとれた私は、もちろん先に自習室に行っていてもよかったのだけれど、万が一月読が忘れていたらまずいと思って待っていてあげたのだ。

「うんっ……真昼、お願いっ！　魔法歴史、真昼は得意だもんね……真昼に教えてもらえれば百人力だよ！」

月読に手を合わせて頭を下げられると、まぁ悪い気はしない。

「まったくもう……月読ってば……」

かわいいけど、ずるい。朝だって、私が子作りのことかと誤解したのは無視だったくせに、こういうときだけは調子いいんだから。半《なか》ば呆《あき》れつつも、お願いされるのにつん、と鼻を横向けて、偉そうに腕を組んで恩着せがましく言う。

「教えてあげてもいいけど、これは貸しだからね？　あとで代わりに私のお願いも聞いてよね？」

別に月読のお願いを聞くのはいいんだけど、一方的に聞いてばかりというのは癪《しゃく》だもの。

——幼馴染みだとしても、指導料を請求するのは当然です！

ちらりと黒髪眼鏡の少年の反応をうかがうと、忠犬もとい月読は見えないしっぽを振りながら、即答した。

「もちろんだよ！　パフェを奢《おご》るのでも遊びに行くのでも、真昼のお願い、なんでも聞くから！」

それが私にとっての願いだと信じ切っているかのようにいきおいよく言われて、ちょっとだけ私の笑顔が固まった。パフェも遊びに行くのも嫌いじゃないけど、そうじゃなくて。

——子作りだってば！

そう言いたい。でも私だけがそんなことを考えてるのかと思うと言えない。がっくりとうなだれると、月読は私が苦手な攻撃魔法を使ったせいで疲れているのだと誤解したらしい。

「真昼、大丈夫？　勉強を教えてくれるくらいの、余力はあるよね……あ、そうだ。さっそくパフェ食べに行こうよ。きっと元気になるよ……ほら」

「うーん……勉強にパフェ……」

一瞬、どうしようかなぁと思ったけれど、月読に手を摑まれて、引っ張り起こされると、まぁいいかという気になった。我ながら現金だ。

月読の面倒を見てあげないと思いながらも、月読に甘やかされると口元が緩《ゆる》んでしまう。

「学食、もう開いているかな？　きなこ黒蜜《くろみつ》パフェ食べたい！」

子どものころからの癖《くせ》で月読の服の端を摑みながら、心を決めた。

戦争がはじまって嗜好品《しこうひん》は贅沢品《ぜいたくひん》になりつつあるが、いまのところ、被害はごく一部で、白砂王国の主な食料生産地はまだ普通に動いている。特に兵舎と魔法学校には、士気に関わるからと砂糖なども優先的に回ってきていた。命を賭《か》けて戦っているささやかな代償《だいしょう》だ。

パフェを食べに行こうとしたところで、後ろから先生の声がかかった。

「学食に行くのはいいが、月読・フユモリ。おまえは魔法歴史だけじゃなく、魔法情報学も追試だぞ。ちゃんと勉強しておけよ」

「ええっ、二科目も⁉　うわぁ……真昼、ごめん。魔法情報学も教えてくれる……よね？」

さすがにショックを受けた様子で私に頼みこむ月読の顔はかわいらしい。

その顔は弱いんだってば！

頰が熱くなり、一瞬言葉に詰まった。本当に月読ってば、こういうときだけは調子いいんだから！

半ば呆れつつも、お願いされるのに悪い気はしない。ツンと鼻を上向け、偉そうに腕を組んだ私は恩着せがましく言う。

「し、しょうがないなぁ。もぅ……本当に月読は私がいないとダメなんだから」

「うん、真昼のことは頼りにしてるよ」

かわいい眼鏡少年からかけられる甘えた声。

うん、まぁ……いいか。私も月読に用があるし、朝、追試で勉強見てあげるために自習室をとっておいたしね！

実を言うと、月読は子どものころからかわいらしくて華奢《きゃしゃ》だったから、私はずっと女の子だと思っていた。子ども心になんとなく守ってあげなくちゃと思っていたせいで、いまも保護者めいた意識が残っているのかもしれない。

三つ子の魂《たましい》百まで――そんな昔ながらのことわざが頭に浮かぶ。月読と会ったのは五歳のときだけれど、小さいころからの刷《す》りこみというのは、簡単に消えないのだろう。

「まぁ、真昼おねーさまに任せておきなさい！」

私はついさっきまで魔法実技の評価に落ちこんでいたことなど忘れて、自慢げに胸を張って答えた。

それはいつものやりとり。

変わらない幼馴染みの関係。

そんな日々がずっと続くのだと、そのときの私は信じていたのだった。

‡　‡　‡

魔法実技演習棟をあとに、学校食堂にやってきた私は、メニューを見て目を輝かせた。

「やったぁ！　きなこ黒蜜パフェが残ってる！」

急ぎトレイを手にして、うきうきとデザートを注文する。

「うーん、おいしい！　五臓六腑《ごぞうろっぷ》に染みわたる甘さ！」

わらび餅《もち》に滑らかなきなこをふりかけ、たっぷりの黒蜜がとろりとかかっている。もちろんミルクアイスも添えられて。

一口食べただけで、耳の裏が痛い〜おいしい〜。

さっきまで緊張していた頬が思わず緩んだ。

王都の貴族御用達の店ならば、もっと洗練されたお菓子が人気だろうが、ここは学校だ。見た目がこってり甘そうなものが、ともかく人気がある。魔法を使うと特に精神の力を消耗《しょうもう》するらしく、甘味は人気が高かった。

「あ、月読。抹茶《まっちゃ》パフェのアイス、すこしちょうだい！」

そういうと、月読が最初の一口を食べるか否かといったわずかな隙《すき》に、抹茶アイスを奪う。

私は新作をひととおり食べるほうだけれど、月読は抹茶のお菓子が好きで、抹茶ものしか食べない主義なのだ。といっても、よくいっしょにいて、幼馴染みが食べるものは分けてもらっているから、私も自然と抹茶商品には詳しくなってしまっていた。

学校食堂の抹茶パフェは白玉の上にあんこと抹茶アイスが載っている。これで蜜がかかっていれば、むしろ白玉あんみつというべきなのだろうが、抹茶パフェ。学食ならではのチートさも悪くないと私は思う。

「真昼。僕がいいって言う前に食べてるじゃないか！　お返しに真昼のミルクアイスも、もらうからね」

断固とした口調で言って、月読はきなこ黒蜜パフェにスプーンを持った手を伸ばす。

そうやってお互い、自分のだけではなく、相手が注文したパフェも味わっているところに、聞き慣れた声が響いた。

「ひゅうひゅう～おふたりさん、どこでいちゃついてるの～目の毒だよ～？」

「彼氏彼女、公衆の面前では控《ひか》えてね～」

クラスメイトのユカリとマサゴだった。ふたりともやっぱり試験のあとは甘味が欲しくなったのだろう。抹茶パフェと白玉ぜんざいをトレイに載せている。

月読と真昼の席の前に着くと、にやにやと思わせぶりな表情で、話を続けた。

「あんたたち、あいかわらず仲がいいのね～。いくら幼馴染みっていっても、この年でそんなこと、普通はしないわよ」

「ほんとほんと。どちらかというと家族みたいだけど……」

ふたりとも、私がしょっちゅう月読の面倒を見ているのを知っているから、どこか呆れたふうでもある。

でも友だち同士だって、違う種類の甘味を頼んで、一口ずつ融通《ゆうずう》くらいするじゃない。

そう思ったけれど口にしなかった。いろんな意味で藪蛇《やぶへび》な気がする……月読だけじゃなく、ふたりからもとられたらミルクアイスが減ってしまうし、口がむずむずするけど、我慢我慢。

「あーもしお姉さんがいたら、きっと真昼みたいな感じかなぁって、僕もしょっちゅう思ってるけど」

思ってるのか！　ちょっと、月読。それはアウトだってば。

いまから、「私と子作りしない？」って誘おうと思ってるのに、まさかのお姉さんだと思う発言。正直、ショックが隠せない。

すると、私の顔色が変わったのに気づいたのだろう。ユカリがフォローなのかそうじゃないのか、よくわからないことを言う。

「あ、でも。パフェを交換するときに『あーん』って食べさせてあげればいいんじゃない？　そうしたら姉弟には見えないかも！」

「なんで本当に姉弟じゃないのに、わざわざ『あーん』なんてして、食べさせなきゃいけないのよ？」

子どものころならともかく、高校生のいま、しかも学食でそんなことをするわけないじゃない！　そう思って、ユカリを睨みつけたのに、空気を読まない人がひとり。

「じゃあ、はい。真昼、あーん」

月読はのんびりした口調で言って、そばぽうろにあんこと抹茶アイスを綺麗に載せたスプーンを差しだした。

食べかけとは思えない綺麗な盛りつけ！　しかも三枚しかついてないそばぼうろをつけてくれるなんて、月読ったら太っ腹なんだから！　なんてほうに思考が流れて……負けた。

敵の思うつぼだったと我に返る前にパクついてしまっていた。ああああああ。

「……ちょ……フユモリ君ってば」

「うわぁ……ここまでどうどうといちゃつくか……」

ユカリとマサゴの呆れた声をよそに、私の舌は存分に甘味を味わっていた。

我ながら意地汚さすぎる……。

「おいしい、真昼？」

無言で咀嚼《そしゃく》する私を、月読がちょっと小首を傾げて、上目遣いにのぞきこんでくる。

その仕種がまたかわいらしくて、苦情の言葉が引っこんでいた。

「ま、まぁまぁね。おいしくないこともないわよ」

かわいくない言い方だけど、目の前で友だちにニヤニヤと冷やかしスタンバイされている状況で、素直にデレられるわけがない。

必死に澄《す》ました顔を取り繕《つくろ》っていると、月読がさらに必死な顔で頼みこんできた。

「賄賂《わいろ》だからね？　ちゃんと追試に受かるように勉強を教えてくれるよね？」

うぅっ。か、かわいいやつめ！　男のくせに、眼鏡の奥で黒い瞳をうるうるさせてお願いなんて卑怯じゃない……陥落《かんらく》させられるに決まってるでしょう！

「も、もちろんよ。食べ終わったら、自習室に行って、みっちりやるからね！」

もとよりそのつもりだ。うん、理性理性。

月読ってば変に甘え上手だから侮《あなど》れない。思わず、なんでも言うことを聞いてあげたくなっちゃう。

「あれ、自習室は個室だから、子作りするんじゃないのぉ?」

「え、〝コヅクリ〟……?」

マサゴが落とした爆弾は聞かなかったことにして、私は月読からそっと視線を逸《そ》らした。

‡　‡　‡

初夏のいま、厚い石壁は外気の熱を遮《さえぎ》り、廊下《ろうか》はひんやりと心地よい。

こうしてのんびりと歩いていると、平和そのもの。

つかの間の平和をしみじみと感じながら、天井が高い廊下を通り抜け、図書館塔への渡り廊下を抜けると、予約しておいた自習室に転がりこんだ。

月読とふたり、暗い部屋に入ったとたん、魔法学校というのは名前だけではないと実感する。

校舎の部屋はどれも、なかに入った生徒の魔法力に感応して、灯りが自動的に点くのだ。

魔法学校の中心に埋まっている、〝根《ね》の石《いし》〟と呼ばれる巨大な魔法石のおかげらしい。学校全体の防御結界や夜になると明かりを自然に灯す魔力の源《みなもと》だ。

「何回見ても不思議よね……白砂王宮もこんなふうに、魔法で灯りがつくのかな?」

「王族が住んでいるところは、そうらしいよ。見たことはないけど」

私も月読も一応末端貴族の一員だ。といっても本当に末端も末端だから、王宮に招かれるようなことはない。

一般庶民とそんなに変わらない生活をしているなかで、違いがあるとすれば、それは魔法が使えるということだった。魔法使いは貴族の血筋から出ることが圧倒的に多いせいだ。

「魔法歴史と魔法情報学か……先に追試がくるのは魔法歴史だよね？」

机の上に鞄《かばん》の中身を広げた私が、なにから始めようか迷ってノートを手に尋ねると、月読がうなずいた。

「うん、そう——はぁ……真昼は魔法歴史も魔法情報学もたいてい満点だもんね……真昼ができることは、僕はできなくてもいいんだけどなぁ」

ため息を吐きながら月読は机の上に突っぷした。

「そういうこと言わないの。確かに就職すれば専門に振り分けられるだろうし、最終的には不得意分野は関係なくなるかもしれないけど……いまは魔法学校の生徒で、試験勉強中なの。しょうがないでしょ」

私だって攻撃魔法は得意じゃないのに、魔法具を使ってまで試験を受けているんだから。むしろ、素養がないのにやらされている分、ペーパーテストよりひどいと思う。まったく全部、戦争のせいだ……。

心のなかでため息を吐きながら、隣に座る月読に教科書を広げさせた。

「じゃあ白砂王国の歴史からね。ほら月読、頑張って」

「はーい」

返事だけはまともにするけれど、月読は教科書の挿絵を見てすぐ、退屈そうに頬杖をつく。

「こんなオオムカデなんて、本当にいるのかなぁ……大軍で大海を一気に渡ってこられたなんて、まるでピンとこないよ」

「異形の魔族のなかでも、オオムカデは大きさが桁違《けたちが》いだものね……昔の記述が正しいかどうかは、もう検証しようがないし……まぁ魔王の話だってだいぶ怪しそうだけど」

樹海魔族には様々な種類があり、オオムカデのような巨大な魔族は数が少ない。またその体の大小が必ずしも強さと比例するわけでもない。

小型でもヒト型に近い魔族は高位魔族といわれ、ステータス値が段違いに高いのだ。

いまのところ戦場でお目にかかったことはないけれど、できればこのまま知らずに一生過ごしたい——心の奥底からそう願っている。くわばらくわばら。

その高位魔族のなかの高位魔族——それが魔王だ。

六枚の黒い翼を持つ有翼ヒト型の異形。手にした大鎌を一閃《いっせん》させると天変地異が起こり、白砂大陸中を恐怖に陥《おとしい》れたという話。ハイスペック魔族、怖ろしい。

伝説を信じたとすると、ちょっと想像を絶する能力を持っていたらしい。

魔王たったひとりで、一個大隊を全滅させてしまったなんて、どれだけチート能力なんだ！

はっきり言って、想像がつかない。

あ、チートというのはステータス魔法の隠語で、「ありえないほど強い」とか「物語の主人公が持つにしても都合よすぎる」という意味なんだって。

魔王はそのチート能力の塊《かたまり》のような存在で、地・水・風・火の精霊魔法を高位魔族クラスに使えるだけではなく、大鎌を振るい、物理攻撃をする部隊を一閃で葬《ほうむ》ったとか。しかも、使い手が非常に稀《まれ》な、時空に関わる天魔《てんま》魔法まで使うことができたらしい。

普通は精霊魔法ひとつとっても、高位魔族クラスの魔法を使うなら、火だけとか水だけというように、得意な魔法が限定されるのに、得物も使い、どの魔法もチートクラスというのはどうなのよ⁉

しかも使い手がレアだとされている天魔魔法使い。

どんな能力なのか想像もつかないけれど、お目にかかりたいわけがない。

こういう精霊魔法とは直接関係がない魔法は、特異《とくい》魔法と呼ばれているのだけれど、普通、特異魔法の使い手は、精霊魔法があまり得意じゃない。

なのに、魔王は特異魔法である天魔魔法を使いこなすだけじゃなく、どの種類の精霊魔法も高位魔族並みに行使できる。おかしい。そんなハイスペック、ヒトとしてどうなの⁉　いや、ヒトじゃないにしても、ちょっとくらいお裾《すそ》分けしてよ！

そんなありえないレベルのチートハイスペック魔王をどうやって討ちとったのか。過去の白砂王族も、すごすぎる。なんて思考が思いっきり逸れたあとで、私はふと我に返った。

「……っていうか、月読⁉　第二魔王復活から、全然先に進んでなくない？」

おかしい。試験範囲の序盤《じょばん》も序盤で止まっているなんて――。

私は我に返り、月読がさっきから眺《なが》めていた教科書をひったくった。

『白砂元年《はくさがんねん》に現在、古都と呼ばれるあたりに白砂王《はくさおう》・雷歌《ライカ》は城を築《きず》いた。

北方からの樹海魔族侵攻に対して、長城を築き、白砂暦《はくされき》七年に初代魔王を討ちとった。

魔王は処刑されたとき、秘術を施し、過去に五度よみがえった。

しかしその都度、白砂王国は樹海魔族の侵攻を食い止め、魔王を打ち破っている――』


「ややこしいから、白砂王がこの地に建国した当時倒した最初の魔王を初代魔王。次によみがえったときの魔王を……」

「第二魔王と呼ぶ」

「では、第八次樹海魔族襲来のときに出現した魔王は、何番目の魔王だったでしょう？」

「う……えーっと……第五魔王？」

自信なさそうに月読が言ったところで、私のなかでスイッチが入った。

「そんなわけがないでしょう！　月読、これは基本中の基本よ！　いくら普段は歴史なんて関係ないと言っても、知らないなんて魔法使いとして恥《はじ》を知りなさい！」

びしっと言うなり、自分のノートを広げて、月読に読むように促《うなが》す。

「私が試験専用にまとめているノートよ……ところどころいっしょに勉強したと思うけど、足りなかったようね……」

「いや……その……ごめん。だって覚えようとしても全然頭に入らなくて！」

いつもいつもそんな言い訳をする幼馴染みに、私はすこしばかり切れていた。

「じゃあ、まずは復唱から行きましょうか？　月読？」

落第なんて認めない――もちろん、攻撃魔法が使える月読は、学校にとっては貴重な存在だ。

いまは特に退学させるわけがないが、赤点の上に追試も不可をとったらさすがにわからない。

白砂暦の主だった事件を繰り返し朗読させて、ところどころでちゃんと記憶しているかどうか質問を挟《はさ》む。しかし、真剣みが足りないのか、月読はなかなか全問正解しない。

私はふたたび盛大なため息を吐いた。

「そろそろ進路を決めるのに、こんなことじゃ進学も就職もできないでしょう？」

高校二年生の成績は進路を左右する。厳しく言うのは幼馴染みだからこそだ。そもそも私が言わなきゃ、ほかの誰も指摘しないだろうし。

「うぅ……軍に入るなら、魔導士資格が必要だしなぁ……」

魔導士の資格には三段階あって、魔導士三級は高等部を卒業すればとれる。しかし、白砂王国軍を目指すなら、大学を卒業してとれる魔導士二級が必要だ。月読のこの成績だと、なかなか先が思いやられる。

とはいえ、これまでなんとかなってきたのだ。

頑張って優等生を目指してきた私と違い、月読はいつも落第すれすれ。なのに、ものすごく勉強しなくても、これまでなんとか進級できている。私が面倒を見ているせいもあるかもしれないけれど、ある意味では月読は要領がいい。

「じゃあ、次は魔法情報学ね」

「え、そろそろ休憩しようよ」

私が次のノートを出したところで、月読がかわいい顔を引き攣《つ》らせた。

樹海魔族の特徴から朗読させようと思ったのに……いや、ちょっと待て。違う、そうじゃなくて、落ち着け、私！

――『子作り奨励法《しょうれい》』だ。さりげなく月読の家の情報を引き出さなければ！

勉強を教えてあげる代わりに、私のお願いも聞いて欲しいと言質《げんち》をとったはずなのに、すっかり忘れていた。

月読の試験の結果があまりにもひどかったので、ついいつものように躾《しつけ》教育に没頭してしまった。習慣って恐ろしい。

「そ、そうね……じゃあ、休憩しようか……お茶飲む？」

自習室に来る途中、学校食堂で水筒に詰めてきたほうじ茶はまだあたたかい。「うん」と微《ほほ》笑《え》みながらうなずく月読に、水筒の蓋《ふた》にお茶を入れて差しだす。月読はどこかほっとした顔になって、水筒のお茶を手にとった。幼馴染みとは言え、わかりやすすぎる。

「そういえば、朝言ってた真昼のお願いってなに？」

気を抜いていたところにいきなり切り出されて、私は一瞬、ぶっとお茶を噴き出しそうになった。うう、月読ってば天然なんだから。

すこし小首を傾げて私を見つめる月読の瞳は、なんの疑いもない無垢《むく》そのもの。

私のお願いがなんなのか、まるで想像もしていないらしく、自分で口にしたように、本当に学校食堂でなにかおごらされるようなお願いだと信じ切っているようだった。

『子作り奨励法』なんてものが発令されたのも、私が苦労して月読にその話をしようとしているのも、ようはすべて戦争が悪いのだ。

月読はペーパーテストは落第すれすれのくせに、飛行術と攻撃魔法が使える。そのせいで、出撃のときには前線に出る遊撃手《ゆうげきしゅ》をさせられている。

白砂王立第一魔法学校第一部隊遊撃小隊所属一等兵。

それが学兵としての月読の身分だ。

遊撃隊はまっさきに魔族と相対するから、もし運悪く、部隊が大規模な魔族の部隊と遭遇《そうぐう》すれば、いつ命を落としても不思議はない。

「月読……追試や落第はともかく、私より先に死んだりしたら、承知しないんだからね⁉」

「はい⁉　な、なに真昼、突然……？　別に僕、不治の病は持ってないよ⁉」

月読の体が健康だなんて、そんなことはもちろんわかっている。しかし体は健康でも死ぬことがあるのが、戦争だ。月読にはもうすこしその危機感を持って欲しいと思う。

このところ、戦争が一段と激しくなり、学兵からも戦死者が出た。

自分たちのクラスメイトが死んだ。

その事実は学兵たちの間にさざ波のように広がり、静かに動揺《どうよう》を誘っていた。

もちろん、軍自体の損失も少なくない。

そもそも攻めてくる樹海魔族には、物理的な兵器より魔法で対抗するほうが効果が高い。だからこそ国内の正式な魔導士ばかりか魔法学校の生徒まで召集されているわけで、魔導士ないし魔法学校兵士の損失は軍の戦力低下に繋《つな》がる。

そんななか、検討されたのが『子作り奨励法』だ。

白砂王は戦争の長期化を睨み、魔導士を増やそうと考えたらしい。

現役の魔導士や魔導士の家系に連なる貴族ばかりか、魔法学校の生徒にまで子作りを奨励する異例の法を発令した。

現在、戦いの渦中《かちゅう》にあるにもかかわらず、子どもを作ったものには一定期間、前線への配置が免除《めんじょ》。子育てのための資金も国から支給されるという。そんな破格の扱いに、下級貴族を中心に色めきたったのは無理もない。うちだって親が一番騒《さわ》いでいる。

「子どもなんていつか作るんだから、いま作ったたって同じよ、真昼！」

というのが母親の主張だ。娘が、生涯独身《しょうがいどくしん》を貫《つらぬ》くつもりだったら、どうするのよ！　とは思うが、あながち否定できない正論で来るところが恐ろしい。

魔法学校の大学部に所属している兄も、かなりしつこく母親から迫られたらしく、最近は家に帰っていないらしい。私も同じだけど。

しかし子どもを作るには相手がいるわけで——。

私は思わず視線を宙にさまよわせた。

実は法ができるという噂が出て以来、学校では、この子作り奨励法の話題でもちきりだった。女の子同士で話していても、連日その話題ばかり。当然、私だって興味津々《きょうみしんしん》だ。

優等生だってなんだって、興味のあることはあるんです！

もちろん、私が選ぶ以前に相手にだって選ぶ権利があるわけで、母親の要求には、この点がぽっかりと抜けていた。

はっきり言っていまさらだと思うけど、『子作り奨励法』の話を聞いて、まっさきに思い浮かべた相手はいま隣にいる少年——月読だった。

月読は実家が隣同士の、いわゆる幼馴染みで、私が魔法を使えることももちろん知っている。同じ魔法学校に通っていて、いまも仲がいい。子作り奨励法の話が出て以来、女友だちからずっと期待され……もとい、冷やかされたのも仕方がないというものだった。

「真昼は月読とカップルになるんでしょう？」

そんなことを言われても、これまで、つきあってもいないんだってば！　と言いたい。安易《あんい》に期待されても困る。もっとも、私はつきあってなくても……誰かひとりを選ぶなら、相手は月読だって思っていたんだけど……。

——月読は違うのかな……？

膝《ひざ》の上で頬杖をつくと、はぁっとため息が漏れる。うちは母親からの圧力だってかかってるのに、月読の家は違うのだろうか。家格はそう変わりないはずなのに。

私の家、ナナカマド家もそうだが、月読の実家、フユモリ家も爵位《しゃくい》はほとんど名ばかりの下級貴族だ。フユモリ家はどこかで王族の血を引いていると聞いたけれど、月読からはそんな気配を感じたことはない。

住んでいる家の大きさは裕福な庶民平民には劣《おと》るし、痩《や》せた土地の管理や貴族としての義務がある分、むしろ収支がマイナスになりそうな没落ぶり。そんな下級貴族にとって、子どもを作るだけで資金が支給されるなんて、夢のような話なのだ。

特に能力が発現している魔導士同士の子どもは、子どもが魔法使いになる確率が高いせいで、特別ボーナスがつくことになっている。

世のなか、お金がすべてではないが、それなりに世知辛《せちがら》い。

母親が家計のやりくりに苦労しているのを見て育ったから、強く拒絶しがたいじゃないの。

やっぱり母親孝行だってしたいし。

こんなにいっしょにいるのに、月読は私と子作りしたくないのかも。

あるいは、まさか。ヒイラギ家絡みで、もうすでに月読には縁談を持ちこまれているとか⁉

「あ、ありそう……それ、絶対ありそう……」

口のなかでブツブツ独り言を呟《つぶや》く自分は不気味だろうが、このさい、置いておく。

学校にいて、同年代と長く接していると、なんとなく恋愛めいた話が出てくる。でも、ここにいるのは、末端から高位までの貴族の子弟ばかりだ。

結婚は親が決めることが多い。

学校ではそんな恋愛話がたくさん語り継がれているのだ。

曰《いわ》く、同じクラスで仲良くしていたクラスメイト同士が将来を誓《ちか》いあったはいいが、結局は親に別れさせられたとか——そんな悲恋譚《ひれんたん》が。

私、月読のご両親には嫌われてないと思うけど……結婚は別ってこともある……よね？

考えれば考えるほど、不都合なことばかり想像してしまう。

「真昼、ひとりでなに七面相《しちめんそう》してるの？」

ぐるぐると思考が袋小路《ふくろこうじ》に入りこんでいるところで呼びかけられ、私ははっと我に返った。

落ち着け、私。自分に入れたお茶を口に含んで、さりげなく月読に話題を切り出した。

「そういえば、ねぇ月読は最近、実家に帰った？　そうでなければ、手紙がきたとか……」

子作りか結婚をほのめかされたんじゃないの？

月読の行動はだいたい把握《はあく》しているけれど、私の知らないところで連絡を取り合っていたのかもしれない。私はすこしの情報も逃すまいと、月読の横顔をちらりと盗み見た。

「んー別に……出撃待機の間に帰るのって面倒くさいし、うちは真昼の家より放任主義なんだよね」

「うちだってうるさいの暁《アカツキ》兄さまぐらいだってば……でもそっか。実家とは特に連絡をとってないのね」

気づかれないように、ほっと胸を撫《な》でおろす。

じゃあやっぱり、月読が『子作り奨励法』に興味がないだけなのか。

——この間、同級生が死んだことを、月読はなんとも思わなかったのかな？

それまでは私だって、子作りなんて結婚してからと思っていたけど、考えをあらためた。

なんといっても、月読は攻撃魔法の使い手で、学兵部隊のなかでも前線に出ることが多いのだ。戦局によっては今後、もっと激戦区に配置されることだってあるかもしれない。

もし、月読がこの戦争で命を落としたら……。

最悪の可能性を一瞬でも考えるだけで恐い。想像しただけなのに、ぶるりと体が震えて、私は思わず自分の体を抱きしめた。

いまはまだ月読はここにいる。手に届くところにいて、会話することもできる。

でも万が一のことを考えたときに、子どもがいるのといないのとでは、辛《つら》さが違うかもしれない。考えすぎだといわれればそれまでだけれど、同級生の死は私にとって、それぐらいショックだったのだ。

——月読がここまで乗り気じゃないんだから、私が頑張らないと！

ささっと、月読に見えないように顔を逸らして、気合いを入れ直す。

「真昼？　なにか……」

「ねぇ、月読。朝の……私のお願いを聞いてくれる約束、覚えている……よね？」

にっこりと笑みを浮かべて、話を切り出す。

このさい、月読の意思は関係ない。既成《きせい》事実ができてからでも、なんとかなるだろう。

「うん？　もちろん、覚えているよ。だって今朝話をしたばかりじゃないか」

ちょっと拗《す》ねたように言われたけど、普段の行いが悪いせいじゃないの！

だいたい、月読のことだから、さっきの甘味の交換だけで終わったと思っているかもと、念のため聞いてみました！　とは心のなかで愚痴《ぐち》るに留めておく。

「それで結局なに——真昼のお願いって？」

雑談の延長で軽く聞かれると、私ひとりが邪《よこしま》なことを考えているようでいたたまれない。

いやいや、そんなことを言っている場合じゃない。

「だから、その……ね」

『へい、そこの彼氏。私と子作りしない？』——なんて気楽に言えるなら、こんなに苦労はしない。

「えっと……ちょっと……せ、制服の上着、脱いでもらっていい？」

まずはそこからだ。制服には魔法保護の機能がついているから、出撃待機のいま、特別な理由がなければ、常時制服の着用が義務付けられている。しかし、子作りに必要な行為をするためには、服を脱ぐ必要があるわけで……。

制服のボタンに手をかけると、月読が慌《あわ》てて身じろぎした。

「う、うん？　ちょっ……真昼！　上着を脱ぐくらい、自分でできるってば……わわっ」

私から逃れるように立ちあがろうとした月読を、机の上に押し倒す。

「月読の嘘吐《うそつ》き……お願いを聞いてくれるって言ったくせに」

唇《くちびる》を尖らせて、拗ねた声を出すと、幼馴染みの少年はすこしだけ困った顔をした。

わ、私だって月読がもっと乗り気だったら、こんなことをしなくてすんだんだからね⁉

半分以上八つ当たりだとわかっていたけれど、気持ちはすっかり拗《ねじ》くれていた。

「だ、だって……ええっ⁉　ま、真昼のお願いって……結局なんなの？」

心底わからないといった驚きを見せられ、正直傷つく。

やっぱり私だけが、子作りするなら月読がいいって思ってたんだ。月読にとって、私は本当にお姉さん代わりなんだ。

ショックのあまり、これ以上は続けられないと思ったけれど、だからといって、こんな中途半端な状況では止めるとも言い出せない。

「だから……子作りをね……その」

「なに？　もっとはっきり言って？」

もごもごと口のなかで濁《にご》してしまったせいで、こんな至近距離で話しているのに、聞きとれなかったらしい。うぅ……普通の話題としてならまだしも、女の私が押し倒しているっていうのに、この察しの悪さってどうなのよ⁉

「二教科教えているんだから、お願いはふたつよね？　ま、まずは……キス……して、つ、月読からよ？」

「え……ええっ⁉　キスって……ええっ⁉」

真っ赤になって固まっているのは、月読が初心《うぶ》だからで、拒絶じゃないと思いたい。思いたいけど……。

「なによ……月読ってば、私にキスするの、イヤなの？」

つきんと針で刺されたように、胸が痛む。月読ってば、ひどい。

「え、や……そういう意味じゃなくて、び、びっくりして……心の準備ができてなかったし……っていうか、この体勢で、僕からするのは難しいんだけど⁉」

まぁ…………うん。

途中のところはともかく、最後の一言はそのとおりかもしれない。

月読は机の上に仰向けに乗っかったままで、その上に中途半端に私が乗っかっているから、身動きできないのだ。私はすごすごと、月読の上からどいた。なんていうか、正直、情けない気分ではあった。

意気消沈してしまって、このまま子作りまで自分から誘う続きなんて、できそうにない。しょうがないか。月読の追試の勉強だってあるし。ため息をひとつ吐いて、机の上の乱れた教科書やノートを整理しようとしたときだ。

「真昼」

制服の肘《ひじ》のあたりを引っ張られたかと思うと、がちっと鼻がぶつかった。

「あ、ごめん……ッ」

「痛っ……！」

目の前に星が飛んだ。と思った次の瞬間、痛む鼻を押さえようとした手より早く、ランプの明かりを遮るように、影が過《よ》ぎる。

「ちょっと月読、なにして……んんっ」

苦情の言葉は途中で封じられた。

頬に温かい手が触れて、やわらかい唇が私の唇に押しつけられている。

どうやら、さっき鼻がぶつかったのは、キスしようとして失敗したらしい。あるいは眼鏡が当たったのかもしれない。

しばらくして、月読の唇が離れると、影になっていた月読の表情がよく見えた。わずかに首を傾げて、まるで「これでよかった？」とばかりに、ずれた眼鏡を直しながら私の顔色をうかがっている。

うぅ、月読ってば……まるで忠犬みたい。耳が垂れた様子でご主人さまの褒《ほ》め言葉を待っているみたいだぞ!?　かわいいやつだ！　っていうか、ここは褒めるところだよね!?

「うん……ちゃんと、キス……だった」

まだ触れられた感覚が残っている気がして、指先でそっと唇を押さえる。

「よかった……こんなこと、したことないし……」

月読ってば、真っ赤になって照れる顔もかわいい。男の子のくせに！

「わ、私だって初めてだったんだから！」

「うん、知ってる……でも、真昼さ、こんな自習室でよかったの？　なんか昔、さんざん憧《あこが》れのファーストキスのシチュエーションについて聞かされた覚えがあるんだけど？」

ぶっ。ちょっと待て。待て待て待て。

確かに言った。それも一回じゃなかった記憶はある。

「海辺の夕暮れに、ふたりして岩の上に座って、夕日の最後の残照が沈む瞬間にしたいとか、バラが満開の季節に、野バラのアーチの下でしたいとか……あと、なんだっけ？　劇場でロマンス劇を見ながら、ヒロインがヒーローに告白されたところで、いっしょに観にいってた恋人からされたいというのもあったよね？」

「……あ、あった……けど……な、なんで、そんな昔の変なことを覚えているのよ⁉」

動揺するあまり、舌が縺れてしまった。教科書の中身なんて全然覚えないくせに、人の恥ずかしい台詞《せりふ》だけはキッチリ覚えてるなんて！

正直、羞恥《しゅうち》のあまり、死ぬ。魂《たましい》が抜けてしまう。

「え、なんでって……だって……ま、真昼がそうしたいのかなって思ったから……僕なりに、気にしてたんだからね⁉」

「え？　つ、月読、それって……」

つまり、そういうこと？　私の勘違《かんちが》いじゃないよね？

月読は私に気を遣って、私の好きなシチュエーションで、キスしてくれようとしていたってことだよね？　それってつまり、私のこと、意識してくれてるってことだよね？

月読は耳まで真っ赤になって視線を逸らしてしまったけれど、その顔はどうみても、嫌いと言ってるように見えなくて。むしろ好意が隠しきれていなくて。

さすがにこれは、私も理解できた。

「なんだ……よかった。押し倒しても、月読が嫌がってるようだったから……私のこと、嫌いなのかと思った……」

「ええっ⁉　なにそれ……っていうか、勉強しているときに、いきなり押し倒すとかおかしいだろ⁉　スパルタで歴史の年号を暗記させられていたから、さすがにヤバイと思って真剣に勉強していたのに……」

う……それを言われると、ちょっと弱い。

確かに月読の言うことも一理ある……かもしれない。

「だって月読……『子作り奨励法』の話を振ったときも、そっけなかったし……ほかに相手がいるのかって思うじゃない！」

「なんで⁉　だって……子どもを作るなら……結婚しないとダメだし……真昼が前に言ったんじゃないか。魔導士になる前に結婚なんてありえないって」

「いつの話よ、それ……戦争がはじまる前の話でしょう⁉　いまは違うの！　だって月読は危険な前線に出ているじゃない……」

いまのところ、私と月読が所属している部隊が苦戦したことはない。第一部隊は強くて遊撃手たちが、複数の魔族をあっというまに撃退して連戦連勝中だけど……。

でもそれは、単発の襲撃ばかりだったからだ。

いつ戦争が激化するのかは誰にもわからない。本当に魔王が復活するのかだって。

ゆっくり魔導士の資格をとってから子作り。なんて余裕はなくなってしまったのだ。

「だ、だからその……月読ったら鈍《にぶ》いんだから……お、女の子にこれ以上言わせるつもり?」

ここまで押してもダメだなんて、脈《みゃく》があるない以前に困る。

私だって経験があるわけじゃないんだし、同じ子作り初心者なんですからね⁉

せいぜい、『子作り奨励法』の話が出てから、友だち同士で本を読んだりしたくらいだ。

ユカリとマサゴも、いい相手がいたらこれを機に結婚したいらしく、半分は私のため、半分は自分のためといいながら、情報収集に協力してくれた。不純異性交遊の本は図解が中心でわかりやすかったと思う。

性的に興奮してくると、男性の下半身のアレが起ちあがってくる——そんな絵のところで、マサゴが「きのこかよ!」と突っこんだことは忘れられない。

うん……きのこだった。

絵はいろんな意味でツッコミをせずにはいられず、『子作り奨励法のための勉強会』と称した猥談《わいだん》は、大変盛りあがったのだった。

もし月読が私と子作りする気があるなら、月読に変化があるはずで……ゴクリ。私は生唾《なまつば》を呑みこんで、月読の下半身に目を向ける。制服の上着のせいでよく見えないけれど、特に盛りあがっていない……ような? あれ?

やっぱり私って女としての魅力に欠けるってこと⁉

考えるとどきどきしすぎて、気分が悪くなりそう。つい癖で月読の服の端をぎゅっと摑んだところで月読の体がぎくりと身じろいだ。どうやら催促《さいそく》したと思われたらしい。

「え、や……僕も真昼のことは好きだから、その……嫌な気はしないよ？　真昼と……結婚するつもりだったし」

私と結婚するつもりって……聞きました、みなさま？

やっぱり月読は私のこと、ちゃんと考えてくれていたんだと思うと、うれしくなって、もう一度キスしたくなった。子どものころ、よく月読に抱きついていた浮きたつような気持ちと同じだけど、すこし違う。胸がきゅんと切なくて、どきどきする。

首を伸ばして、上目遣いにキスを強請《ねだ》ると、月読は私のお願いを察してくれたようだった。

唇をちょっと突き出していたからかな。まぁ、いいか。

月読の手が私の肩にかかり、身を寄せられる。椅子《いす》の上で抱きあう格好で、月読の顔が近づく。顔を傾けて、私は目を閉じた。

かすかに眼鏡の端が触れて、月読の息が唇にかかったときだった。

ファーン、という不協和音《ふきょうわおん》があたりに鳴り響き、私も月読もギクリと身を強張《こわば》らせる。

「敵襲《てきしゅう》の警報《けいほう》!?」

根の石が埋まっている学校の中心には、各地の遠見《トオミ》から随時《ずいじ》、連絡がとれるように人が配置されており、その遠見の部屋に警告が届くと、学校のあちこちに仕掛けられているサイレンが異音を鳴り響かせるのだ。

敵襲を告げるサイレンは魔法ではなく、手回しのからくりでできている。

円盤《えんばん》についたハンドルをからからと回すと、ふいごが風を送り、この耳を覆《おお》いたくなるような不快な音が出る。この時間は、当番の学生が鳴らしているはずだ。

――じゃなくて。

「なんで⁉　なんでこういうときにかぎって敵襲があるの⁉」

いま、すごくいいところだったのに！　せめてあと一分……ううん。あと十秒だけ待ってくれればよかったのに！

「真昼、そんなこと言っている場合じゃないよ。ともかく、行こう。校門に急がなきゃ」

さっき私が押し倒したときはあんなに慌てふためいていたのに、敵襲となると落ち着いている月読がなんだか恨《うら》めしい。

そんな気持ちを心の奥に押しこめて、私は片づけもそこそこに、月読に続いて廊下へと飛び出した。

第二章　総員出撃！

平時なら、自習室を使ったあとは使用終了の記録が必要だし、廊下も走ってはいけない。しかし、サイレンが鳴ったときは特例で学校の規則を破っても罰《ばっ》されないことになっているから、私と月読はただひたすら走った。

図書館棟からは遠かったせいか、すでに正面玄関に整列している生徒のほうが多い。私と月読は、部隊長である雨水《ウスイ》さまの金髪を目印にして、第一部隊が並んでいる後ろのほうに慌てて並んだ。

これから魔族を迎え撃つために出撃するのだ。

白砂王立第一魔法学校第一部隊魔導砲班《まどうほうはん》所属一等兵。

それが私の学兵としての身分だ。

月読と同じ部隊なのはよかったんだけど……。

隣に並んでいるのほほん眼鏡の幼馴染みは、これから出撃するというのにどこまでのんきなのか。ふぁぁ、とあくびをしている。あいかわらず月読ったら、緊張感のない……。

「月読、あくびはまずいよ……怒られちゃうってば……」

なんて肘でつつくより早く、小さな雷撃が月読を目がけて飛んできた。ひえええっ。

「あ……ちょ……わ、我は願う。一重《ひとえ》二重《ふたえ》に我を守り給《たま》え……加護障壁！」

慌てて私と月読を守るように防御障壁を張ると、雷撃がピンと弾かれた。びっくりした。冗談じゃない。って怒りに震えたところで、こんなことするのはひとりしかいない。

私の兄の暁だ。私と月読を同じ部隊にした諸悪の根源。

きっ、と前方を睨みつけたところで、ふんと鼻で笑われた。

まったくもう暁兄さまってば、こんな人がいっぱいいるところで出撃前になにをするのよ⁉

大学部のほかのひとたちからも注目を浴びて、恥ずかしいじゃない。

私が身を縮める思いをしてるのなんて、どこ吹く風。白砂王立第一魔法学校の大学部に通っている暁兄さまは、部隊長の雨水さまの補佐をしている。偉そうにしているのは雨水さまの威光を借りてと言うより、単なる性格なんだけどね！

「暁、そんなことより、点呼をすませて早く出撃するぞ」

遠くにいても凛《りん》と通る声で暁兄さまを制してくださったのが雨水さまだ。

白砂王国の第一王子という身分にふさわしい、優雅《ゆうが》な物腰。人の上に立つ者の鷹揚《おうよう》さをお持ちなだけじゃなく、見目麗《みめうるわ》しい。長い金髪に鮮やかな緑眼の美丈夫で、それはもうきらっきら。

――眩しすぎて全女生徒の憧れの的《まと》です！

そんな雨水さまだから、学兵が召集され、大学部と高等部の混成部隊になると決まったときには大騒ぎだった。

魔法学校の学兵部隊はその能力別に、大学部と高等部の混成部隊になっている。

四隊あるうち、私が所属する第一部隊は、白砂王国第一王子の雨水さまが部隊司令として率《ひき》いて、その学友である暁兄さまは副司令という名目で、もちろんいっしょだ。

雨水さまと同じ部隊になれる確率は四分の一。

能力の振り分けで部隊編制されたとき、

「雨水さまと暁さまといっしょの部隊だなんて運がいいわね！」

クラスメイトからそう言われ、ずいぶんうらやましがられた。でも本当は違う。暁兄さまが、勝手に私と月読を同じ部隊にしただけで、運や能力は関係ない。

「いっしょの部隊にいてくれたほうが安心だし、守りやすいからな」

そんな理由で、私と月読は暁兄さまが所属している部隊に配属された。

正直言って、暁兄さまが雨水さまの側近めいたことをしているから、必然的に雨水さまとも同じ部隊になっただけだ。もちろん、クラスメイトにその真実を告げる勇気は私にはない。

うらやましがられるだけじゃなくて、恨まれたら面倒だものね。

――あ、実は雨水さまだけじゃなく、私の兄の暁も人気があります！

雨水さまと仲がいいから、将来、雨水さまが王位を継ぐことになったら、いい役職につくのではないかと思われているらしい。

私からしたら、暁兄さまは兄さまだし、雨水さま狙いの玉《たま》の輿《こし》も興味ないし、替われるものなら、本当は替わって欲しいくらいなんだけど……。

遠い目になってしまうのは、第一部隊に所属していることが、決していいことばかりじゃないからだ。

雨水さまは精霊魔法の使い手として、白砂王国でも五指に入る実力者。

攻撃魔法に長けている雨水さまが率いる第一部隊には暁兄さまをはじめとして、もっとも攻撃魔法を得意にした魔法使いが揃《そろ》っており、必然的に最前線に送られる。

もちろん、過去の戦闘でも王族は先陣《せんじん》を切って戦いに赴《おもむ》いていたそうだけれど、第一王子である雨水さまになにかあったらどうするんだろう。副司令の暁兄さまが責任をとらされたりしないのかな……ちょっとだけ不安になる。

「高等部第一部隊、遅いぞ！　早く整列しろ！」

職務に忠実な暁兄さまは、雨水さまの隣で檄を飛ばした。

どうやら高等部は試験が終わったあとだったこともあり、遠くまで出かけている生徒が少なくないらしい。ばらばらと走ってくるのが見えた。

第一部隊は四十八名。うち、飛行術が使える遊撃隊が二十一名。遊撃補助が十八名。防御魔法を専門とする後方支援が九名。

部隊全体が正規兵の後方支援に向かう隊もあるなか、遊撃隊が二十一名というのは正規魔法部隊並みだ。すばやく点呼をすませて校門近くの船着き場から乗りこむとすぐ、魔法を動力にした水上艇は水路を走り出した。

「ナノカ岬砦《みさきとりで》に向かう。遠見から聞いた敵魔族の数は一部隊八名の三部隊だそうだ」

雨水さまが行き先と敵の戦力を告げると、甲板上《かんぱんじょう》にざわりと不穏などよめきが走る。

単独行動の魔族じゃない――。

その事実が、胸に重たくのしかかる。魔法歴史は得意だから、それがどういう意味なのか、私にはよくわかった。

魔族襲撃が、単独ではなく集団行動になると、戦争は激化するのだ。

もしこのまま、戦争が長引いたら……どうしよう。

嫌な予感を覚えて、隣にいる月読の、制服の端を握りしめた。

雨水さまが言う遠見《トオミ》とは、風の精霊魔法の一種で、自分の目で見るよりも遠方を見ることができる能力を持つ魔法使いをいう。

この遠見の能力を持つ人のなかには、未来をも見ることができる人がいて、そういう能力を持つ人は、あえて遠見と分けて先見《サキミ》と呼ばれる。いわゆる予言者というやつね。

魔王復活の噂も、この先見の予言がもとになっているんだとか。

雨水さまの言葉に私が考えこんでいると、誰かの「おい、なにかに摑まれ！」と言う声が聞こえた。

はっと前方を見ると、狭い水路の先にほかの船が見える。なのに、水上艇《すいじょうてい》はスピードを落とすどころか、むしろ速くなっていき――。

「え、あ……ぶつかるっ……！」

迫ってくる荷物運搬船《にもつうんぱんせん》が怖くて、思わず目を閉じる。衝撃《しょうげき》に身構えたところで、

「真昼！」

月読が私の名前を呼んで手首を掴み、引き寄せてくれる。抱きしめられたと思った次の瞬間、ふわりと気持ち悪い浮遊感が訪れる。

「うぅ……この感じ、いやだ～」

「そう？　水上艇が飛ぶの、僕は好きだけどな」

月読は自分で飛行術が使えるからでしょう——!?

のんきな月読に心のなかで突っこむ間に、がくんと船が着水し、またなにごともなかったかのように水上を疾走《しっそう》する。水上艇が荷物運搬船の上を飛び越えたのだ。もちろん魔法の力で。

「私は何回同じ目に遭《あ》っても慣れそうにないよ……」

たぶん、飛び越えられた荷物運搬船の水先案内人も同じだろう。正面衝突すると覚悟していたところに、いきなり頭上を飛び越えられ、死ぬほど驚いたに違いない。

はじめてやられたときは、私も死ぬほど驚いたんだから！　なるほどこれが魔導士が乗る船かと納得しているいまでも、まだぶつかるかと思ってびくびくしてしまう。

「あ、甲板を滑っていった人がいたけど……大丈夫なのかな？　っと……真昼、危ない」

バランスを崩した私の体を片手で抱き寄せ、月読が手すりを掴んで支えてくれていた。

顔を寄せられると、さっきキスしたことを思い出してドキドキする。うん、男の子だもん。

こういうときはやっぱり頼りになるよね。勉強に関してはまるでダメだけど……。

「真昼、大丈夫？　ああいうときは目を閉じちゃダメだよ」

「だ、だって怖かったから、つい……」

ずっと抱えられているのは恥ずかしいけど、月読の手が肩から離れるのは淋《さび》しい。まだそばにいたいとむずかるように月読の制服の裾《すそ》を摑むと、いま一度、月読が私の肩を抱き寄せた。

どういうこと？　部隊のみんながいる前だよ？

動揺している私の耳に月読が口元を寄せて、

「真昼、帰ったら、さっきの続きをしようね？」

そう囁かれたとたん、どきりとした。

さっきの続きというのがなんなのか、考えるまでもない。月読が勉強の続きをしたがるわけはないから、さっきの、『子作り』の続きに違いない。

「う、うん……！　約束だよ？　敵の魔族なんて、ちゃちゃっとやっつけちゃってね⁉」

私が目を輝かせてお願いすると、月読はすこし困った顔で、うなずいてくれた。

ちょっと、なんだかいい雰囲気じゃない？　子作りするカップルって感じがしない？

なんていい気になっていたら、いきなり月読の服を摑む手を切られた。それも手刀で無理やり。いい雰囲気をぶち壊しにされてあっけにとられたけれど、こんなことをするのはひとりしかいない。

「これから戦場に向かうというのに余裕だな、月読は。公衆の面前で真昼の肩を抱くな！」

暁兄さまだった。大学部の制服を着て、肩にかかるかかからないかの黒髪を風になびかせている姿は、我が兄ながら格好いい。

ちなみに大学部の制服は上着が長上着になっているところがポイント。

はっきり言って、高等部の生徒はみなこの制服に憧れている。ただでさえ、大学部は高等部よりもより狭き門だという特別感がある。その上、長上着の裾を捌《さば》きながら颯爽《さっそう》と歩く姿は、未来のエリート魔導士さまって感じで、ため息が出るほど素敵なのだ。

しかしいま、暁兄さまが私と月読の間に立っているのは、どう考えても、あまり素敵な理由ではなさそうだった。

「あ、暁さん。こんにちは。今日はよろしくお願いします。いきなりの雷撃は今後なしでお願いしますね」

「ちょっと、暁兄さま、なにをするのよ⁉」

のんきな月読の挨拶と、私の非難の声が重なる。

「部隊の風紀が乱れるから、真昼の周囲二歩以内に近づくな！」

「あはは。暁さん、それだと授業で隣の席にも座れないじゃないですか」

「おまえは真昼の隣に座らなくていい！　こっちに来い。遊撃隊の打ち合わせをするぞ」

そう言うと、暁兄さまは月読の首根っこを摑むようにして、雨水さまのほうへと連れて行ってしまった。月読の眼鏡がずれてるから、ほどほどにしてよ、暁兄さまってば。

「月読、頑張ってね！」

私のためにも！　という気持ちをこめて手を振ると、月読も手を振り返してくれた。

大変いまさらだけど、暁兄さまはちょっとばかし私に過保護すぎるところがあって、ときどき困る。

いわゆるシスコンってやつ？　もう十六歳なんだし、末端貴族の我が家なんて自由にさせてくれればいいと思うんだけど、両親よりも暁兄さまのほうがうるさいのよね。

私にとっては苦笑いするしかないそんな騒ぎのあとは、班ごとの打ち合わせがはじまった。

部署ごとに決められたリーダーが戦闘指示を各員に伝えるのだ。

私が所属する魔導砲班ではくじ引きをして、誰がどの魔導砲台につくかを決めている。

くじ引きなんかで決めていいのかって思うけど、ある意味、一番揉《も》めないいんだよね。

魔導砲台は屋上が狙い撃ちされやすく、一番危険だからみんな嫌がる。とは言っても、いまのところ魔導砲を撃つ機会はなかったし、階下にある砲台だって危険はあると思うんだ。

ようするに私はくじ引きで屋上の砲台に当たったんですけどね！　くじ運ない……泣いていいかなぁ⁉　ちなみに攻撃魔法が得意ではなくても、手甲をつければどうにか精霊魔法が使える魔法使いが砦の魔導砲台に配置される。

魔導砲班は魔導砲で砦に近づく樹海魔族を追い払い、遊撃隊を地上から補助する役割を担う。

残り一班は砦に防御魔法を張ったり、遠見のように周囲を警戒する後方支援班だ。

今回は他の部隊が一隊丸ごと後方支援につくようだから、砦の防御は心配なさそうだ。

「総員出撃！　配置につけ！」

雨水さまの指示に、学兵たちが散らばる。私をはじめとする魔導砲班と後方支援班は砦に入り、持ち場へと走った。

五角形をなす塔の最上階。その一角が私の持ち場だ。

魔族の侵攻というのは、決して毎年あるわけではない。理由はわかっていないが、周期にバラつきがあり、数十年単位で襲ってこないときもある。今回の襲来は七十一年ぶりで、魔族の恐怖が薄れたところでの攻撃に、白砂王国側はまったく油断していた。

なにせ白砂大陸と樹海大陸の間は、大海が隔《へだ》てている。

荒れた海を航海するのは大変で、気軽に行き来はできないのだ。

『俺は何度でもよみがえる。よみがえってこの地に君臨《くんりん》し、白砂王族を、この地に住むものを皆滅ぼしてやる——！』

その言葉のとおり、過去に五度、魔王はよみがえった。

その都度《つど》、白砂王国は甚大《じんだい》な被害を出しながらもどうにか魔王と魔族の侵略を退けてきたのだが、近年になって、事情が変わった。

樹海魔族に対して、もっとも有効な戦力となるはずの、魔法使いの数が少なくなったのだ。

ピンチです。やばいです——という打開策として、魔法学校の生徒まで戦争に駆り出すという学兵召集令が発令されたけど、学兵は正規兵ほど訓練されているわけじゃないから、比較的、攻撃が烈《はげ》しくない場所——襲撃が単発になる大陸中央部にある海辺の砦を任されている。

ここ——ナノカ岬砦もそのひとつだ。

実際、学兵制度がはじまったあとの戦闘は、大したことはなかった。

「わざわざ一部隊全員が出撃するのも馬鹿らしいな」

「誰かひとりだけ、当番がいれば十分なんじゃないか？」

そんな軽口を叩くほど、学兵部隊は気が緩んでいた。

けれども半月ほど前から、戦況が変わった。大海の真ん中に浮かぶ星の島が、樹海魔族に攻め落とされ、複数の魔族が同時に攻めてくることが増えたのだ。

楽な戦いだと油断していた学兵から、死者まで出してしまった。

自分たちのクラスメイトの死は正直言って、ショックだった。

同じ部隊ではなかったし、そのときの戦闘に私は参加していない。それでも、私が経験していない激しい戦闘があったのはわかる。

死んだクラスメイトは月読と同じ遊撃手だった。

空中で敵を迎え撃つ遊撃隊は、運が悪ければ、命の危険がある。何度もそう聞かされていたはずなのに、クラスメイトが死んで初めて、私はそのことを実感したのだ。

「生き残らなくちゃ……月読といっしょに！」

私は自分の持ち場となる魔導砲台に座り、気を引き締めた。

いまのところ第一部隊で激しい戦闘になったことはないが、いつ月読が危険な目に遭うかわからない。

月読と生きて帰って、子作りの続きをするんだから！

そう思うと、自然と持ち場の確認も真剣みが増すというもの。台座が左右上下に滑らかに動くのを確認し、次に魔導砲に魔力を引きあげられるかどうかを感覚だけで試す。

なんといっても、砦の防御は重要だからだ。

なぜ、攻撃力に勝る樹海魔族を白砂王国が撃退できるのか――。

それはこの砦にこそ秘密があった。

白砂王国の各地にはナノカ岬砦と同じような砦が点在する。

砦のひとつひとつには魔法石が埋めこまれ、その力で砦と砦を結び、白砂王国全体に巨大な魔法の防御結界を張り巡らせているのだ。

防御結界のなかでは魔族は十分に力を発揮できない。しかも白砂大陸の内部に向かえば向かうほど、力が弱まる。かなり高位の魔族なら、防御結界のなかでも魔法を行使できるが、その数は少ない。

だから魔法結界を壊して軍を白砂王国内部に送りこむため、攻めやすそうな海岸部の砦を、樹海魔族は狙ってくるのだ。

私が心のなかの触手のようなものを魔法石に伸ばして、力を引き出していると、

「おい、見ろ……来たぞ！　あれはオオムカデじゃないか⁉」

「え？」

近くの砲撃手から悲鳴のような声があがった。眼前に広がる海に目を向ければ、確かにオオムカデが黒光りする多節《たせっそく》足の体をうねらせて海を渡ってくるのが見えた。

「うわぁ……え、えぐい……近寄って欲しくない！」

思わず魔導砲のハンドルを握る手に力が籠《こ》もる。

はっきり言って虫の類いは苦手だ。小さい虫だって、近づかれるのはイヤなのに、あんなに大きな虫なんて、できれば直接この目で見たくなかった。

「伝説なんて伝説のままでいいのに……！　なんでよりによって、私が守ってるときにオオムカデなんて来るのよ！」

叫びたい。泣き喚《わめ》きたい。そうでもしないと、震え出して、いますぐこの持ち場を投げ出してしまいそうだった。

――異形の魔族。

その言葉をあらためて噛《か》みしめる。いままで相手をしてきた樹海魔族の何体かも、やはり耐えがたく気持ち悪かった。相手をしたのは遊撃隊だけれど。

「オオムカデ――って速度が遅いのか？」

誰かの不安そうな声に、みんな固唾《かたず》を呑んで、オオムカデを見つめている。ところが、

「え、や……違う……あれ、本当にでかいんじゃないですか⁉」

私は思わず叫んだ。ようやくわかった。

なかなか近づかないと思っていたオオムカデは、近づいて来ないのではなく、大きさの感覚がおかしいのだ。その体長は砦最上部に匹敵するほどで、体節のひとつが私の身長くらいの大きさだった。

「……これ、ヤバイ。潰《つぶ》される……絶対、塔が壊される……」

がくがく震えて歯の根が合わない私に、誰か冷静なクラスメイトから声がかかった。

「真昼、オオムカデの弱点はなんなの⁉」

その問いに、私ははっと我に返る。

そうだ。魔法を使って、ステータスを見ればいいんだ！

——実は私、なにを隠そうステータスが見られる魔法が使えるのです‼

このステータスを見ることができる魔法は、精霊魔法ではなくて、魔王が使う天魔魔法のように特異魔法の一種なのだ。エッヘン。ようするに、ちょっとばかり珍しい魔法なんだ。ステータス魔法の魔法使いは、歴史的にみてもとても数が少ないらしい。

「よぉし、真昼おねーさまに任せておきなさい！」

なんていつも月読に言うみたいに、ちょっとばかし偉ぶってみせる。

本当はまだ足ががくがくするほど怖いけど、自分が得意な仕事を振られて、すこしだけ気持ちが奮い立った。誰だか確認する余裕はないけど、ありがとう。感謝しつつ、呪文を唱える。

「我は世の理《ことわり》に問う。我が敵の真実をここに現しめよ」

——真実。

ステータスに現れていることが、相手のすべてなのかどうかはわからないけれど、少なくとも真実の一端なのだろう。

魔法が成立するときの、パチン、という泡が弾けるような感覚がして、相手の魔法防御を私のステータス魔法がくぐり抜けたようだ。

視界に重なるようにして、頭のなかに数値が現れる。

「オオムカデのステータスはっと……」

オオムカデI　種族　樹海魔族／オオムカデ属　HP　398
攻撃力　253　魔力　198　素早さ　132　技　085　統率　177
知力　082　防御力　141　魔法防御力　197　運　023　移動　150
弱点　雷　第三体節　攻撃　アースクエイク
スキル　海渡り　状態　怒り

私はすばやくオオムカデのステータスを読みとった。

この数値は、その昔、異国からもたらされた知識を元に体系化されたもので、比較的近年になって確立された手法らしい。

どうもステータス魔法は、その有用性が微妙《びみょう》なせいか、あまり研究されてこなかったようで、数値は長年、個人の感覚に頼ってきた。私の場合も、以前にステータスを見た魔族よりも強いとか、弱いとか、そんなアバウトな感じで。

その数値を相対値ではなく、絶対値で捉えることができるようになったのは、魔法学校に入ってからの話だった。

その、私の能力が間違いなく発揮されたと信じるならば――。

「あれ？　もしかして……オオムカデって、あまり強くない？」

拍子《ひょうし》抜けして、思わず間抜けな声が出てしまった。

攻撃力や魔力、あるいは移動力なんかはまぁいい。

わずかとはいえ、これまで対峙《たいじ》した魔族よりも高い数値だ。でも、魔法歴史の授業で勉強した『オオムカデの襲来』は、本当に同じオオムカデのものなの⁉　って思う。いくら過去の襲撃にはステータスの記録がないとはいえ、こんなレベルの低い魔族が複数来たことを、特筆すべき襲撃として語り継いできたのかな。本当に⁉

見かけの大きさや過去の襲撃の脅威《きょうい》からすると、あまりにもいま見えている数値が低くない？　それとも、過去の記録はなにかの間違いなの⁉

私が首を捻《ひね》っていると、クラスメイトが怪訝《けげん》そうに尋ねてきた。

「真昼？　オオムカデ……そんなに強いの？」

「ううん。逆なの……あまり強くないみたいで……変だよね。魔法歴史の授業では『オオムカデの襲撃』って、ものすごい重大事件のようだったのに」

当時は魔族の襲撃が頻繁《ひんぱん》だったせいなのか、きちんとした記録が少ない。

そのなかでも、あえて『オオムカデの襲撃』がほかの襲撃と分けて伝えられてきたのは、重大な理由があってのことかと思っていたのに、なんだか肩すかしを食らった気分だ。

「オオムカデの攻撃は、アースクエイク。飛行術を使って浮遊している遊撃隊には関係ありません。弱点は雷と第三体節。先攻して弱点を突けば、うちの遊撃隊なら二、三回雷撃を放てば、簡単に倒せると思います」

私が詳細を告げる間に、魔導砲班から遊撃隊へと、オオムカデの情報が伝わっていく。

敵が近づいてきても、遊撃隊は陣形《じんけい》を崩《くず》さない。砦を守るために、敵を迎え撃つ構えだ。

これまでも同じように守ってきてもらったはずなのに、なぜだろう。今回にかぎって、やけに不安になってしまう。

ハラハラしつつ魔導砲のハンドルを握りしめていると、ふと、あることを思い出して、私は首を傾げた。

「あれ、そういえば、雨水さまが水上艇の甲板で遠見からの情報を伝えてくださったときには、『敵魔族の数は一部隊八名の三部隊』って言っていたのに……やってきたのはオオムカデ一体なの？」

遠見が確認した魔族がほかの砦に向かったということも考えられるけれど、なぜだか胸がざわついた。なにかを見逃している——そんな気がして、いま一度、前方に目を凝らしたところで、ふっとオオムカデの背になにかの影が見えた。

「いまのは……もしかして、魔族⁉」

慌ててもう一度ステータスの魔法の呪文を唱えると、別の魔族のステータスが表示される。

ベールゼブブ、ミノタウロス、グリフィンにリザードマン。

どの魔族もオオムカデよりステータスが高く、魔法防御力が高い。グリフィンに至っては、魔法防御力が『４００』を超えている。簡単に打ち落とせると思ってかかると、危険だ。

まずい。早く遊撃隊に伝えなくては！

「待って、オオムカデには敵が乗っているの！　背中の敵のほうが強敵……わぁ、待って暁兄さま！」

もう一度情報を伝えようとするよりも早く、暁兄さまの雷撃が、砦に近づいていたオオムカデを射貫いていた。

うわぁ……暁兄さまってば、ちょっとぉぉぉぉっ！

私の悲鳴のような叫びは、けれども言葉にならなかった。

暁兄さまに続いて、第二と第三の雷撃が空を引き裂いたせいだ。

――ちなみに第二陣の雷撃を放ったのは月読でした！　遠目でわかったのは愛の力だよね！

なんて、私の意識がわずかの間、戦いから逸れたこととは、なんの関係もないだろう。

雷撃を巨体に受け、オオムカデがのたうち苦しみながら海に倒れた次の瞬間には、すばやい影がオオムカデの背から放たれた。

一部隊につき八名。そのうち、地上ではなく、空中へと飛びあがった影は三つ。

残りは長時間の飛行が苦手な種族で、地上部隊として砦正面に向かったに違いない。

その影が近づくと肉弾戦に持ちこまれ、整然としていた遊撃隊の陣形がたちまち崩れた。

遊撃隊の名が示すとおり、空中で縦横無尽《じゅうおうむじん》に位置を変え、敵の攻撃を躱《かわ》しながら、味方同士がぶつからないように一定の距離を保つ。しかも、敵を砦に近づけないようにして。

すごぉおい！　あまりにも見事な連係プレイに、私はしばし見蕩《みと》れてしまった。

しかしさすがに、魔法防御力が高い魔族だ。

攻撃がなかなか有効にならない。飛行するものと陸上に降りたものとに分かれ、戦力は分断されたはずなのに、三体の飛行する魔族に、二十一名いる遊撃隊が翻弄されている。見ているこっちがひやひやして、息を呑んでしまう。

どちらかというと、遊撃隊は押されているのではないか。

ひやりとそう思ったところで、誰かが叫んだ。

「オオムカデだ！　最初のだけじゃない……まだやってくるぞ！」

「まだ、やってくるって……あ……」

その言葉を聞いて、私はようやく気づいた。

『敵魔族の数は一部隊八名の三部隊』

つまり魔族を背に乗せたオオムカデは全部で三体いるのだと。

最初の一体は囮《おとり》だ。一体しかないと思いこんで交戦しているところに、二体、三体目が突っこんでくるとしたら……。

「それは無理だって……いまでも押されているのに……！」

うわーん。泣きたい。怖い。逃げ出したい。確かに海の向こうから、オオムカデが近づいてくるのが見えて、私は半《なか》ばパニックになった。

しかも、空中にいる暁兄さまが雷撃を放つときの動きをする。

魔法使いは呪文によって魔法を行使し、呪文の成功率は術者の集中力に左右される。高位の魔法使いになればなるほど、意識することなく多数の呪文を行使できるが、使う呪文を唱えるときに独特のモーションというか、癖みたいなのが出るのだ。

「うわぁぁぁ、暁兄さま、考えてるよね⁉　オオムカデをやったら、そのあとでほかの魔族がやってくるってわかってやってるよね⁉」

私の動揺なんて無関係に、空中に眩しい雷光が一閃。第二のオオムカデに突き刺さる。

続けざまに、雷撃が二度放たれ、オオムカデが波しぶきをあげて海に沈む。

あの体、どうするんだろう。魔族の体って海の生き物は食べるのかな。なんて、どうでもいいことを考えている余裕はなかった。

当然のように、第二のオオムカデの背中からも影が飛んでくる。

すばやくステータス魔法の呪文を唱えると、さっきと似た編制でベールゼブブがすこし多い。

飛行する魔族が増えているということは、遊撃隊の負担が大きくなるっていうことで……。

大丈夫だろうか――思わず、遊撃隊のなかに月読の姿を探したところで、耳元で声がした。

「真昼、グリフィンの弱点はなに⁉」

いつもの淡々《たんたん》とした月読の声だ。

本人は空中にいるから、これは風の魔法を応用して、声だけ私のそばに届かせたのだろう。

雷撃や敵の攻撃で防御障壁が衝撃音をあげているときは、いくら叫んでも、空中にいる遊撃隊には声が届かないからね。

「えっと、グリフィンの弱点は背中……って、これは攻撃するの無理かな。魔法なら一応、炎系の攻撃が弱点だけど……魔力耐性が高いから一度では効かないと思う。あと、雷撃はほぼダメージゼロだから、気をつけて！」

早口に答えながら、なるほどよく編制されていると感心してしまった。

オオムカデは雷に弱いから、ステータス魔法で調べれば、白砂王国軍は雷撃を放つ。それを見越して、雷に耐性が強いグリフィンを乗せておけば、背中に乗っている他の魔族は、グリフィンを盾に雷撃をしのぐことができるわけだ。

今回の襲撃は、これまでとは違う。ぞくりと得体の知れない恐ろしさが背筋を這《は》いあがり、身が震えた。力任せに襲って来るのではなく、今回の襲撃は戦略的に考えられている。

「……高位魔族が、背後にいるのかも」

そう呟いたいままさに、遊撃隊さえ感知できない高みで私たちを見ている存在がいることを、もちろん私は知らなかった。

「ただでさえ、魔族と戦うのは大変なのに、これでもし高位魔族が参戦したり、ましてや魔王が復活したら……どうなるのよ？」

これ以上、戦闘が激しくなったら……また戦死者が出るかもしれない。

不安が屋上に伝染するのとは別に、ステータス情報は遊撃隊に伝えられ、雷光に続いて炎が天空を覆う。まるで味方まで燃えつくしてしまいそうな炎の龍が、オオムカデから飛び立ったグリフィンに襲いかかっていた。

この炎の勢いと殺気は、絶対、雨水さまだ。恐ろしい。間違っても、敵に回したくない。なんて考えていると、遊撃隊の隙をついて、ベールゼブブ——私がハエ男って呼んでる魔族が砦に近づいてきた。

「来るぞ！」

砦上部の砲撃手に緊張が走る。ベールゼブブが口を開き、紫色の光線を放つと、砦全体を覆う防御障壁が衝撃波に大きく揺れた。

魔族のなかには精霊魔法を使うものと魔族特有の黒紫《こくし》魔法を使うものがいて、ベールゼブブは後者だ。ハエによく似た口から、黒紫色の光線を撃ってくる。

言うまでもないかもしれないけど、色が黒紫色だから、黒紫魔法って言うんだよね。

安易だなって思うでしょ⁉　でもこれが結構、攻撃力が高いものだから、バカにできない。

私は慌てて、魔導砲を構えた。

手甲に意識を集中すると、砦の地中と自分の頭の天辺までが一体化したような錯覚《さっかく》に陥り、つむじのあたりがちりちりする。砦に埋まる根の石という魔法石は、私たちが守らなければならないのと同時に、攻撃の力を与えてくれる存在だ。

意識して地下の魔法石から魔力を汲《く》みあげ、勢いよく放つと、黄緑色の光線が魔導砲から飛び出た。しかし、タイミングが遅い。敵の近くを掠めるけれど、当たった様子はない。私を嘲笑うようにベールゼブブは飛び回り、次の黒紫魔法の光線――略して、黒紫ビームを放ってくる。

このハエ男は防御力はさほど高くないけど、ともかくすばやい。もう一度と思って、こっちが次の光線を準備している間に、魔導砲の射程範囲を外れてしまう。

本当にうっとうしいハエだわ！

「あまり近づかれると危ない……おい、持ち場から離れるな！」

これまで魔導砲班は接戦されることがなかったせいだろう。すっかり動揺して、誰か学兵が逃げたらしい。ちらりと横を向いたら空になってしまった砲台が見えた。

うわぁ、最悪だ。

「空になった砲台なんて的もいいところじゃない！」

叫んだところで、自分の持ち場を離れるわけにもいかない。

まずいのではと思ったところに、グリフィンが空の魔導砲を狙って雷撃を放った。

魔導砲は砦の障壁を越えて攻撃するため、砲身のところは魔法で防御されていないのだ。つまり狙い撃ちされたら、あっというまに吹き飛ぶし、小型のベールゼブブなら、そこから防御障壁内に侵入できる。ピンチだ。

ドーンという防御障壁が耐える音が響いて、砦全体が揺れた。けれど恐れていたように、魔導砲を吹き飛ばされることはなかった。どうやら後方支援班が空になった砲台を防御障壁で覆ってくれたらしい。よかった……と安心したのもつかの間。

いつのまにか三体目のオオムカデも近づいてきて、戦況は厳しくなるばかりだ。

ここに至って、私は変に納得していた。

そうだよね……これまでの攻撃みたいに温かったところにこんな攻撃を受けたら、確かに戦死者が出るよね。

クラスメイトの死は、まだみんなのなかに暗い影を落としている。

予想外の攻撃を受けたら、動揺して持ち場を離れてしまうぐらいには。

「でも、ここで魔導砲班が逃げたら、空中にいる遊撃隊はどうするのよ⁉」

私は必死になってベールゼブブに狙いをつけて撃った。

空になった砲台がある分、私の持ち場――攻撃範囲が広くなっている。

十分に魔力を魔法石から引き出して撃ってたら、敵の動きに追いつけない。

魔法石から魔力を引きあげた状態をキープしながら、もっと加減して撃たなきゃ。そんなことを考えている間にも、攻撃に防御障壁が何度も揺さぶられる波動が伝わってくる。

おそらく、敵の陸上部隊が正面門を破ろうと攻撃しているのだろう。

あちこちで、交戦の魔法や防御障壁が耐える音が響いて、これが本当の戦争かと思う。

遊撃隊は魔導砲班と比べると、逃げるものもなく、落ち着いて魔族に対応しているように見えたけれど、それでもついに一角が崩された。遊撃隊の間隙を突いて、グリフィンが背に回りこむ――その瞬間、私は叫んでいた。

「月読、危ない！」

溜《た》めていた魔導砲の魔力をグリフィンにぶつけると、ちょうど弱点の背中に当たったらしい。

一撃で倒すには至らなかったけれど、グリフィンの体は落下して、その隙に月読は体勢を立て直し、フォローするように雨水さまが炎の龍を繰り出した。

その雨水さまを守るように暁兄さまがベールゼブブと交戦して、月読は暁兄さまが元いた場所と入れ替わり、次のグリフィンに対峙している。見事な連係プレイに味方から感嘆《かんたん》の声があがった。

ほんのわずかな隙をぬって、月読が親指を立てて、私に「ありがとう」の合図を送ってくれる。そんなこといいのに……なんて言わない。月読と意思の疎通ができると、自分でも不思議なくらい勇気が出るし、息を合わせることは大事だもんね。

「月読、頑張って！」

叫んでも聞こえないことはわかっていたけれど、言わずにいられない。

戦いの興奮で、叫び出したいくらいだった。

魔族に近づかれたら、撃つ。そうしないと、月読や暁兄さまの援護ができないんだから、オオムカデやハエ男を気持ち悪いなんて言っていられない。

「できるできる。大丈夫。私はできるはず……」

帰ったら、子作りの続きをするって約束をしたんだから！

月読だって遊撃隊で頑張ってるんだし、私だって頑張らなきゃ。

接近してきたオオムカデが魔導砲の攻撃を受けて、霧散する。夢中になって、魔力を吸いあげて敵に向かって撃っているうちに、いつのまにか周りが静かになっていた。

別に走っていたわけでもないのに、乱れている息遣いがやけに大きく聞こえる。

そこに、とん、という軽い足音がして、振り向くと月読が砦の屋上に降り立っていた。

「真昼、さっきは助かったよ」

いつもののほほん眼鏡の少年の制服は、敵の黒紫魔法が当たったのだろうか。ズボンがあちこち破け、焼けた跡まであった。白い制服なのに、ところどころ赤くなっているのは敵の返り血らしい。魔族もヒトと同じように血が赤いんだななんて、どうでもいいことが気になってしまう。ちょっと痛そうだけれど、幼馴染みが元気そうな顔をしているのを見て、張りつめていた緊張が吹き飛んだ。

「つ、月読〜！　よかった無事で！」

思わず目頭が熱くなって、私は月読に抱きついた。

ずっと魔導砲のハンドルを握りしめていたせいで、指が強張っていたけれど、そんなことはどうでもいい。ぎゅうぎゅうと月読の体に頰を押しつけて、少年の無事を体感する。

本当に月読だ。温かい。ちゃんと生きている。

戦闘に勝利したこと以上に、月読が無事でうれしい。涙が出そう。

「うん、真昼のおかげで生きているよ！　すごい戦闘だったね。大変だったね！」

そう答えて月読は私の体を抱きしめながら、ぐるぐると回った。

ちょっと目が回るけど、まるでダンスをしているみたい。普段はのんびりしている月読がこんなことをするなんて、やっぱりすごく興奮しているんだとわかる。

というか、いますぐキスしてくれてもいいんだけどな。キスしてくれないかな。

なんて考えて、ちらりと月読の真っ黒な瞳と視線を合わせたら、こういうとき、幼馴染みって便利だ。言葉にしなくても、私の考えが伝わったのだろう。

私の体を抱きあげたまま顔を近づけてきたから、そっと目を閉じる。ドキドキするし、もどかしい。でもこうやって待っている間が、ロマンチックだよね。こういうのも悪くないよね。

なんて思いながら、やわらかい感触を待っていたのに。

ぶちゅ。っと触れたのは、唇ではなく、革手袋の感触で——あれ？　なんで？　と思うより早く、怒声が響いた。

「ふざけるな……真昼から離れろ、月読！」

冷ややかなドスの利いた声は、考えてみるまでもなく暁兄さまの声だ。

月読の唇を待っていたのに、暁兄さまの手袋をした手に口付けてしまったなんて！

「ちょっと暁兄さま、なにをするのよ!?　なんで兄さまの手にキスしないといけないのよ!?」

「苦労して砦を守ったんだから、そのぐらいの報奨《ほうしょう》をくれても罰は当たるまい。手が嫌なら、頬にしてくれてもいいんだぞ、真昼？」

ふんと偉そうな顔で頬を突き出され、私の苦情なんて一蹴されてしまった。悔しい。これが永遠に変えることができない兄妹の上下関係か。なんて恨みがましい気持ちになっていると、暁兄さまの言葉を鵜《う》呑《の》みにしたらしい月読が空気を読まない発言をした。

「え——暁さんの頬にキスするのはちょっと……ごめんなさい」

「月読、おまえじゃなくて、真昼だ。真昼に決まってるだろ！」

「私だってイヤ。月読がいい」

当たりまえじゃない。私は暁兄さまの手を押しのけて、月読の腕にしがみついた。

「暁兄さまと結婚するわけじゃないんだし、私の邪魔をしないでよ」

ツンと鼻を上向かせて、冷たくあしらう。ここで強く言っておかないと、月読との間に割りこまれてしまう。いま、いいところだったのに！

なのに暁兄さまは、月読とは別の意味で空気を読んでくれなくて、私の腕を掴むと、無理やり、月読から引き剝《は》がしてしまった。

「真昼はまだ十六なんだから、結婚なんて早いに決まってる」

そんなことを言って、砦の屋上から暁兄さまに連行されていく。

なぜか月読がのんきに手を振って来るのに応えて、私も手を振り返すけれど、お別れするわけじゃない。同じ水上艇に乗って学校に帰るのだ。

結婚は早いって言われたって、子作りするんだから結婚だってするに決まってるじゃない！

私は暁兄さまに引きずられながら、学校に戻ったら続きをする決意を固めていた。

第三章　子作りに必要なモノはなんですか？

戦闘が終わって、水上艇で魔法学校に戻るころには、空は赤く染まっていた。

美しい夕焼けは不吉だという人もいるけれど、戦闘で疲れたあとには鮮《あざ》やかな赤のグラデーションに気分がせいせいとする。

「じゃあね、暁兄さま。ごきげんよう……行こう、月読」

私は暁兄さまの手から逃れて水上艇のタラップを降りると、先に栈橋《さんばし》に降りていた月読の手をとった。

「あ、うん。暁さん、雨水さま。今日はどうもありがとうございました」

校舎に戻ろうと歩きかけたのに、月読はのんびりと暁兄さまに挨拶をしている。

まったくマイペースなんだから……そんなところも嫌いじゃないけど。

複雑な気持ちで月読が歩き出すのを待っていたら、暁兄さまに並ばれた。左手に月読、右手に暁兄さま。見ようによっては、両手に花と言えないこともない。

「ごきげんようなんて言ったって、これから講堂で反省会だからな、真昼」

もちろんわかっていますとも。戦闘が終わったあとは、反省会と称して、今回の戦闘での問題点や気づいたことを報告する時間がある。

これは雨水さまの発案ではじめられたことで、さすがにサボるわけにいかない。

でも、反省会では暁兄さまは雨水さまといっしょに前に立つから、私と月読の間を引き裂いている余裕はないのだ。私は月読と講堂に入ると、いつものように隣りあって座った。

暁兄さまには悪いけど、月読といっしょにいる時間のほうが長いし、落ち着くんだよね。面と向かって言うことはできないけど。

これまでは遊撃隊が魔族をあっというまに倒して戦闘終了していただけに、反省会といっても遊撃隊以外は、ろくに話すことはなかった。でも今日は違う。

「まずはご苦労さまと言っておこう。戦死者が出なくてよかった」

第一部隊の司令である雨水さまが声音に労《いたわ》りをこめて告げると、女生徒を中心に感嘆のため息が漏れる。雨水さまに労ってもらえるなら、死をも厭《いと》わないといわんばかりの心酔《しんすい》ぶりだけれど、私は知っている。

いま雨水さまにうっとりと見蕩れているうちの何人かは、敵が遊撃隊の包囲網を突破して屋上に近づいたときに、自分の持ち場を投げ出して逃げたことを。

わざわざ密告するつもりはないけれど、雨水さまのことだ。たぶんバレているだろう。

「どうやら敵の本格的な侵攻がはじまったようだ。あるいはこれまでの単発的な魔族の襲撃は、どの砦が攻めやすいかを探るための斥候《せっこう》だったのかもしれない」

衝撃的な推測を口にされ、どよめきがあがる。や、ちょっと待って雨水さま、なにそれ。

暁兄さまは以前から知っていたのかな。雨水さまの隣でもっともらしくうなずいている。

正直、寝耳に水なんですけど⁉　これまでの襲撃がただの斥候だった⁉

「先日、学兵部隊から戦死者を出したことで、大陸中央部の砦は攻め易《やす》し、と判断された可能性が高い。特に星の島が落とされた現在、ナノカ岬砦は大陸からもっとも突き出ている……」

暁兄さまが雨水さまの言葉を補足すると、なおさら講堂内のざわめきが大きくなった。

「そうだな……もともと、海岸部の砦が単発で狙われやすかったのだが……暁が言ったようにナノカ岬砦を落とすと、魔族にとっては大陸に侵攻する足がかりが十分作れるわけだ」

その雨水さまの説明を補足するように、暁兄さまが黒板に大きな地図を描く。

多角形の一角――星の島が落とされ、防御結界の陣形が変わった。いまは、ナノカ岬砦が一番海側に張り出していて、ここが落ちると魔族たちは大陸の一端に入りこめるわけだ。

「王国の先見と相談してみないことには断定できないが……陸上歩行魔族の大部隊が、北方の凍結を見越して樹海大陸を北上する一方で、オオムカデのように海を渡れる魔族を星の島に集めて、集中的に攻めてくると見て間違いないだろうな」

学兵が守る砦を集中的に攻めてくるって――そんな現実はできれば直視したくない。

星の島が落ちたことは大ニュースだったたし、大変だと思ったけれど、まさかこんな形で自分たちに降りかかってくるなんて夢にも思っていなかった。

だって今日わりと苦戦していたよね？　あれがもっと激しくなったら、まずくない？

現状を理解すればするほど、血の気は引くばかり。

ざわめき醒《さ》めやらぬ学兵たちは、さらなる無情な報告を聞かされる。

部隊の後方支援班にいた遠見曰く、「どうやら遊撃隊よりも高みで、高位魔族が戦闘見物していたらしい」と――。

‡ ‡ ‡

「月読、やっぱり子作りしよう！」

「うん、戦闘が終わったらって約束してたからね」

私が力説した言葉に、月読は無邪気な笑顔で答える。

ううっ。そんな純真無垢な顔を向けられると、自分が邪な人間に思えてツライ。

でも今回ばかりは、そんなことを言っていられない。

遊撃隊は危険だし、遠見の報告にあったように高位魔族が参戦してくるなら、今後もっと危険になる。月読になにかある前に私が手を打っておかないと、進む話も進まないものね。

戦闘の反省会が終わったあと、学兵たちはみな、放心した様子で夕食をすませた。

あまりにも絶望的な未来を聞かされ、いつもは楽しそうなおしゃべりで賑《にぎ》やかな食堂が、不安そうなどよめきに包まれていたのも無理はない。

しかも、こんな厳しい戦闘があったあとだからと追試が延期されればいいけれど、意外とそんな考慮《こうりょ》はされないのだ。

夕食を終えたあとで、私と月読は荷物をとりに自習室に戻ってきた。

自習室で子作り。月読は追試があるし、勉強する場所で子作りはどうかと思うけど、昼間の激しい戦闘のあとで、冷静に勉強なんてできそうにない。はっきり言って、まだ気分は昂《たか》ぶっていた。

「約束だから子作りするっていうか……子どもができたら一時的に戦闘から外されるじゃない？　だから、月読の安全のためにも……子どもを作りたい」

我ながら自己保身に走った考えだということはわかっている。

危険なのはみんな同じだし、そのなかで誰かが抜けるなんて、裏切り行為もいいところだ。

でも雨水さまや暁兄さまはともかく、月読はちょっとぽーっとしているところがあるし、いままで面倒を見てきた私としては、心配で仕方がなかった。

暁兄さまが月読を第一部隊なんかに入れなければよかったのに……なんて思ったこともあったけれど、結局は関係ないのだ。

攻撃魔法が使えるということは、どの部隊でも遊撃隊として最前線で戦わされるってことだもんね。これは生まれ持った能力だから、月読に生き残ってもらうためには、ほかの方法を採る必要がある。つまり、

——目指せ！　子作りして前線への配置を一時免除！

私は自習室の長椅子に腰かけて心を決めた。

小部屋のなかには大きな勉強机と、三人掛けの細長い椅子がふたつある。その長椅子の上な

ら、頑張れば寝転がることができるという、生徒の間でのもっぱらの噂だった。

「真昼がいいなら、じゃあ、しようか……って、ここでするの⁉　なんか部屋が借りられるって話じゃなかった？　子作りの戦闘免除だって確か届け出が必要だったような……」

「わ、私が言い出したんだから、いいに決まってるじゃない。届け出は、子どもができてからでも構わないんだって」

国がやることにしては乱暴な話だけれど、それだけ魔法使いの数が足らないのだろうか。考えはじめると不安になるから、いまは深く考えている余裕がない。

「子作り用の部屋は？」

「『子作りハウス』なんて、恥ずかしいじゃない……なかに入ったら、ふ、ふたりで子作りしてるってバレバレなのよ⁉　こ、子どもができてからならともかく……」

しばらくゲストハウスになっていた昔の学生寮を改装して、子作りしたい生徒がカップルで住めるようにしてある。

通称『子作りハウス』。

生徒からは羞恥と羨望《せんぼう》をこめて、そう呼ばれていた。

申請すれば、ふたりで日常的に住むことができて、子作りしたい放題というわけだ。

子どもができての戦闘免除と比べると、していることが周囲に筒抜けという恥ずかしさで、制度を使える気がしない。

「でも真昼といっしょに暮らすのって、いいと思うけどなぁ」

いつものように、のんびりした声で月読が言う。うぅ、天然なやつめ。私だって月読と暮らすのはどんな感じなのか、興味はあるのよ⁉

真っ赤になってうつむいていると、月読が私の髪を撫でて、髪飾りを外した。コトリという音を立てて、私の手が届かないところに置く。

桜花の髪飾りは母の持ち物で防御魔法がこめられている。

子どものころから欲しがっていたのだけど、なかなか母親から許してもらえなくて、寮暮らしするときにやっともらえた私の宝物だ。私が母親に強請っているところを何度も見ていた月読は、入学式に髪飾りをつけて見せに行ったところ、自分のことのように喜んでくれた。

月読が髪飾りを大切に扱ってくれて感動していると、制服の上着に手をかけられた。あ、ちょっと心の準備が……って思ったけど、いまさらだった。

衣擦れの音が静かな自習室に響いて、ドキドキする。うん、でもドキドキするけど、ちょっと楽しい。

私もやってみたくて、月読の制服の上着を脱がせてみた。学校に戻ったあとに着がえる余裕なんてなかったから、白い制服はさっきの戦闘で破れたり返り血がついたままだ。

あーあ、破れたところ、あとで繕ってあげないとダメかな。

後方支援班の魔法使いに頼んでもいいのだけれど、私がやってあげたい気もする。制服には魔法の守りが織りこまれていて、洗ったあとで繕うにしても、魔法を使う必要があるのだ。

――やっぱり人に頼まないで私がやろう。防御魔法なら、そんなに苦手じゃないし。

だって私の愛で月読を守ってあげたいじゃない！　なんて考えていると、月読と目が合い、顔が近づいてきた。眼鏡の金属の縁が触れたかと思うと口付けられる。

「んんっ……」

やわらかい唇がそっと私の唇に触れて、離れていく。

今度は初めてしたときと違い、鼻をぶつけたりしなかったよ。月読、えらい！

「あのね、月読。あとで制服を直してあげるね。怪我は大丈夫？」

ズボンが破れているところは、ずいぶんパックリ切れていた気がしたんだけど、記憶違いだろうか。さっきからあちこち連れ回してから聞くことじゃないかもしれない。実はうっかり忘れてた。ごめん、月読。

「うん、特に怪我はしてないよ……って真昼こそ、肩のところが痣《あざ》になってるじゃないか！」

私のブラウスを脱がせる途中で、月読が非難するような声をあげた。

あれ？　本当だ。肩のところが丸く、紫色になっている。

「魔族と直接戦ったわけじゃないのに……って、あ、そうか。もしかすると、魔導砲のハンドルにぶつけたのかな？　敵の魔法が防御障壁に当たったとき、すごく塔が揺れたんだよね～。すごかったよ！　地震が起きたのかと思ったもん」

できるだけ茶化して言ったのは、怖かったことをまともに思い出したくないからだ。

襲ってきた魔族が防御障壁を打ち破ろうとして、何度も何度も魔法を撃ちこんできたときは、生きた心地がしなかった。まるで雷の雨のなかにいて、いますぐにも見えない魔法の壁が破れてしまうような気がしていた。

ドォンという魔法が当たる音がするたびに、今度こそ終わりだと思いながら、魔導砲にしがみついて撃っていたのだ。一回や二回ぶつけたところで不思議はない。戦闘中、痛みを感じなかったのは、夢中だったせいだろう。ベールゼブブの黒紫色の光線が、私の砲台の近くを掠めたときなんて、本当にもうダメだと思ったくらいで……。

自分でもわからないまま、ぶるりと体が震えた。

すると、なぜか話を聞いていた月読のほうが神妙《しんみょう》な顔をして言う。

「……真昼は、あんまり無茶しちゃダメだよ……ん」

珍しく私を諫《いさ》めるようなことを言って、月読はその痣に顔を寄せた。

ちょっとなにをして！　びっくりして声をあげるより早く、月読の唇が肩に触れる。

「っつぁ……やぁ……つ、月読、い、痛いっ！」

口付けるだけならまだしも、痣の近くを吸いあげられて、びくんと体が跳ねた。まだ真っ青な痣だ。舌先で痣の形をなぞられると、鈍い痛みがじわりと広がった。

すごく痛いわけじゃないけれど、むず痒《がゆ》い痛みに、奇妙な気分になる。

もしかすると痛みのせいで、ことさら肌が敏感になっているのかもしれない。眼鏡の冷たい縁が肌に触れるのも感じるし、やわらかい唇に痣の上を辿《たど》られるのも、辛い。ずくりとお腹の芯《しん》が脈を打って疼《うず》いた。

「だって、せっかく真昼は綺麗な肌をしているのに……痣なんてつけたら、もったいない」

肌を舐めるように触れられながら言われ、かぁっと頬が熱くなる。

どうしたの？　月読がこんなこと言うなんて……それとも天然⁉

混乱してツッコミを入れそうになったけど、そんなの天然のほうに決まってる。

私を口説くためにこんなことを言える月読じゃないんだから、心の底から私の肌が綺麗だと思ってるわけで……うわぁぁぁぁ、それはそれで恥ずかしいじゃない！

私が身悶《みもだ》えているなんて気づく由もなく、月読の天然な発言は続いた。

「真昼の肌に痣をつけるのは僕だけだから、もう傷つけちゃダメだよ？　約束だよ？」

ちょっとぉぉぉぉぉっ。月読、恥ずかしい。いったいいくつだと思ってるのよ！

しかしよくよく考えてみれば、月読は子どものころから天然で、恥ずかしい台詞をぽんぽんと言っていた。

私に対して、「真昼ちゃんはお姫さまみたいにかわいいね」なんていうのは日常茶飯事で、「髪の毛が真っ黒で綺麗だね……触っていい？」とか、「真昼ちゃん、宝石箱に入れてしまっておきたいぐらいかわいい」とか、ずっと言われていた。

初めて聞いたときは、私も子どもだったから有頂天《うちょうてん》になって月読の言葉を真に受けていたけど、年をとるにつれ、人前でそんなことを言われると耐えがたくなってしまった。

幼稚園のころはまだしも、小学校でやられたときには、しばらくクラス中から冷やかされて身の置きどころがなかったんだから！

お願いだからやめてと言って、月読を説得するしかなかった。

あのときの月読の悲しそうな顔は、いまも忘れられない。うぅ……でも別に人前じゃなければいいし、言われること自体は嫌じゃないんだけど……。久しぶりすぎて心臓に悪い。

「真昼は僕のものなんだから、これからは気をつけないと、お仕置きだからね？」

「うん……ん？」

あれ？　なんかいま聞き捨てならないことを言われたような気がしたんだけど、気のせい？　頭のなかを疑問符でいっぱいにしていると、机の上に押し倒された。あれ？　さっきと違って月読ってばやけに攻め気じゃない？

魔法の明かりに照らされた月読の顔が、真上に見える。

肩に触れていた手が肌の上を這い、人差し指ですーっと鎖骨《さこつ》を辿られた。くすぐったいのに、まるで月読が私の形を確認しているみたいで、イヤじゃない。ちゅっと鎖骨の端に口付けられると、触れられている場所とは別に、ぞくりと背筋が震えた。どきどきして、体の奥がきゅんと疼く。どうしよう。触れられているのが辛いくらい感じてきたけど、でも。

「つ、月読待って……机の上は嫌だってば……ひゃんっ」

待ってって言うまもなく膝を抱えあげられ、変な声が出た。やだ、恥ずかしい。上半身だけじゃなく、机の上に完全に体を乗せられて、まるでまな板の鯉《こい》にでもなった気分だ。

「だって、長椅子じゃ真昼が落ちちゃうよ。いまだって結構暴れたじゃないか……机の上のほうが広いし安全だよ」

月読が珍しく私の言い分に速攻で反論しながら、自分のシャツを脱いでいる。

うう……違う。そういう意味じゃない。

なんていうか、自習室でこんなことしていて言うのもなんだけど、机は本来、勉強するはずのためのもので上に乗るものじゃないし、ノートを広げる代わりに自分が寝転がって、こんな猥《みだ》りがましいことをするなんて！

ベッドの上で抱きあうより卑猥《ひわい》なことをしてる気分にさせられるのは、私だけ？

それも月読に上から押し倒されてなんて……どこか自分を調べられているというか、実験動物にでもなったような気分にさせられてしまう。

べ、別にこれは、主導権を握られて悔しいっていうんじゃないからね？　さっきまで月読は全然乗り気じゃなかったくせに、いざやる段階になったら、私より落ち着いて見えてずるいなんて思ってないんだから！

うーっと負け犬の心地で、幼馴染みの少年を見上げると、はだけたシャツから引き締まった胸がのぞいていた。

「あ、れ……月読……腹筋割れてない？」

啞然《あぜん》として細身の体に見入る。服を脱いだら、そこにあるのは、ひょろひょろとなまっちろい体だと思っていたのに違った。

筋骨隆々《きんこつりゅうりゅう》というわけではないけれど、手を伸ばして触れてみれば硬いし、余分な脂肪《しぼう》があるのでも、ただ痩せているわけでもない。最後に月読の裸を見たときは、こんなんじゃなかったはず……といっても、小さいころの話だけど。

「月読ってば、筋力トレーニングでもしてるの？」

口にしながら、自分でも間抜けなことを聞いているのはわかっていた。

でも、よく知っていると思っていた幼馴染みだからこそ、知らない面を見せられて、動揺したのも事実だ。

「筋トレしてるよーっていうか、僕だけじゃないけど。遊撃隊はみんな暁さんに無理やりやらされているんだよ……飛行術でバランスよく飛ぶには体幹が鍛《きた》えられてるほうがいいんだとかなんとか言って……まぁ僕なんか下っ端だから、サボるわけにもいかなくて」

そりゃそうだろう。月読はのらりくらりと面倒ごとから逃げるのが上手いけど、すぐに逃げようとするその考えはどうなのよ。

でも聞いて、なるほどと思う。暁兄さまの裸なら見たことがあったけれど、やっぱり同じように腹筋が綺麗に割れていたからだ。私以外には、自他共に厳《きび》しい兄だけれど、のんびりした月読の腹筋がきちんと割れるまで訓練させるとは！

納得はしたけど、別の意味で負けた気分だ。私が教えた試験勉強は追試になったのに、兄さまの訓練はちゃんと結果が出ているなんて……。

「やっぱり私の教え方が悪かったんだわ……もっと厳しくやるべきだった……」

敗北感に打ちのめされながらブツブツと呟く。暁兄さまになんか負けない！

私が間違った方向に闘志を燃やしていると、月読がわけがわからなそうな声をあげた。

「真昼？　ブツブツ言ってるけど、もしかして寒いの？」

「ううん、いまからだって遅くないかも……じゃなくて、別に寒くはないから、平気。心配してくれてありがとう」

ちょっと照れくさいけど、もういいや、やっぱり机の上でも。勉強のことも、このさい一度、忘れよう。私が覚悟を決めたように月読の首に抱きつくと、肌着を脱がされた。

素肌が空気に触れると、肌がさっと粟立つ。寒いわけじゃないけど、ぶるりと身が震えて、そういえばとちょっとだけ我に返った。

私、この自習室の扉に魔法をかけたっけ？

もし誰かにいきなり扉を開けられたら……まずい。なにせ自習室には鍵がかからないのだ。半裸で抱きあう少年少女。不純異性交遊が校則で禁止されてるわけじゃないけれど、誰かに見られたい格好でもない。

扉の前には『使用中』の札が下がってる。でも、たまに自習室の使用を終えたあとに、札を『空室』に戻さない人がいるらしく、司書がなかを確認することがある。

だからこれまでも、なかに突然入って来られたくないようなときには、わざわざ魔法で扉を封印《ふういん》していたのだけれど……どうしたかな。やった記憶が思い出せない。

そんなに難しい魔法じゃないから、習慣でかけた可能性はあるし、まぁいいか。

直《じか》に触れる月読の肌が熱いなあなんてことのほうが気になって、わざわざ確認するのが面倒くさい心地にさせられてしまう。

しかも、視線が合ったところで、月読の顔が近づいてきたから、なおさら。

「……んぅ……ふ」

目を閉じて口付けられると、頭のなかまでどっぷりと甘ったるく蕩《とろ》けていく。わぁ……自分で言うのもなんだけど、半裸で抱きあいながらのキスって砂を吐きそうなほど甘いね！

昼間、初めてキスしたときには、鼻がぶつかって痛かったのが嘘みたい。だんだんキスするのに慣れてきたけど、月読は眼鏡を外さなくていいのかな。それとも初めて子作りするんだし、外したらやりにくいのかな。そんなことを考えているうちに唇が触れて、またすこし離れて、私の唇が半開きになったところに舌を入れられた。

月読ってば、肌は熱いのに、舌先がすこし冷たい。

歯ぐきに沿って、するりと舐《な》められるのが、くすぐったいのに心地よい。全身の肌がざわりと粟《あわ》立ったのを、私は「んんっ」と咽喉《のど》の奥を鳴らして、震えを堪えた。

心臓が高鳴りすぎて、なんだか気分が悪くなりそう……。

どうしたらいいのかわからないほど動揺しているのに、触られるのを許せるのは、相手が幼馴染みだからだろうか。それとも、まだ戦闘の興奮が残っているせいだろうか。

敵が近づいてきたところで砲台を回して、魔導砲を撃ち放ったときの衝動は怖くて、なのに気持ちよくて、心が麻痺《まひ》しそうだった。日常的に感じているうれしいとか楽しいとかいう繊細《せんさい》な感情がすべて吹き飛んで、強烈な破壊衝動だけに染まっていく怖ろしい感覚。

あの高揚《こうよう》を鎮《しず》めるためには、こうして温かい肌と肌を触れ合わせているのが一番効くような気がする。やさしく触れられたところから、どくどくと月読の体が脈打っているのが感じられて、生きているって実感が湧《わ》くから。

本当によかった……月読が生きていてくれて。

じんわりと幼馴染みの無事に感動している私に、月読が申し訳なさそうな声をあげた。

「ねぇ、真昼。えっと胸に触ってもいい？」

「い、いいわよ……子作りするんだから、と、当然じゃない……」

そんなこと、おずおず聞かれるほうが恥ずかしいんだけど！　という苦情の言葉は、咽喉の奥に呑みこんだ。なんといってもお互い初心者なので、勝手が摑めないのは仕方ない。怒らない怒らない。言動に気をつけないとね。

胸を押さえつけている簡易なコルセットを外され、私のささやかな胸が露わになる。

「真昼の胸って……」

「ち、小さいって言ったら承知しないんだから！」

思わず、月読の言葉にかぶせ気味に突っこんでしまった。たったいま、月読がなにを言っても怒らないようにしようと決めたばかりなのに！

やっぱり眼鏡を外させればよかった。そうしたら、まじまじと見られたりしなかったのに。

だって私の胸はあまり大きくない。月読はやさしいけど、天然に自分の思ったことを言うときがあるし、つい強い口調で突っこんでしまった。

なのに、火照《ほて》った顔で睨みつける私の動揺なんて、月読はまるで気にしていないようだ。両手で私の胸を摑み、ふにふに揉《も》んでくるから、意表をつかれた。

「ひゃ……ぅ……や、い、痛い……な、なにをして……っ！」

骨ばった指の感触に、体がわなわなと震える。

「真昼が触っていいって言ったんじゃないか。それに、僕は別に小さいなんて一言も言ってないよ。綺麗な形をしてるねって言おうと思ったのに……」

心外だとばかりに唇を尖らせた月読は、私の言動に仕返しするように、さらに胸を揉みしだいた。膨《ふく》らみの外側から、円を描くように撫でられると、あまり痛くないばかりか、気持ちよくなってくる。

「ふぁっ……あぁん……そ、の撫で方……」

「気持ちいい？　ごめん……力加減がよくわからなくて」

息が乱れてきたのは感じているせいだとわかっているくせに、ちゃんと確認するところが月読は真面目だなって思う。嫌いじゃないけど、そういうところも。

ぴょこんと胸の先が硬く起ちあがってくると、月読は膨らみに口付けながら、すこしずつ赤い突起に近づいて、ぺろりと舌先で舐めた。

「ふぎゃっ⁉　はぅ……月読、そのちろちろ舐めるの……んあぁんッ！」

舌が艶《なま》めかしく動き、突起の括れを舐め回される。初めはくすぐったかったのに、だんだんと胸の先がひどく感じてきて、体が跳《は》ねた。もどかしい熱が腰を揺らして、もっと激しく触れて欲しいと疼いている。

どうしてそうなるのか。赤い突起が月読の口腔《こうこう》に呑みこまれて、まるでアメ玉を舐めるように転がされると、私の下肢《かし》の狭間《はざま》がどろりと湿《しめ》ってくるのがわかった。

下乳から持ちあげるように掴まれて赤い突起を上向かされると、自分の欲情を見せつけられるようで、いたたまれない。

でも、月読がまるで私を求めるように、脚に脚を絡《から》めてくると、いいのかなって思う。私も月読に触りたくて仕方ないし。キスして欲しいし。

欲望につき動かされるように月読の黒髪に指を挿し入れて、さらさらした感触を楽しんでいると、ぎゅっと肌を吸いあげられた。ひゃんっ。痛いけど、そんな刺激にさえ、官能《かんのう》を昂ぶらされてしまう。月読の唇が肌の上を動いて——これが『愛撫《あいぶ》される』ってこと？　私はくすぐったい快楽に「んんっ」とむずかるような声を漏らした。

「痛かった？　真昼、大丈夫？」

心配そうに見上げている月読のすぐ真下で、私の肌には赤紫の痣がついている。いわゆるキスマークだ。実を言うと、不純異性交遊の本を読んだとき、ふざけて自分で試してみたから知っているけど、人からつけられるのは初めてだ。なんていうか、本に書かれていたことを実践《じっせん》するだけで、こんなにもドキドキするとは思わなかった。

いままで誰にも見せていなかったところを、見られて触れられて舐められるなんて……。

私はびっくりしてばかりいるのに、月読がやけに落ち着いて見えるのも、動揺が増す原因になっているのかもしれない。

「大丈夫、全然痛くないよ。それより月読は……こういうことをするの、初めてなんだよね？」

私だけが初めてなわけじゃないよね？　確認するように、月読と視線を合わせる。

どうしよう。本当は月読ってば経験者だったりした？

冷水を浴びせかけられたような心地になって、手を握りしめながら聞いたのに、月読は「僕だって初めてだよ」と、あっさり答えただけだった。

やっぱり……そうだよね。慣れてると思ったのは、私の気のせいか。

「でもほら、『子作り奨励法』の話が出てから、まぁ……遊撃隊のほうでも話が出て、大学部の人は高等部よりもっとやる気でさ……僕も訓練のあとに、その手の本を見せられたりしたんだ……」

うぅっと真っ赤な顔で告白する月読を見ていると、問いかけた私のほうが悪いことをしたみたいだ。というか、大学生がいたいけな高校生にいったいなにを教えているのよ！

まさか暁兄さまも共犯かしら？　ううむ……でも、この場合、二度と変なことを月読に教えないで！　って言ったほうがいいのかどうか、微妙なところだわ……。

遊撃隊が訓練のあとに猥談しているという話は、聞かなかったことにしておこう。うん。

私もユカリやマサゴと同じようなことをしていたしね。

納得して、初心者らしくたどたどしい手つきで、筋肉質の体に触れる。指先でつつーっと滑らせると、月読が「っつぁ……」と苦しそうな声をあげた。

その声を聞いて、ふふふ……やっぱり月読だって、肌を愛撫すると感じちゃうんだ。

なんていい気分になって、もっと触りまくろうかなぁなんて考えていると、ふと月読のズボンの股間のあたりが、パンパンに膨らんでいることに気づいた。

「月読……それ、痛くないの？」

びっくりして聞いてしまったけど、これはつまり、いい意味なんだよね？　つまり、月読が私に欲情してくれてるっていう意味で……。うわぁ、よかった。大丈夫かなぁって心配にはなるけど、正直言ってうれしい。だって昼間は、絶対こうなってなかったし！

火照った顔で月読の股間を指差したら、真昼はどうにかしてくれるの？」

「痛いって言ったら、真昼はどうにかしてくれるの？」

う……私が先に質問したんだけど……。

やっぱり月読ってば、初めてにしては落ち着いているよね。追試だってわかったときとは別人だよね？　不純異性交遊をするとき限定で、性格が攻めさまに変身するタイプ？

幼馴染みがこんないやらしい性格だったなんて、知らなかったよ！

いつもの月読は、私の言うことに忠実な弟みたいなのに、いまは主導権を握られているみたいで、なんだか悔しい。勝ち負けなんて関係ないってわかっているけど、一矢報いてやりたい心地にさせられて、月読のズボンのベルトに手をかけた。えいっ。

「わ、ちょっと真昼……えっと……本当に最後までやるんだよね？　もう脱いだら止められないからね!?」

「最後までやるに決まってるじゃない！　私なんて上半身裸になっているのに、いまさらなにを言い出すのよ!?」

まさか、途中までやったら、私があきらめるとでも思っていたのかしら……月読ひどい。裏切りだわ。それに、月読は昼間の戦闘をもう忘れてしまったんだろうか。グリフィンが月読の背中に回りこんだときなんて、私は生きた心地がしなかったのに……。

「また戦争が激しくなって、月読が怪我でもしたら……イヤなんだから」

ぼそりと呟いたら、月読は眼鏡の奥で黒目がちな瞳を大きく瞠《みは》った。

「うん……わかった。ごめん……心配をかけて」

ぎゅっと抱きしめられると、すこしだけ不安が遠ざかる。皮膚《ひふ》一枚を隔てて、月読の規則正しい鼓動が聞こえて、私は目を閉じた。

——月読はもしかしたら、私のようには戦闘が怖くないのかもしれない。

そう思うとなおさら、遊撃隊として戦う姿を見るのが怖い。もっと魔族に恐怖を感じて、遊撃隊なんてイヤだって言ってくれればいいのに。

「……ん、ぅ……月読……っ」

抱きあって口付けを受けるうちに、胸を月読の胸に押しつけていた。そんな状況で、腰のあたりでカチャリという金属音がするのは、どうやらさっき私がズボンを脱がすまでに至らなかった下半身を寛《くつろ》げているらしい。

その間にも、月読に首筋を甘噛みされて、私はおののいた。

「ひぇっ、ま、待って月読そこ……ふぁっ……やだぁ……」

いやだと言っているのに、首筋のあとは咽喉にがぶりと噛みつかれた。痛いというよりはくすぐったくて、月読の腕をぎゅっと摑んで身を捩《よじ》る。

咽喉は急所のひとつで、当然のことながら、こんなところをいままで他人に噛まれたことはない。もちろん幼馴染みの月読にだって。

――なんだか魂を奪われているみたい……。

妙なことを考えているかもしれないけど、首を噛まれるのは呪術のようだと思う。

呪文を唱えて精霊を行使するより、もっと原始的な魔法。呪文が成功するのかしないのかよくわからない呪《まじな》いのような。

「もしかしたら、子どもを作るのも呪術みたいなものなのかな……ひゃあんっ」

考えごとをしているうちに、いつのまにか月読の顔が下腹まで移動してて、臍《へそ》回りにまでキスマークをつけられていた。

ときおり当たる、眼鏡の硬質な感触さえ、びくんと感じさせられて、胸が高鳴る。

これ以上、下半身に動かれたらどうしよう。ハラハラして、お腹のやわらかいところに、ちゅっと音を立てて口付けられるだけで感じてしまい、妙な声が出そうだ。

「あぁんっ……くすぐった……ひゃ、う……！」

するりと丸くお腹を撫でられるだけで、ずくん、と痛いくらい腰の奥が疼いて、全身が性感帯になったみたいに感じてしまう。ダメだ。ほんのすこし触られるだけで声が出ちゃう。慌てて自分の口を手で覆ったけれど、太腿《ふともも》を大きく開かれて、また堪えきれない声が漏れた。

「やぁ、ん……っ！　つ、月読、なにをするのよ！　あぁっ」

太腿の間の、誰にも見られたことがない場所を露わにされて、頭のなかまでかぁっと熱くなる。しかも逃れたいのに、太腿を摑まれているから、じたばた暴れることしかできない。

「なにをするって……子作りするに決まってるじゃないか。真昼、ちょっと動かないで」

「う、うん……ひゃ、ぁんっ！」

いつもは弱気な月読が妙にきっぱりと言うから、つい従ってしまったけど、すぐに後悔した。

舌が……舌が私の秘処《ひしょ》を舐めてる！　陰唇《いんしん》を——本で名前だけ知っていた場所に舌を伸ばされて、怖気なのか快楽なのかわからない震えが背筋をぶるりと這いあがる。

「やぅ……ひぁ……あぁんっ、やぁ……あぁっ」

やわらかく湿った舌が動くたびに、体の奥がきゅうきゅうと収縮して、自分でもびっくりするほど、甘ったるい声が飛び出た。

これでは、口でどんなにイヤだって言っていても、感じているのはバレバレだ。恥ずかしいとか恥ずかしくないとかいう以前に、自分がいたたまれない。なのに、嬌声《きょうせい》を抑えることはできなくて、舌が感じるところを掠めるたびにびくびくと体が跳ねる。

「ん……真昼のなか、すごく濡れて匂ってきた……ね、気持ちいい？　んっ」

「あ、あぁんっ……ふ、ぁ……！」

そんなことを聞くくらいなら、答えられるように舌の動きを止めてよ！　と思ったけど、それさえも口にする余裕はなかった。

月読のやわらかい舌が生き物のように陰唇の割れ目を辿り、押し広げるようになかに入ったり、柔鬟《やわひだ》を唇で抓んだりするせいで、腰がひっきりなしにびくびくと揺れるだけだ。

「そんなこと……聞かないで……っ」

感じているると、悲しいわけでもないのに涙が滲《にじ》む。

「ん、ふ……ひいのかな……？　ふぅ」

「ふぁんっ……月読のバカぁっ！　そこ舐めながら、しゃべるの禁止！　んあっ……」

陰唇に不規則に唇が当たると、くすぐったくも鋭い愉悦が走る。乱れた息が当たるのも感じる。なんだかもう、びくびくと体が跳ねすぎて、だんだんわけがわからなくなってきた。

「禁止って……んむぅ……これなら、どう？」

私が抵抗するから、月読もムキになるのだろうか。陰唇のひどく感じるところを吸いあげられて、今度は声をあげる間もなく、大きく背を仰け反らせた。

「……っあぁんっ！」

一瞬、頭のなかで星が弾け飛んで、思考が真っ白になる。

快楽を感じるあまり、上りつめる感覚を『イく』とか、『達する』とか言うらしいけど、まさしくその状態になった。

心地よい気怠さのなかにたゆたって、甘いため息が漏れる。

「真昼？　いまの……気持ちよかったんだよね？　イった？」

心配そうに問いかけられて、こくこくと顎だけでうなずいてみせる。

うなずいておかないと、月読がなにをするかわからない。初心者のくせにとんでもないことをしそうなんだから！　はぁはぁと息が乱れて、私の胸は大きく上下していた。

「えっと、指を入れるから、痛かったら言ってね……その、慣らさないと、もっと痛いから」

もう一度、こくこくとうなずく。

うん、わかってる。ここから先は痛みがあるかもということだけじゃなくて、月読が真面目にやってくれてるってことくらい。でもいくら幼馴染みとはいえ、あんなところを舐められるなんて……胸をふにふにされるより恥ずかしい。

しかも覚悟を決めたはずなのに、ぐじゅりと濡れた音を立てて、割れ目に第一関節まで入れられると、私はぎくりと身を強張らせてしまった。

「い、痛いっ……月読、痛いっ！」

「え？　まだ全然入ってないよ？　真昼、力を抜いて……ほら」

力を抜いてなんて言ったって、こんなに痛いのに無理に決まってる。

そんな私の強情っぱりを見越していたのだろう。月読は脇の腹を指先でこしょこしょとくすぐってきた。アリエナイ。敏感になっていた私の体は、当然、愉悦だけじゃなくて、ひどくくすぐったさを感じてしまう。ぎゃあああっ。

「や、やだ！　な、なにをして、ひゃははっ、やめっ……！」

やめてってって言っているのに、さらにくすぐられて、指を入れられるところが痛いという意識が吹き飛んだ。くすぐったさに力が抜けて、指が奥に入る。

痛いことは痛いけど、力が抜けると、どうにかなるみたい。くすぐられるのはイヤだけど、悔しいことに力が抜けて慣れてきたのも事実だ。

「真昼、もうちょっと我慢してね？　指を増やすから」

「う、うん……ね、月読、キスして？」

「ええっ⁉　い、いま⁉」

そう、いま。だって月読の顔がずっと見えていないと、不安になるんだもの。

月読はすこし悩んだみたいだけど、体を伸ばして、ちゅっとキスをしてくれた。もっと口にする代わりに、月読の首に抱きついて、舌を伸ばす。私の誘いに乗って、月読も舌を伸ばしてくれたんだけど、あれ？　なんかさっきと味が違う。

「……んぇぇ、なんか変な味がする」

「変なって……真昼の味だよ？　僕は……嫌いじゃないけどな」

そういってまたちゅっと唇を啄《ついば》まれた。

やっぱり月読、慣れてない？　本当に初めてなんだよね？

もともと月読はいつも私のやりたいことを優先させてくれるけど、気持ちを読んで、こんなふうに口付けられるのは、予想以上にうれしい。単純だから、甘やかされると、もうすこし恥ずかしいことでも耐えてみようと思えるもんね。

そんなふうにして、何度か指の抜き差しをしているうちに、ようやく体が慣れてきた。

「そろそろいいかな……挿入するよ？」

そんな言葉とともに体を大きく開かれて、硬く起ちあがった月読のものを突き入れられる。

「う、あ……く、苦しい……っ」

痛い。指を入れられるのなんかよりもずっと痛くて、体がふたつに割かれるような違和感に、呻《うめ》き声が漏れる。

絶句する私を見かねたのだろうか。月読が胸の膨らみにちゅっと口付けて、やさしく触れてくれた。……うう、痛いけど、もうすこし耐えよう。しょうがない。月読ってばだんだん私を甘やかすのがうまくなってきたわねっ。

「真昼、息を吐いて吸って……もう一度吐いて……そうそううまいうまい」

明確な指示を出されて、考える前に従う。頑張ってとかただひたすら耐えてとか言われるより、こうやってって言われるほうがまだましかもしれない。

それに、確かに息を吐くと、ほんのわずかだけど力が抜けて、月読の肉棹《にくざお》がまた奥にずずっと進んだみたいだった。

「ん……入った……かな？」

これが本に書いてあった破瓜《はか》の痛みか。などという感慨《かんがい》はまるでなかった。

だって声が出ないぐらい痛くて、それどころじゃない。

でもこの痛みは、生きているからだ。戦闘で体が吹っ飛んでいるわけじゃないし、子どもを作るための痛みだってわかっているから、平気……たぶんだけど。

子どもができたら、月読だって一定期間戦闘免除だもんね！

「真昼？　ごめんそろそろ苦しい……動くよ？」

「え？　ぅあっ……あぁぅ……っ！」

動かれると痛いんですけど⁉　うわーん、子ども。子どもを作るんだ！

私は半分、涙目になりながら、月読が肉棹を抜き差しするのに耐えた。もうなるようになるしかない。月読だってちゃんと勉強して考えてくれてるんだし、お任せしちゃおう。

私が苦情を言わないで耐えているのに、気づいたのだろう。

抽送する合間に、体をぎゅって抱きしめられると、痛いのに心はときめく。肉棹を引き抜かれたところで、血の匂いが漂うなか、だんだん痛み以外の感覚が混じってきた。

ぐじゅりと水音がして、抽送の滑りがよくなる。肉槍を押しこまれると、ときおりふぅっと気持ちいい感覚が過ぎり、そのたびに体が跳ねた。

「……つっ、真昼のなか、熱くて気持ちいい……」

どこか恍惚《こうこつ》とした声で囁かれて、かぁっと頭のなかまで熱くなる。

まぁ、月読が気持ちいいなら、いいか。なんて思っていたら、月読がいま一度、肉棹を押しこんできたところで、ずくり、と下腹《はら》が熱を孕んだ。

「ひゃぁん……あっ……ぅあ……っく、よみ……っ」

鼻にかかった甘い声が、意識するともなく迸《ほとばし》る。

ひどく感じるところを肉棹が掠めて、目の前に星が飛んだ。

「真昼……よくなってきた？　ね、子どもを作るんだから、なかに射精してもいいんだよね？」

すこし首を傾げながら言うのは、月読がいつも私に確認するときの癖だ。

かわいらしいけど、こんな状況で聞かないでよ！　お願いだから！

苦情を言いたいけど、ここでやめられたら、せっかく痛みを我慢したのも台無しだ。だから、言い返したりせずに強くうなずいてだけおく。大事なことだもんね。お互いに意思の疎通《そつう》ができていたほうがいいに決まってるし。

そうか……こんなふうにして子どもを作るのか。お母さまとお父さまもこんなことをして、私や暁兄さまができたのね。なんて余計なことを考えたのは、そうしていないと快楽に意識が飛びそうになってきたからだ。

さっきまであんなに苦しかったのに、私の体はすっかり月読の肉棹に慣れてしまった。奥を突かれるたびに体が跳ねて、膣《ちつ》のなかがきゅんと切なく疼く。

「あぁっ……ひゃ、あん……あっ……」

感じるあまり、だんだん、喘《あえ》ぎ声を抑えられなくなった。

自分がこんな声を出す羽目になるなんて……恥ずかしい。なのに止められない。

「真昼って、感じやすいんだね……？」

頭の上から妙に感心したような声が降ってきて、なおさらやり切れない。

「ふぁっ……ば、バカぁ……あぁんっ……そんなことを言う月読となんて、もうしないんだから……！」

月読だって息を乱してはいるけれど、まだ冷静な部分を残していて、悔しい。いつもと立場が逆みたい。感情が昂ぶって、じわりと目頭が熱くなる。

口では文句を言っていても、体は正直だ。胸の膨らみに手を添えられて、びくりと背筋に雷が走ったように快楽が走った。びくん、と体が跳ねて、下腹部の疼きが一段と激しくなる。体のなかに埋めこまれた熾《お》きに火がついて、急に燃えあがったみたい。

うわぁぁぁん。やっぱり私って感じやすいの？

「ふぁ、あぁぁんっ……んぁっ……つ、くよみ……つく、よみ……っ」

私は夢中になって月読の体に手を伸ばした。もう限界。早く来て。快楽の頂点に上りつめていく感覚に、月読の肉棹を咥えこんでいるところが、きゅんと切なくなる。

「ん……ねぇ、真昼。子どもができたら……つっ、補助金で家を買おうか？」

ぐちゅぐちゅと抽送を速められているところで、なにを思ったのだろう。月読が予想外のことを言い出した。家を買う――もちろん、結婚したあとの話に違いない。

子作りしている最中に言われると、もっともらしく聞こえて、困る。うれしくて、にまにまと頬が緩みそうなのに、快楽で意識が吹き飛びそう。

――じゃあ今度の休みには、家を見に王都に出かけようね。

そう思ったところで、私を穿っていた月読の肉棹がぶるりと震えた。

「真昼、なかに出すよ」

「ん、ぁ……熱い……っ」

みっちりと塞がった膣のどこに、こんな余裕があったのか。

月読の精を奥に受けて、頭のなかに星が飛んだ。

昂ぶった体はびくんと仰け反り、私は愉悦に意識を手放した。

‡　‡　‡

やったぁ……頑張った、私！

一回で子どもができるとはかぎらないけど、千里の道も一歩から。

そんな満足感に浸ったのは、一度、意識が飛んで、しばらく経ってからのことだった。

月読は私がくてっとなったから、突然体調が悪くなったと思ったらしい。ふぅっと薄目を開けたら、すごく不安そうな顔でのぞきこんでいて、こっちがびっくりしたぐらいだ。

「真昼、大丈夫？　起きあがれる？　飲み物でも持ってこようか？」

——まるで病人扱いをされてしまった。悪い気はしないし、いいんだけど。

こういうときの月読って、耳をふせた忠犬みたいで、すごくかわいい。くぅーんという鳴き声まで聞こえてきそう。

「大丈夫……鞄のなかにタオルが入ってるからとってくれる？」

声をかけると、月読はぱぁっと、ご主人さまに声をかけられた忠犬の顔になって、しっぽを振った。いや、もちろんしっぽはないんだけど、あるように見えたわ……うん。

あいかわらず、かわいいやつめ！　大好きだからね！

元から自習室で子作りする予定だった私は、抜かりなく事後を想定した準備をしてた。

濡れたタオルと乾いたタオルとで、体についた血とか体液を拭い、どうにか制服を身につける。その間に、月読も身なりを整えていた。

「月読は……体、なんともないの？　どこも痛くない？」

「うん。全然なんともないよ」

けろりとした顔で返事をされると、よかったと思うより複雑な気持ちになった。

そうか……男の人は、別に痛くないのか。

机の上も綺麗に拭いて、血の跡がすこし残ってしまったのは見なかったことにする。そのうち、ほかの跡《あと》といっしょにわからなくなるだろう。

なんてことをやっているうちに、ふと気づいた。そういえば、やることはやってしまったし、結婚するとは思うけど、これまで私と月読は恋人同士というわけでは、なかったんだよね。告白をしたことも、されたこともない。

初々しく告白した上でおつきあいしてデートするという段階を、すべてすっ飛ばして抱かれてしまった！　気がつくと、ある種ショックだけれど、まぁいいか。デートなんて、これからだってできるものね。でもこれだけは、やっぱり言っておくべきだろう。

「あ、あのね……そういえば言い忘れてたけど、その……月読のこと、好きだからね？　好きだから、したんだからね？」

念を押すように言う。好きっていう言葉は不思議だ。いつだって月読は私のそばにいて、ずっと好きだとは思っていたのに、あらためて口にすると気持ちが溢れ出しそうになる。

私って自分で自覚していた以上に、月読のことが好きだったんだなぁ。

頬が熱くて仕方ないから、たぶん私の顔は真っ赤になってると思う。

必死になって告白した私の前で、月読はきょとんとした顔で、鞄を手にしている。

――こういうところだけ変に鈍いんだから！　こっちは顔から火が出そうになってるのに！

「だからその……『子作り奨励法』はきっかけになっただけで……誰でもよかったわけじゃないってこと……わかっているでしょう？」

「うん。僕も真昼のことが大好きだよ」

あっさり言われると、なんだか拍子《ひょうし》抜けだ。あいかわらずののほほん眼鏡め……なんだか、私とは気持ちの重さが違うように感じるのは気のせいだろうか。でも、指を絡めて手を握られると、通じてないわけでもないって思ってしまうから、私もちょろい女だわ……。

でも、この恋人繋ぎってやつ？　指を絡めて手を繋がれるのは、キスとはまた違うよさがあるんだね。いままで知らなかった。

これからも肌に触れたり抱きしめあったり、不純異性交遊したり――。

いろんなことをしようね、月読！　あらためてよろしくね！

私は月読の真っ黒な瞳と視線を合わせて、へらりと相好《そうごう》を崩したのだった。

第四章　白砂王族と樹海魔族とモテ期到来⁉

とうとう私、やりました。やってしまいました。

なにをってもちろん、子作りです！

私、真昼・ナナカマドと月読・フユモリは体の契りを交わしてしまいました！

まぁ昨日は部屋に戻ったら、すぐに寝ちゃったけどね。

おかげで朝から、こっそりお風呂に行く羽目になりました。だって、同室のユカリにばれたら、根ほり葉ほり聞かれるに決まってるものね。いや、協力してもらいたいから、最終的には話すことになると思うんだけど……いまはダメ。もうすこしだけ、昨日、月読とふたりでしたことの余韻《よいん》に浸っていたかったわけです。

おまけに「家を買おう」なんて、よくよく考えてみればプロポーズじゃないですか！

どうしよう。トントン拍子《びょうし》にうまく行きすぎて恐いくらい。あとは暁兄さまにバレないうちに、実家に許可をもらいに行かなくちゃ。

そのぐらいの障害なら、頑張って乗り越えてみせますとも！

私は浮かれた気分に浸って、すっかり魔族との戦闘のことなんて忘れてしまっていました。

だって、学校で不純異性交遊をして、プロポーズまでされたあとなんですもの。嫌なことなんて全部吹き飛ぶに決まってます。

でも、事態はすこしずつ、最悪のほうへと動いていたのです。

私の知らないところで――。

‡　‡　‡

月読に抱かれた翌日。

浮かれた気持ちの延長線で、私は大学部の学生生活課にいた。

昨日の今日でやる気に満ちているうちに、『子作り奨励法』の申請書を出そうと思ったのだ。

「すみません、『子作り奨励法』の申請書をください」

受付で言うのは恥ずかしいけど、もうやってしまったあとだから、いまさらだ。高校生で申請する人は少ないようで、受付は大学部でやっていた。知らない人ばかりで気は楽だけどね。

子作りの書類なんて、もらうところを知り合いに見られたくない。

「はい、どうぞ。署名は、ふたり連名でお願いします」

女性の事務員さんは、淡々と抑揚《よくよう》がない声で説明してくれた。根ほり葉ほり聞かれなくて、よかった。用事をすませたら、とっとと帰ろう。万が一にも暁兄さまにでも見つかったら面倒だし。なんて思ってくるりと出口に向かったところで、予想外の人物に出会ってしまった。

「あれ、君……第一部隊にいる暁の妹さんじゃないか。大学部になんの用？　暁に用事だったら呼んできてあげようか？」

にこやかに話しかけてきたのは、誰あろう。白砂王国の第一王子の雨水さまだった。

びっくりしすぎて、私は固まった。

唖然と口を開いたままのみっともない顔を、きらきらの眩しい雨水さまに見られるなんて！

うぅ、情けないけど、だってまさかこんなところで雨水さまに話しかけられるとは、夢にも思ってなかったんだもの。困惑する頭で、どうにか挨拶の言葉を捻り出す。

「うぁ……あ、あの……雨水さま……ご機嫌麗しゅう……その、ちょっとした用事できただけですので……兄は関係ありません。お気遣いありがとうございます」

むしろ暁兄さまなんて呼ばれてしまったら、藪蛇だ。

右手を揃えて側頭部に軽く当たるように敬礼すると、うっかり手にしていた申請書を落としてしまった。まずい。見られたくないものがあるとすれば、それは申請書だ。

「うぁ……あああ！」

ひらりと床に落ちた瞬間、動揺する私は意味不明な言葉を漏らして凍りついた。しかも、

「急に話しかけて驚かせちゃったかな？　ごめんね」

そんな言葉とともに、まさかの雨水さまに拾っていただいてしまった。

ひぇぇぇぇ……違います！　雨水さまはなにも悪くないです！

どうしよう。明日、私、雨水さまの親衛隊に殺されるんじゃないかな。

親衛隊っていうのはこの場合、王宮にいる王族直属の兵士ではなくて、魔法学校内の、雨水さまファンクラブのほうね。整った美貌に、柔和なたたずまい――年齢を問わず、雨水さまは人気があって、熱狂的なファンがいるのです。

私だってきっと月読がいなかったら、ファンクラブに入っていたと思うもんね！

その麗しい雨水さまが、私の申請書を差しだして、怪訝そうな声をあげる。

「『子作り奨励法』の申請書？　暁のじゃなくて……君が？」

うわぁぁぁぁ。やめてください、雨水さま。

その整ったお顔で『子作り』なんて言わないで！

間近で見る金糸の髪はサラサラだし、若葉を透かしたような緑眼で見つめられると、意識するともなくドキドキしてしまう。月読……昨日の今日で、ごめん。私の心は月読のものだけど、雨水さまの見た目が麗しすぎるのがいけないのよ！

震える手で申請書を雨水さまから受けとった私は、今度こそすばやく鞄にしまうと、なんて答えたものかと笑顔を引き攣らせた。

「アリガトウゴザイマス……そ、そうデス。私が使いマス……あの、暁兄さまには内緒にしてくださいませんか？」

ぎこちなくお礼を言いいながら、必死な目で訴《うった》える。暁兄さまに知られたら、絶対に邪魔されるもの。私の必死な形相を見た雨水さまは、すこしいたずらっぽく瞳を煌めかせて笑った。

「暁には内緒なの？　ああ……そうか。月読と使うのかな？　よくいっしょにいるもんね」

うわぁぁぁぁ。知られていた！　なんなの、これは。どんな羞恥プレイなの⁉

私のガラスのチキンハートがいまにも壊れそうです……お願いですから、雨水さま、やめてください。

上司から恋愛関係を突っこまれる部下って、ツライ。しかも真っ昼間の学生生活課で。

「う、雨水さま、月読のことをご存じなんですね」

「それはもちろん。月読は遊撃隊の一員だし、暁がやけに気にかけてしごいてるからねぇ」

くすくす笑う雨水さまは、ちょっと困った顔をなさっている。

暁兄さまってば〜〜！　月読は気にしている様子はなかったけど、雨水さまが苦笑するぐらいしごいたのね。どうりで腹筋が割れていたはず。

私はここにいない兄に対して、ぶつけることができない怒りを抱いた。

「そうか……もし君のその申請書が受理されたら、月読は遊撃隊から抜けてしまうのか……それは大打撃だなぁ」

うぅ……私的にはそれが目的でした！　とはもちろん、部隊の司令である雨水さまには言えない。平身低頭、謝りの一手だ。

「それは……申し訳ありません。でも、雨水さまがそうおっしゃっていたと月読に伝えたら、きっと喜ぶと思います」

私だって、うれしいかうれしくないかで言ったら、うれしいものね。

あのぼーっとしてる月読がそんなに遊撃隊で頼りにされていたとは知らなんだ。もちろん社交辞令かもしれないけど。

「真昼ちゃん……だよね？　君は確か、ステータスが見られる特異魔法使いなんだって？　先日の戦闘では魔族の情報をくれて助かったよ。オオムカデなんて滅多に襲来しないからね」

社交辞令ついでだろうか。私まで褒められてしまった。

どうしよう、うれしい。雨水さまってば、人たらし！

「も、もったいないお言葉を賜《たまわ》り……光栄デス」

うれしさのあまり、お礼の言葉がすらすら出てこないくらいだ。まさか私のステータス魔法で褒められる日がくるとは！　日記にでも書いておかなくちゃだわ。

「ステータス魔法って、実際にはどんな感じなのかな？　どんな情報がわかるの？　たとえば、僕の情報を見たら、なにがわかるのかな……いま、やって見せてくれない？」

「ええっ⁉　う、雨水さまをですか？　や……それはあの……」

自分の得意な魔法とはいえ、いきなり話を振られて、私はびっくりしてしまった。

いくら同じ部隊の上司とはいえ、白砂王国の王子さまに興味を持っていただいたなんてうれしい。うれしいのだけど、このちょっとしたのぞき見趣味的な魔法を雨水さまにかける勇気なんて、私は持ち合わせてないんですけど⁉　で、できれば辞退申しあげたい。

ほんのちょっとばかり気持ちが行動に出て、後ずさりしたところで、まさかの雨水さまにエスコートされるようにして歩き出されてしまった。

さっきから、雨水さまの行動は予想外の連続だ。柔和な笑みを浮かべながら、意外と押しが強いというか……雨水さまのペースに呑まれている気がする。

「いいからいいから。さすがにここじゃなんだから、空き教室でお願いしようかな」

うわーなんだこの展開。学生生活課にまばらにいた学生の視線が痛い。

月読と不純異性交遊をしたら、まさかのモテ期到来⁉

わけがわからないまま、私は魅力的な雨水さまの微笑みにごまかされて、大学部の研究室に連れられた。雨水さまは先に扉を開け、いわゆるレディファーストで私に入るように示す。

普段、こんな扱いをされたことがない私は、右手と右足がいっしょに出るくらいギクシャクしてしまった。月読は、どうだろう。私が主導することが多いから、私から開けることが多い？　でも、細かいところでは月読も気が利くし、お互いさまかな。

「ここなら誰にも話を聞かれないし、いいだろ？　やってみてくれないか？」

上司でもありこの国の王子でもある雨水さまから重ねてお願いされて、さすがに断るという選択肢はなかった。

「……わかりました。じゃあ失礼して、呪文を唱えさせていただきマス……」

ぺこりと一礼して、深呼吸をひとつ。息を吐き出しながら、私は呪文を唱えるときの集中した状態――一種の催眠状態《トランス》に入りこんだ。

「我は世の理《ことわり》に問う。彼のものの真実をここに現しめよ」

頼まれてやっているとはいえ、こんなことをしていいのだろうか。

背中にじわりと冷や汗が滲む。でも呪文を唱えてしまったからには、もう魔法の行使を止めることはできない。いつものパチンと泡が弾けるような魔法成立の感覚がして、頭のなかにたちまち情報が流れこんできた。

雨水・ローレル・白砂　種族　白砂魔族／白砂王族　ＨＰ　５１２
攻撃力　３５６　魔力　６８８　素早さ　２１１　技　４９８　統率　６８８
知力　５３５　防御力　３４２　魔法防御力　６８６　運　４２７　移動　２２３
弱点　刺　羽　天　攻撃　炎　水
スキル　チャーム　王族の権力　王子の一声　特殊擬態　？？
状態　キラキラ　権力　金持ち　白砂第一王子　腹黒

すごい……魔力が『６８８』って、ありえない。

『５００』もあれば、魔導士としては十分能力を発揮できる。孤立無援《こりつむえん》で魔法を使い続けたとして、呪文をいくつ行使できるのか――精霊魔法が得意ではない私には、ちょっと想像がつかない。どうりで雨水さまは、戦闘中でも余裕があると思ってた。

強い強いとは思っていたけれど、実際にステータスを見ると、白砂王族の強さがわかる。

それにスキルのチャームも見逃せない。雨水さまの美しい相貌でにっこり微笑まれたら、誰だってよろめかずにはいられないもんね。わかっていたけど、あの魅力って特殊能力のレベルなんだ！　あらためて、感じいってしまう。

このステータスを見る魔法は、見ようと思えば両親の名前や血族を見ることも可能なのだけれど、今回は個人の情報しか必要がないだろうから、ここまでにしておこう。

結婚相手を調べるときは、両親を確認するのも可能です。

あ、もちろん、別料金ですけど！

実を言うと、このところ『子作り奨励法』の関係で、ステータスを見て欲しいという依頼がひっきりなしにやってきて重宝がられているのだ。

世のなかって、なにがあるかわからない。

だってね。かりにも末端貴族の私には、なぜかお見合いの話が全然ない。母親は『子作り奨励法』に乗り気で、勝手に相手を探していたみたいだけど、たぶん、裏ではたくさん断られていると思う。問題は私の持つこの、ステータスが見えるという能力なのだ。

わざわざ興信所に結婚相手の調査を頼まなくても、相手がどのくらいのレベルの金持ちなのか、はたまた貴族なのか庶民なのか、実際に会えば簡単に情報を取得することができる。

いちいち顔を覚えていなくても、「ああ、こちらは○○男爵のような四男でございましたわね」とか、「△△子爵のご嫡男さま。先日お会いしましたよね」とか、さも覚えていたかのように振る舞えて、貴族社会ではほんのり便利だったりする。

しかし一方で、私のこの能力を嫌がる人がいるのも事実だった。

私がまだ三歳になったばかりの、物心つくかつかないかといったときのことだ。

家に来た商人を目にした私はふと、見えたものを口にした。

「おじしゃんは、まぼろしのまほうがとくいなの？」

子どもだったし、見知らぬ人に興味があったのだろう。自慢げに言った私は、愚かだった。

魔法で見えるステータスだから、文字が読めるかどうかは関係がなかったらしい。感覚的に、目に見える情報が言葉に変わり、理解できた。

しかし、相手からしてみれば、それだけで十分脅威に感じたに違いない。

「なぜ、わたしが魔法使いだとわかった⁉」

正体を暴露したとたん、怖ろしい形相で首根っこを掴まれた恐怖は、いまもはっきりと覚えている。暁兄さまが慌てた顔をして叫んだかと思うと、室内に火花が散り、指先が軽く痺れた。

どうやら商人と偽ってやってきた男は、幻術を使って石ころを高価な宝石に見せかけ、「このクラスのサファイアをこのお値段でお譲りできることは滅多にないんですよ」などと騙《だま》して、金品をせしめる詐欺《さぎ》を働きに来たらしかった。

魔法能力がない母親を盾《たて》にして男が逃げようとしたところ、暁兄さまが雷の魔法を、男にだけ正確に当てるという初心者にしては離れ業《わざ》を発揮して、事なきを得た。

その日、不在だった父親は帰宅して、愛妻と子どもが詐欺師に危険な目に遭った上、子どもふたりが魔法使いの能力に目覚めたと知って、腰を抜かすほど驚いていた。

ちなみに父親はプチ魔法使いで、地の精霊との交信ができる。

植物を育てるのがうまい、いわゆる『緑の手』の能力持ちで、おかげでものを買うのに困《こん》窮《きゅう》していても、野菜だけはふんだんに食べられるのが、ナナカマド家であった。

ところで、ステータスが見られるなら、なぜ兄が魔法使いだと気づかなかったのか。

そう思うよね？　あとでふと気づいて、いろいろ試したのだけれど、どうやら魔法能力が発現しないかぎり、ステータスには表示されないらしい。ちっ、残念。もし、ステータスで潜在的な魔法使いを見分けられたら、国に売りこみが可能なのに！

能力が高い魔法使いというのは、常時、引く手あまたの売り手市場なのだ。

話が大幅に逸れたけど、ひとまず、魔法学校ではみんな魔法使いなせいか、私の能力もそれほどどん引きされなくてありがたい。

なにせ、子作りするということは＝《イコール》結婚を考えるということでもある。

普段はあえて他人のステータスを見ないことにしているのだけれど、このところ女子生徒の何人かから、目当ての男子のステータス相談なんてされていた。

ようするに、結婚する相手としてのスペックが十分なのかどうかの調査依頼ね。

――もちろん、有料です。

だってうちは貧乏下級貴族なんだもん！

ま、まぁ、肝心《かんじん》の月読がなかなか乗り気になってくれなかったから、ほかの人からの情報収集を兼ねていたんだけど……実《みの》ってよかった。一応。

とはいえ、ステータスでわかることは、その人の欠片《かけら》でしかない。暁兄さまが魔法使いであることは、能力が発現するまで気づかなかったし、性格に関する情報は乏しい。

たまに『ツンデレ』とか『クール』とか出る人はいても、ステータスに出るほど強烈な性格をしている人は稀だ。ちなみに暁兄さまは『俺様』と表示されてました。知ってたけど！

「どう？　僕のステータスって、どういうふうに見えているのかな？」

にこやかな声に、私ははっと我に返る。

雨水さまのハイスペック能力に圧倒されたあと、思わず物思いに耽《ふけ》ってた。雨水さまの存在を忘れるところだった。危ない危ない……本末転倒だわ。

慌てて意識を現実に切り替えたところで、雨水さまの緑眼と視線が絡む。

――あれ？

なぜか違和感を覚えて、一瞬ぎくりと身がすくんだ。

私を見る雨水さまの瞳に、冷ややかな光が浮かんで見えるのは、気のせい？　腹黒を見てしまったのがまずい？　でも王族なんだもの。腹芸のひとつもできて当然だよね？

実力主義の魔法学校にいると忘れがちだけど、一応、白砂王国にも宮廷があり、貴族たちが権力闘争をしていたはず。うちのような末端貴族は、あまり関わり合いにならないだけで。

「あの……得意な魔法は炎と水。弱点は……天？　でも魔法防御力が高いので、雨水さまに攻撃が通る魔族はそう多くないと思います」

細かい数値を伝えても通じないだろうし、どうしても当たり障《さわ》りのない言葉になってしまう。いま口にした内容くらいなら、わざわざ魔法を使ってステータスを見なくても、軍属しているものなら誰だって知っている。雨水さまが知りたいことはきっとコレじゃない。

でもなぜだろう。雨水さまとふたりで話していることに妙な威圧感を覚えて、見えていることのすべてを口にするのが怖かった。

だってスキルの『王族の権力』や『王子の一声』はともかく、種族の『白砂魔族／白砂王族』ってなに⁉

『特殊擬態　？？？』というスキルなんて、内容がふせられているんだけど……確認したら、なにが出てくるのか——気になるけど、知りたくない。

魔法が使えるようになった暁兄さまのステータスが、それ以前と変化したとき、ちょうどこんな表記になっていた。いまは私のステータス魔法のレベルがあがったせいで、隠しステータスがあると、そう表記されるようになった可能性はある。

——もしかして、いま私の目の前にいる雨水さまは、本当の雨水さまじゃないのかも……。

ヤバイ。もしかして私、見てはいけないものを見てしまった？　心臓がバクバクする。そんな動揺を悟られないように、私は意識して明るい声を出した。

「でもさすがです！　基本ステータスがどれも高くて……それに借金がないのも、ポイントが高いです！　あ、じゃなくて……その、結婚相手としては、とてももったいないステータス値だなぁなんて思ったわけじゃ……」

あわあわと口が滑《すべ》ったと言わんばかりに、怯えてみせる。その演技が通じたのかどうか。雨水さまがくすくすと笑った。

「なるほど？　君はそうやって、高等部で結婚相手のステータスを確認してあげているんだね？　なかなか便利そうだ」

「う……それはその……すみません。聞かなかったことにしてください……」

私は身を縮めてうつむいた。目線が外れるだけでほっとするほど、緊張している。早くこの場から立ち去りたい。

「いやいや、借金があるかないかは結婚相手として重要な問題だ。君に確認してくれと頼むのもわかるよ……僕のときもお願いしようかな」

「と、とんでもないです！」

雨水さまのお相手のステータスを確認するなんて畏れ多い。私は慌てて首と手を振って固辞した。でもそういえば、第一王子である雨水さまは、跡継ぎなのに婚約者がいない。

国のほうで審査をするから、私のこの能力でお相手の借金を確認させられるなんてことはないだろうけど……。大丈夫か、白砂王国の未来⁉　ちょっとだけ心配になる。

「あ、あの、授業があるので、そろそろ行ってよろしいでしょうか」

「ああ……ごめん、ずいぶん引きとめてしまったね。僕のわがままを聞いてくれてありがとうね。約束どおり、暁には内緒にしておくよ」

いえ、そんな。目上の雨水さまからそんな言い方をされると、早くここから逃げ出したいなんて考えている自分としては身の置きどころがないです……申し訳ありません、雨水さま。

それともまさか、暁兄さまに内緒にする対価としてやらされたのだろうか。思わず遠い目になってしまう。

しかしやっぱり、得体の知れない恐怖からは早く逃れたい。私は笑顔の雨水さまにすばやく敬礼すると、「失礼いたします！」と言って、とっとと研究室を出た。

別に恐怖を感じて逃げるだけじゃない。

本当に授業があるんだから。早く戻らなきゃ。自分にそう言い聞かせて、大学部にいるうちは、恐怖を表に出さないように頑張った。けれども外に出て、ひと気がないところまで来ると、限界だった。その場にしゃがみこんで、震える体を必死で押さえる。

「こ、こわ……かった……」

自分でも、雨水さまのなにが怖かったのかよくわからない。でもずっとそばにいたら、絶対にマズイ発言をしてしまったに違いない。

暁兄さまはいつもあんな恐い雨水さまといっしょにいて、平気なのかな。それとも、やっぱりステータスのなかに、見てはいけないものがあったから？　というか、今後、雨水さまに対して、どういう顔をしたらいいのだろう。

「うー大学部になんか来るんじゃなかった……」

自分の行動を後悔して、校舎裏で身を縮めていると、ふと目の前に影が落ちた。

「ひっ……！」

一瞬、雨水さまが私を追いかけてこられたのかと思い、心臓が止まる。でも違う。影の形が大学部の服装じゃないし、なによりその頭に二本の棒が飛び出ている。

——棒というか……角みたいというか……。

そういえば、高位魔族に双角を持つ種族がいたはず……確か四天王のひとりで……。

自分の考えながら、背筋が寒くなった。たったいま震えたのとは違う意味で。

「ねぇ、君。ナノカ岬砦にいた子ですね？　ちょっと話があるので時間をいただけますか？」

丁寧《ていねい》なのに、有無をいわせない物言いに顔をあげさせられる。

「ひっ……ああ……」

驚きと恐怖で思わず声が出ない。どうしたらいいかもわからない。

目の前には、捻《ねじ》れた角を持つヒト型の高位魔族が、空中に腰かけるようにして浮かんでいた。

服装は貴族が着る長衣にマント。角がなければ見た目は普通の人と変わりなく見える。

「まぞ……く……ひっ……」

悲鳴をあげたいのに、うまく声が出ない。本当に恐怖を感じると、人間って声が出なくなると初めて知った。怖い。逃げ出したい。なのに、この場から逃げられない。

体が震えて動かないのは、相手の纏う霊威に圧倒されているせいだ。

雨水さまを前にしたときと同じ。自分より格段に魔力が高い相手を前にして、防衛本能が勝手に敵わないと感じとる。全身の毛が逆立つような心地がして身がすくむ。まるで自分が虫けらにでもなった気分だ。相手の気まぐれひとつで、一瞬にして殺されるに違いない。

――なんでこんなところに高位魔族が……。

そう思うそばから、昨日の戦闘後の反省会での報告が頭を過ぎる。

『どうやら遊撃隊よりも高みで、高位魔族が戦闘見物していたらしい』

もしそれがこの魔族のことだとしたら――。

戦略を練り、ほかの魔族を従わせられるだけの力を持つ魔族だということだ。

魔族襲撃のサイレンは鳴っていない。砦が襲われたわけでもない。

それでも、白砂王国のなか――それも魔法学校のなかに魔族がいる。アリエナイ。その事実に、頭が真っ白になるほど驚いていた。

白砂王立第一魔法学校は過去には前線の砦だったため、強力な防御結界が張られている。

王国全体の防御結界と魔法学校に張り巡らされている防御結界。

その二重の障壁をくぐり抜けて、平然と霊威《れいい》を放つ魔族。

その力はどれほどのものなのか――。

私はほとんど無意識に、ステータス魔法の呪文を唱えていた。

「……我は世の理に問う。我が敵の真実をここに現しめよ」

呪文が成立する感覚がして、ステータスが頭に流れこんでくる。

風見・リンデングリーン　種族　樹海魔族／双角属／魔王直属四天王　HP　544
攻撃力　298　魔力　705　素早さ　254　技　442　統率　523
知力　625　防御力　305　魔法防御力　671　運　333　移動　368
弱点　打突　地　攻撃　風　黒紫
スキル　隠遁　四天王の権力　風の加護　二段変化

状態　情報収集　ウキウキ　単独

——ウキウキ。慇懃無礼《いんぎんぶれい》な物言いのこの魔族のどこが『ウキウキ』だ。ツッコミを入れたいのだけれど、そんなことをして殺されたら困るから、むずむずする口を必死に閉ざす。

ステータスを見たら相手が誰だか、理解した。

『風の軍師』だ。風の魔法を得手にする魔王四天王のひとり。

魔王直属の部下で、知力が高く、戦略的な戦法を得意としていることから、風の軍師という二つ名で呼ばれていたらしい。

まさか『ヨミガエ』っていたなんて……それも魔王復活が囁かれるこの時期に。

絶望を通りこして、感覚がすべて失われていく心地がする。意識するともなく腰が抜けて、制服が汚れるのも構わずに、地面に座りこんでいた。

「心外ですね。別に、あなたをいますぐ殺す気はありませんよ、私は。ただちょっと聞きたいことがあるので、答えていただければいいのです」

「聞きたいこと？」

思わず聞き返してしまったけれど、嫌な予感がする。

聞きたくないなぁと、ぎゅっと唇を噛みしめていると、その態度が反抗的に映ったのだろうか。風の軍師はすこし不快そうな顔をして、くすりと笑った。

「抵抗するなら、あなたの恥ずかしい秘密をバラしてさしあげましょうか？　あなたは昨日、情欲の契《ちぎ》りを交わして処女を失ったばかりのようで……」

「きゃあああっ！　なにを……なにを言って……」

恐怖を忘れて魔族の言葉を遮るように悲鳴をあげる。信じられない、この魔族。いったいなにを言い出すのか。

しかも、嫌みったらしいしゃべり方をするくせに、風の軍師は一度聞いたら忘れられないぐらい、怜悧《れいり》ないい声をしている。その声が、淡々といやらしい言葉を吐くのがなんとも言えずこちらの羞恥を煽る。

双角の異形の姿に響きのいい声。整った顔立ちに長い爪が生えた指。

存在自体が不協和音のような高位魔族だ。

「ふふふ……風に乗ってまだ血の匂いがしますよ。女になったばかりのメスの匂いだ」

その言葉を聞いたとたん、かぁっと頭に血が上った。

処女を失ったことを言い当てられたからじゃない。まるで私が動物みたいな言い方をされたせいだ。ううん……事実、高位魔族からしてみれば、私なんて動物も同然なんだ。あるいはそれ以下かもしれない。

怒りを感じたことで我に返った私は、立ちあがり、魔族の前から駆《か》けだした。

――誰か、助けて……！

心のなかで叫びながら走るけれど、魔法学校の敷地は広い。

あえてひと気のないところにいたこともあり、周りには誰もいない。

――雨水さまのそばから離れるんじゃなかった！

さっきはあんなに雨水さまが怖かったのに、雨水さまと魔王四天王のひとりだったら、雨水さまの怖さのほうがましに決まってる。仮にも味方なんだから。

「そういえば君、白砂王族の匂いもしますね……マーキングですか？　それとも、契った相手が白砂王族の誰かなのでしょうか？」

走っていたはずなのに、頭上から冷静な声が降ってきて、心臓が止まるほど驚いた。たぶん、一瞬本当に止まってた。やめてよ、私のガラスのチキンハートが（以下略）。

風の軍師は飛行してきて、私の頭上を追い越すと、進行方向を塞ぐように地面に降り立つ。

「ひっ……いやぁ……！」

踵《きびす》を返そうとしたところで、腕を捻りあげられた。痛い。自慢じゃないけど、私、攻撃力も防御力も高くないんだからね⁉

魔法で攻撃されるならまだしも、肉体の力だったら敵うわけがない。

しかもその手を見れば、異様に指と爪が長くて、ぎくりと体が強張った。

そうだ。相手はヒト型とはいえ、異形を持つ魔族なのだ。魔法だけの問題じゃない。爪のひとつにでも急所を刺されたら、私の防御力ではひとたまりもない。

「人の話はちゃんと最後まで聞きなさいと言われませんか？　君、私のステータスを読んだんでしょう。それなら、走って逃げるなんて無駄だとわかっているはず」

愚かですね。と冷ややかな声で言われ、ことさらむっとした。

感じ悪い……この魔族。確かに、四天王のひとりから走って逃げようだなんて無謀《むぼう》だけれど、淡々と言われるのは感情的に指摘されるより、かちんとくる。

「まぁいい。単刀直入に聞きましょう……君は魔王復活の噂って知ってますか？」

どきん、と鼓動が一打ち、冷たく跳ねた。

やっぱり嫌な予感がする。頭ががんがんと痛くなってきた。

「…………知りません」

「ふふふ……その顔は知っていますね。それでは魔王さまが白砂大陸によみがえるという予言のほうはどうでしょう？　もうずいぶん前に、白砂王国の先見が『視《み》た』はずですよね？」

なんですって……魔王が白砂大陸によみがえる——!?

「おや。公表されていませんか？　さすがの白砂王族も国内の動揺が怖かったと見える。間違いありませんよ……我らが魔王はこの大陸で復活なさる。あるいはもう生まれていて、目覚めの刻《とき》を待っているのかもしれません……ああ、早くお会いしたい」

まさか。そう思う一方で、先ほど見た雨水さまのステータスのことが頭を過ぎった。

たぶん、魔王のステータスも目覚める前にステータスを読めば、あんなふうに、いまの姿と違う——擬態のような状態が表示されるに違いない。

どきん、とまた心臓が冷たく一打ちする。そんなわけない。頭では否定するのに、心は目の前の魔族の言葉に囚われてしまっていた。

「この風見《カザミ》がよみがえったときに魔王さまもよみがえるとは、なんたる僥倖《ぎょうこう》でしょう。これで我らが宿願が叶うに違いありません」

もし、雨水さまが魔王の生まれ変わりだとしたら……。

そんなことはありえないけど、万が一そうなったら、私は雨水さまと戦えるだろうか。

雨水さまが魔王になって、いきなり今日から敵ですよなんて言われても、簡単に攻撃できる気がしない。無理だ……そんなことになったら、正規兵だって躊躇するに違いない。

「その顔は……心当たりがあるって顔だ。ふふふ……私は昨日見ていましたよ。君は他人のステータスが見られるんですよね？」

「し……知りません。人違いです」

後ずさりしながら、無駄だとわかっていても、掴まれた腕を振り解こうと力を籠める。

「誰か、我らが魔王らしき方のステータスを見たんじゃないですか？　素直に白状したほうが苦しまないと思いますよ？」

だって、そんなことは言えない。学兵とはいえ、魔法軍の一部隊を指揮する雨水さまが、もしかすると魔王かもしれないなんて——。

進退窮《きわ》まって目の前が真っ暗になったところで、一閃。眩しい光が天空を引き裂いた。

「真昼！　そこの魔族、うちの真昼から離れろ！」

暁兄さまだった。盾のように間に立っている私を避けて、風の軍師だけをめがけて雷撃を放つなんて、あいかわらず器用なことをやってのけてくれる。

「チッ……面倒な……」

強力な雷魔法を受けないようにか、風の軍師は私から離れて、ふわりと宙に浮かびあがる。

その向こうからは雨水さまと月読が近づいてくるのが見えた。

うわーん、月読！　助けに来てくれたんだ！

私の心ってば現金だ。月読の顔を見たとたん、元気が出て、すくんでいた足が動いた。

伸ばした手を摑んでくれる人がいるというのは、なんて心強いんだろう。

私が月読の腕に抱き寄せられる瞬間、雨水さまがすぅっと手を前に翳《かざ》して呪文を唱えた。

「我は炎の精霊に命じる。炎は矢。炎は剣。地獄の深淵を灼きつくす白炎となりて、我が敵を仕留めよ！」

まるで雷が放たれたのかと思うほどの発光する白炎が、風の軍師に向かっていく。

先日、グリフィンと対峙したときに放った炎の魔法とは比べものにならない。

防御障壁に守られていても、肌が灼けてしまいそうなほどの熱と魔法の圧力を感じる。

風の軍師に近づかれたときもそうだ。あまりにも高位の魔法使いというのは、その魔力の強さだけで、対峙する相手を圧倒する。授業で聞いて知ってはいたけれど、現実に直面すると、腰が抜ける。あまりにもレベルが違いすぎて、ただ自分が生き残れますようにと幸運を祈るしかない。自分の無力さに笑い出してしまいそうだ。

雨水さまの白炎は、さすがに風の軍師にとっても脅威なのだろう。

魔法で巨大な盾を作ってしのいだかと思うと、こちらを攻撃して来るでもなく、ふわりと空中に身を躍らせて逃れた。

「……仕方ありませんね。今日のところはここまでにしてさしあげましょう」

そんな捨て台詞を吐くと、天高く舞いあがり、あっというまにその姿は見えなくなった。

どうやら助かった……？　みたい？

ほっと安堵《あんど》したものの、聞かされた言葉はまだ頭のなかで不穏《ふおん》な響きを伴って谺《こだま》している。

『魔王さまが白砂大陸によみがえるという予言のほうはどうでしょう？　もうずいぶん前に、白砂王国の先見が『視た』はずですよね？』

『我らが魔王はこの大陸で復活なさる。あるいはもう生まれていて、目覚めの刻を待っているのかもしれません』

もし魔王が目覚めていないなら、ステータスには現れない。

でももし、別な形で表示されていたら……？

――たとえば『特殊擬態　？？』のように？

ぞくりと身が震えて、体の力が抜ける。

どうしよう……もし本当に雨水さまが魔王だったら。あのステータスの『？？』を見る方法って、あるのかな。私がレベルアップすれば、もしかして可能なの？

身のまわりに同じ魔法を使う魔法使いがいないせいで、自分の能力をよくわかっていなかった。でも、魔法学校に通うようになって、魔法の訓練をしたり、常時ほかの魔法使いから刺激を受けているせいで、私自身の魔力も強くなっているんだ。

そういえば暁兄さまの雷撃だって、ものすごく力が強くなっていたものね。

「…………真昼？　真昼、大丈夫？　あいつになにかされたの？　具合が悪いの？　保健室に連れていったほうがいい？」

気遣わしげな声に立て続けに質問され、はっと我に返った。

顔をあげると、月読がひどく心配そうな顔をしてのぞきこんでいる。どうやら考えごとに没頭するあまり、呼びかけになかなか気づかなかったらしい。

「だ、大丈夫……ちょっと……怖かっただけで……」

もちろんこれも嘘じゃない。あまりにも強い霊威を浴びて、いまにも心が折れそうだった。

月読と繋いだ手をぎゅっと握りしめて、どうにか気持ちを落ち着かせていると、暁兄さまが不機嫌そうな声で割りこんできた。

「それで、真昼はいったいなんで大学なんかにいたんだ？　まさか、それが理由であの高位魔族に狙われたわけじゃないんだろうが……」

「なんで大学部にいたかって、そりゃあ……」

子作り奨励法の申請書をとりに来たに決まって……と言いそうになり、慌てて言葉を呑みこんだ。しまった。月読はともかく、暁兄さまに理由を知られたらまずい。

どうしよう……言い訳。なにかそれらしい言い訳をしないと。

頭が真っ白になった私に、助け船を出してくれたのは、意外なことに雨水さまだった。

「……実は僕がお願いをして、こっちに来てもらったんだ。彼女のステータス魔法を見せてもらいたくてね」

「雨水さまが？　そういえば以前、真昼の話をしたときに、ずいぶんステータス魔法に興味をお持ちでしたね」

それは初耳だ。特異魔法の使い手は少ないけれど、私のステータス魔法はそんなに使い勝手がよくないから、過去にもあまり研究事例がないぐらいなのに——なんて明後日の方向に思考が向きかけたところで、雨水さまから軽くウィンクされた。

やだ、私ったら気が利かない！　雨水さまのフォローに話を合わせなくちゃ。

「そう……そうなの。こないだの戦闘で見たステータス魔法について、もうすこし詳しく知りたいと雨水さまからご連絡をいただいて……」

たったいま雨水さまにステータス魔法をかけたことは、なぜだか口にしないほうがいい気がした。うん……正直自分でもまだ、結果を受け止めかねているし。

月読の手を強く握りしめて、必死に平常心を保とうと努力していると、ふわりと耳朶《じだ》がくすぐったくなり、耳元の後れ毛が舞いあがった。

「これは貸しひとつだよ、真昼ちゃん？」

やわらかい声が右の耳元でだけ聞こえる。風の魔法を駆使して、ほかの人に聞こえないように私にだけ、言葉を届けたのだろう。雨水さまの顔を見ると、暁兄さまに見えないように、そっと口元に指を当てられる。

——暁には内緒だよ？

そんな言葉が聞こえてきそうな表情と仕種に頬が引き攣った。

魔族も恐いけど、雨水さまの『特殊擬態　？？』の正体も恐いんですけど！

もしかして、とっとと暁兄さまにバラしてしまったほうがよかったのでは……と思ったけど、後の祭りだ。ひとまず申請が受理されるまでは、やっぱり黙っておこう。

突然こんな危ない目に遭わされるのだって、そもそも戦争が悪い。滅びろ、戦争！

ともかく生き残って、子作り！

生き残って、目指せ、月読とハッピー新婚ライフ！

それ以外のことは、戦争が終わるまで考えないようにしよう。うん。

考えたくない現実をなるべく前向きに封じこめたところで、空気を読まないというか、ある意味、至極《しごく》まっとうな疑問をぶつけられた。

「真昼、あの魔族はこんな結界の内側までなにしにきたの？　真昼になにを言ってきたの？」

月読は私の背中をぽんぽんと慰めるように叩いて問いかけた。まるで「大丈夫だから答えて？」といわんばかりだ。

風の軍師、風見。四天王のひとり。

敵の言葉を信じるなんて愚かかもしれない。でも、以前から流れていた噂や雨水さまのステータスに現れていた『？？』のせいで、信じてしまいそうな自分がいる。

「……魔王復活」

「え？　なに……真昼、聞こえない」

うつむいたまま、ボソボソと口のなかで呟いた言葉は、体が触れるほど近くにいる月読でさえ聞こえなかったらしい。私は顔をあげ、雨水さまの透かした葉のような瞳をまっすぐに見据えて、はっきりとした声で尋ねた。

「雨水さま。魔王が復活するって本当ですか？　白砂王国の先見が『視た』って……そう、風の軍師は言っていました」

「風の軍師⁉　四天王のひとりの……⁉」

暁兄さまは驚いてるけれど、雨水さまは表情を変えない。

はっきりと正体を摑んでいたわけでなくても、力の脅威を感じとっていたらしい。

「なるほど……情報操作を得意とする四天王のひとり――風の軍師か」

微笑みを浮かべつつも、雨水さまの周囲に黒いオーラが見えるかのようだ。

うわぁ……なんかわからないけど、もしかして雨水さま、怒ってる？　にっこり笑みを浮かべた顔が、麗しいのに恐いです！

たちまちあたりの空気が、絶対零度《ぜったいれいど》の冷たさに凍りつく。

空気を読まない月読と、元から空気も温度も感じとらない暁兄さましかいないから、私ひとりが脅えているなんて、なにか不条理じゃない？　ぎくりと身をおののかせて後ずさりしようとすると、黒い笑顔の雨水さまは、有無を言わせない口調で言った。

「ちょっと場所を変えようか……暁。寮の僕の部屋に、お茶を運んでもらってくれないか？」

ひぃ……ちょっと！　ご、午後の授業があるんですけど⁉

ぶんぶんと首を振ってご辞退申しあげようとしたところで、雨水さまはのたまった。

「ああ……授業のことなら、僕が一言口添えをしてあげるから気にしなくていいからね？」

――教師の権威なんかより、僕の用事のほうが大事だろう？

そんな空耳が聞こえて、私の魂は抜けてしまった。

ああ、これがいわゆる、『王族の権力』というスキルかぁ……。うふふ、あはは……半ば壊れかけた心境で、またしても雨水さまに連行されるしかなかった。

所詮《しょせん》、末端貴族の小娘にすぎない私ごときが抗《あらが》える相手ではなかったのだ。


大学部男子学生寮の最上階。

ひとつのフロアをすべて使った雨水さまの部屋は、雅《みやび》やかに改造してあった。

「あれ？　ここ、学生寮だよね？　王宮に来ているわけじゃないよね？」

毛の長い絨毯を敷いた床にはふかふかのソファが並べられ、ローテーブルには紅茶のカップが四つ並んでいる。伝統的な白砂王国の部屋というより、近年になって貴族に流行した異国風の造りで、花の形を模したシェードランプなんかは輸入品だろうか。

金の髪、白皙《はくせき》の美貌を持つ雨水さまが部屋に溶けこんだ光景は、言葉にできないほどの優雅さだ。勧められたソファに腰かけると、用意された紅茶の香りが、ふわりと漂う。

しかしこれが貧乏貴族の悲しさか。瀟洒《しょうしゃ》な部屋と爽《さわ》やかな香りに気持ちが落ち着くというより、胡散《うさん》臭さを感じてしまった。

「権力……これが、『王族の権力』……いや、『王子の一声』も混じっているのかな……？　うふふ……あはは……」

なんだろう。いくら大学の寮とはいえ、広さも内装も、私が暮らすふたり部屋からはかけ離れている。しかも間違いなく実家の私の部屋よりも広いに違いない。

「そっか。真昼は雨水さまの部屋に来たことがなかったんだね」

もちろん、ありませんとも。

平然とこの状況を受け入れている月読さえ、恨みがましい気持ちでじっとりと見てしまう。

それに加えて、雨水さまとその隣に腰かけた暁兄さまが、装飾が施された部屋のなかに妙に似合っているのが、なんとも言えない気分にさせられる。

「雨水さま、砂糖はふたつでいいですか？」

「ああ、暁。ありがとう」

それだけのやりとりが、きらきらと別世界のように輝いて見えるのは気のせいだろうか。

なんというか、まるで王都で流行っているというボーイズラブ……男性同士の恋愛を書いた小説の世界が繰り広げられているかのようではないかしら……。

——まさか暁兄さまにかぎって……いや、でも雨水さまが相手なら、アリかも？

自分の兄のことながら奇妙な目で見てしまい、一瞬なんの目的でこの部屋にやって来たのかを忘れてしまいそうだった。いや、私は別に腐女子《ふじょし》じゃないんですけど。

そうそう、ボーイズラブ好きの女子を腐女子などというらしい。

なんで詳しいのかというと、友だちのユカリとマサゴが好きだからだ。

朱に交われば赤くなる……とまではいかないけれど、その手の本を読まされているから、つい男同士で仲がいいと勘ぐる癖がついてしまった。友だちの影響って恐ろしい。

そんな私の邪な思考を悟《さと》られたのかどうか、雨水さまはにっこり笑って話を切り出した。

「それで……風の軍師のことだけど、真昼ちゃん。もうすこし話したことを正確に教えてもらってもいいかな?」

腹に一物ある笑顔で問いかけられると少々怖い。けれどもこれは国防の上でも重要なことだろう。私なりにそう判断し、こくりと、上品な味がする紅茶で咽喉を潤すと、雨水さまにさっき起きたことをかいつまんで告げた。

「『魔王は白砂大陸によみがえる』……その上、『あるいはもう生まれていて、目覚めの刻を待っているのかも』と……風の軍師は言ってました」

私の言葉に暁兄さまが目を瞠る。

少なくとも、暁兄さまにしてみれば、この話は初耳らしい。

「それで……ステータスが見える君から情報を得ようと思ったわけか……先日、高みで戦闘を見物していた高位魔族というのは、どうやら彼のことらしいね」

ふぅっとため息を吐いて、片手にソーサーを、片手にカップを持って紅茶を嗜《たしな》む雨水さま。

気持ちが乱れているこんなときでも眼福《がんぷく》だわ……。感嘆のため息が零《こぼ》れてしまう。

「本当……なんですか? 白砂王国の先見が予言していることを、白砂王族が情報統制しているんですか？」

こんなこと、本当はたかが一学兵にすぎない私が聞くべきじゃない。そうわかっていても、直接、高位魔族に襲われた身としては、真実が知りたかった。雨水さまを信じるためにも。

「本当だ。先見が『視た』未来を信じるなら、魔王はこの白砂王国によみがえる……と言っても、その可能性に関しては、過去に何度も指摘されていたんだけどね」

「どういうこと……ですか？」

だって魔王だよね？　樹海魔族の魔王がなんで白砂大陸によみがえるの？　疑問符が頭のなかを埋め尽くした瞬間、ふっと雨水さまのステータスが目蓋《まぶた》の裏を過ぎった。

『種族　白砂魔族／白砂王族』

あれ……？　なんでいま、そんなことを思い出したんだろう。

どきん、と冷ややかさを伴って心臓が跳ねる。ただ単に頭が混乱しただけだろうか。

「魔王は自分の血筋――子孫のなかに先祖返りして『ヨミガエ』る。その魔王の血筋は、白砂大陸にもあちこちに散らばっているからだ」

「え？　魔王の子孫が白砂大陸にもいるんですか？」

雨水さまが話してくださったことが一瞬、理解できなかった。錆《さ》びた歯車がぎちぎちと音を立てて止まりかけるかのように、思考がうまく噛み合わない。答えをバフバラに砕いた欠片を前にして、ひたすら完成しないパズルを組み合わせているみたいだ。

風の軍師の言葉に雨水さまの言葉。そして先見の予言。

――足りない欠片は、なに？

「だ、だって魔王は異形の魔族で……樹海大陸の、樹海魔族なのでは……？」

震える声で問う私とは対照的に、雨水さまの声は確かだ。上に立つもの特有の迷いのない言葉に、私の心がぐらぐらと揺さぶられる。

「そう……でも高位魔族はヒト型に変化できる。時空を操る天魔魔法を行使できる魔王なら、ひっそりと白砂大陸に空間移動してきて子種をバラまくことも可能だ。以前よりその懸念《けねん》が指摘されていた」

雨水さまの言っていることは一応が筋が通っている。でも、なにかがおかしい。頭のなかの冷静な部分が、警鐘《けいしょう》を鳴らして止まない。なにが問題なのかも見当がつかないのに。

「しかし……そうか。四天王のひとりともあろう高位魔族が、白砂大陸に魔王を探しに来たとあれば、予言は真実なのだろうな」

「魔王はすでに白砂大陸に生まれており、目覚めるのを待っている――雨水さま、そういうことですか？」

暁兄さまの念を押す言葉を聞いて、体がすうっと冷たくなる。

「でももし魔王が本当に『ヨミガエ』ったら……いまだってこんなに苦戦しているのに……」

白砂王国軍は耐えられるのだろうか？　万が一、正規軍は耐えられるとしても、もし私たち学兵が守る砦に魔王が現れたとしたらどうだろう？

「私たち……生き残れるのかな……？」

自分の声が、ずいぶん遠くでしゃべっているかのように聞こえる。ひどく絶望的な気分だった。そんな私の弱気を吹き飛ばすように、暁兄さまは確固たる信念が滲む声で宣言した。

「生き残れるのかな、じゃなくて、生き残るに決まっている」

「暁らしい考えだね。僕は嫌いじゃないけど」

くすくす笑って、雨水さまが暁兄さまに同意している。

なんていうか、主と従者として親しいとは思っていたけど、目の前でこうして話されると、思っていたよりふたりの距離が近くて、とまどってしまう。雨水さまと暁兄さまはどちらも、婚約者のひとりもいないんだもんなぁ。白砂王国の将来は大丈夫かしら……。

ふたりのやりとりに毒気を抜かれていると、そんな気配など微塵《みじん》も感じていないらしい月読がぽそりと呟いた。

「でも、心配だなぁ。四天王クラスの高位魔族が魔法学校のなかまで入ってこられるなら、また真昼のことを狙ってくるかも……」

「ちょっと月読……不吉なことを言わないでよ！」

またあんな怖い思いはしたくない。なんていうか、戦争がはじまったときも思ったんだけど、私の普通の楽しい学園生活、どこに行った……。

四天王とか魔王とか、魔法歴史でしか知らなかった伝説上の魔族まで現れて、どんどん私の日常が遠ざかっていく。うわーん、早く普通の生活に戻りたい。

「うん……確かにそうなんだよね。真昼ちゃんの持つ能力が欲しいなら、またやってくるかもしれない……」

「う、雨水さままでそんな……たまたま今日は、ちょっと不注意だっただけですから！」

そうだ。子作り奨励法の申請書をとりにいったなんて、暁兄さまとかほかの人に見られたくないから、たまたまひと気のないところを歩いていただけで、普通に学生寮と学校を行き来するだけなら、そんなに危険はないはず。

「その『たまたま』が怖いんだ、真昼。といっても、四六時中おまえに張りついているわけにもいかないしなぁ……どうしたものか」

暁兄さまにずっと張りつかれていたら、むしろ私が困ります！

「私だっていろいろと用事があるし、プライバシーだってあるんだから……」

子作りとか子作りとか子作りとか。

毛を逆立てた猫のごとく、暁兄さまの監視だけは断固阻止！　と思っていると、雨水さまがいいことを思いついたとばかりに手を打った。

「それなら、月読といっしょに住んだらどうかな？　確か夫婦用の部屋に空きがあったはずだ。あそこなら、大学部の学生寮からも近いし」

「は？　夫婦用の部屋って……もしかしなくても、『子作りハウス』のこと⁉　ええっ⁉」

私はびっくりして思わずソファから立ちあがってしまった。

「あはは……『子作りハウス』とは、言い得て妙だね。ふたりは元からよくいっしょにいるんだから、ちょうどいいだろう？　授業だって同じクラスで受けるし、放課後と夜は月読が守ればいい。なにかあったらこちらまで知らせてくれれば、すぐに駆けつけられるし」

にこにことのたまう雨水さまの隣にいる暁兄さまの形相が恐いんですけど⁉　ひぃぃぃぃ‼

「ああ、なるほど……確かにそれはそうですね」

あいかわらずのんびりとした調子で、月読は先ほどの雨水さまと同じようにぽんと手を打って同意する。

ちょっと月読！　暁兄さまの前なんだから、空気！　空気を読んでよ、お願いだから！

私の心が悲鳴をあげている間に、雨水さまと月読はうなずきあって、いまにもその考えを実行してしまいそうな勢いだ。しかしもちろん、暁兄さまが簡単に同意するわけはなかった。

「う、雨水さま。年頃の男女が同じ部屋で寝起きするというのは問題があります！　風紀も乱れますし……」

「でも高等部の寮は、ここから遠いし不便だよ？　僕と暁も授業があってずっと真昼ちゃんについていてあげるわけにいかないだろ。魔法具研究学のレポート、行き詰まってるって言っていたじゃないか」

「う……でも、それとこれとは別のような……？」

うん、まぁ別ですね。暁兄さまの感覚、間違ってないよ？

ただちょっと、雨水さまの人を丸めこむ話術にとりこまれているだけで——とはもちろん言えない。ごめん、暁兄さま。だってやっぱり『王族の権力』が私は恐い。

「大丈夫。月読は攻撃魔法だけは得意だから、きっと真昼ちゃんを守ってくれるよ」

雨水さま、『だけは』って言った！　『だけは』って！

まぁ確かにほかはちょっとぼーっとしてるかもしれないけど……。

おまけに、暁兄さまに言うにしては、すこし論点がずれてますね？　わざとですよね？

「じゃあ、決まりだね。月読は真昼ちゃんが嫌がることはしないだろうし」

「え？　あ、はい。真昼が嫌がることなんて……すると、あとが恐いんで、しないですよ」

仮にも上官の前なんだから、あはは……なんてのんきに笑って言わないで欲しい。まるで私が月読を尻に敷いているみたいじゃない。

しかし、私がハラハラしているのをよそに、雨水さまはまだなにか言いたそうにしている暁兄さまの反論を封じこめてしまった。

『王族の権力』恐るべし。

翌日には私と月読は『子作りハウス』に引っ越しをさせられていた。

『王族の権力』と『王子の一声』があれば、白砂王国では無敵なんだなぁ。うふあは。ちょっと遠い目になってしまう。

そんなわけで、『子作りハウス』もとい夫婦用学生寮に来ました。

学生寮を生徒数が減ったころにゲストハウスとして整備し直し、さらにまた最近になって夫婦用学生寮に作り直したそうで、木造三階建ての建物は古さのわりに綺麗だ。しかも、掃除が必要かと思ったら、雨水さまの命令ですでにすませてあり、ただ引っ越すだけになっていた。

「真昼、荷物はここに置いておくわよ」

「机の位置はいまの場所でいいのね？」

突然決まった引っ越しに、友だちのユカリとマサゴは驚いたけれど、快く手伝ってくれた。

もともとが寮暮らしだから、荷物は少ないし、月読とふたりだけでも問題なかったのだけれど、彼女たちふたりの目的はほかにもあった。

「真昼ちゃんのお友だちだっけ？　悪いね……試験が終わったばかりで、ゆっくりしてるところを引っ越しの手伝いなんてさせちゃって」

雨水さまがユカリとマサゴに、絶世の微笑みを浮かべて声をかける。

自分がこの話の発起人《ほっきにん》だからと言って、わざわざ顔を出してくださったのだ。もちろん、ユカリとマサゴは雨水さまがいらっしゃると知っているからこそ手伝ってくれたわけ。友だち甲斐があるってものよね。

「雨水さま公認で子作りかぁ。フユモリ君とは仲がいいし、真昼はしあわせね」

「公認とか、やめてよ……うぅぅ」

違うんだけど、違わない。真実を告げたくて口がむずむずする。けれども、雨水さまのにこやかな笑顔の圧力が怖い。いえ、約束だから、圧力は関係ないんですけども！

実は、私と月読が『子作りハウス』こと、夫婦用学生寮に入る名目は、ごく普通に子作りのためということになっていた。

私を二十四時間守るために――と言っても、風の軍師のことを公にするのは、問題がある。

高位魔族が結界のなかに現れたことや魔王復活の予言。しかも白砂大陸に『ヨミガエ』るなんて。どれひとつとっても、確実に生徒たちの動揺を誘うに違いない。

「だから、真昼ちゃんと月読が子作りするためにいっしょに暮らすってことにしよう。どうせ申請するところだったんだから、一石二鳥じゃないか」

私が申請したいのは月読の戦闘免除で、『子作りハウス』じゃないんですが！　とは雨水さま相手に言えなかった。だって雨水さまの権力も黒い笑顔の圧力も怖いんだもの。

「あ、もちろん、本当に子ども作っていいからね？　国のためにも頑張ってね？」

そう言われたのは、本当に応援なのか。簡単な引っ越しがすんで、雨水さまがとってくれた引っ越しそばを食べ終わると、私と月読はふたりきりになった。

「真昼、これで自習室の机の上で子作りしなくてすむねぇ」

月読はいつものようにのんびりした声で言う。

この幼馴染みの少年には羞恥心という言葉がないのだろうか。慣れているから、もうあきらめてはいるけど、ときどきあまりのテンポの違いに脱力する。

「う……そ、それはそうだけど……雨水さまってば、暁兄さまの前で……ううう」

確かに無理やり暁兄さまの反論は封じてくれたけれど、今後どうなることか。レポートがどうとか言っていたから、それが終わるまでは平和に過ごせるかなぁ……あれ？　レポートと言えば、なにか忘れているような？

にこにこのほほんとした笑みを浮かべる月読を見て、ふっと血の気が引いた。

「そういえば……月読、追試っていつだっけ？」

すっかり忘れていた。私はおそるおそる月読の顔をうかがう。

「今日と明日は試験休みだから、明後日……かな？」

「明後日⁉　そ、それはまずいじゃない……月読、試験範囲を全然さらってないよね⁉」

先日、勉強をしたときも、何回もオオムカデの襲撃のあたりを繰り返していた。戦闘が起きたり四天王に襲われたり、月読のせいじゃない理由があったにしても、追試は待ったなしだ。

「わわっ……教科書！　教科書出して、月読！　勉強するわよ！」

「ええっ⁉　いまからやるの⁉」

当然じゃない！　自分のことなのに、なんてのんきなの⁉

これはもう気を引き締めて、私が頑張って教えるしかない。

「結婚するんだから、旦那さまに落第なんて認めないからね⁉」

危機感を覚えるあまり、私の鬼教官モードにスイッチが入った。

「魔法歴史から行くわよ！　ほら、ぐずぐずしない！」

「うえぇぇぇぇ」

逃げ出そうとする月読の首根っこを捕まえて、テーブルの席につかせる。

自分のことなのに、よくもここまでのんきにしていられるものだと、真面目な私としては逆に感心させられてしまうくらいだ。

「……う、月読。第四魔王復活のところなんて、前にもやったじゃない！　どうしてそこまで綺麗さっぱり忘れられるの⁉　白砂暦六〇七年に起きた白砂王国の重要なできごとは？」

「白砂暦六〇七年？　ってことは、えーと……第四魔王が討伐《とうばつ》されたあとだから……なんだっけ？　砦の建設？」

「違う！　白砂王・蛟《ミズチ》の防御魔法陣の開発でしょう⁉　白砂王国全体に防御障壁が張り巡らされているから、私たちが安全に暮らせているのに……どうして覚えられないかなぁ」

思わず、がっくりとうなだれた。

「うう……月読が悪いんじゃないんだ。私の教え方が悪いんだ、きっと」

「ごめん……真昼。真剣にやってるんだってば！」

月読が落第したらと思うと、せっかく雨水さまがお膳立《ぜんだ》てしてくださっても、子作りどころじゃない。せっかくの『子作りハウス』にいる機会を生かすためには、どうにか月読を追試に合格させなきゃ。

「追試で落ちたら、先生はどうするって言ってた？」

恐る恐る月読に尋ねると、さすがに気まずいらしい。月読は私と目を合わせずに答えた。

「そのぅ……一ヶ月の放課後補習だって、留年するかどうかは後期試験の成績を見てまた決めるって……」

「一ヶ月の放課後補習⁉　そんなに⁉」

冗談じゃないわ。そんなことに時間をとられたら、子作りする時間がないじゃない。

焦った私が、一日中、食事以外の時間を勉強に費やしたのは言うまでもない。

おかげで、というべきか。どうやらこっそりと暁兄さまが、私と月読が不純異性交遊をしていないかどうか、様子を見にきたらしいが、もちろんそんなことはしていなかった。

あまりに殺気立った様子で勉強を教えている私を見て、「月読も大変なんだな」なんて珍しく同情的なことを言って、そっと去っていったらしい。これはあとから雨水さまに聞いた話で、真面目に勉強していてよかったと思ったことは、月読には内緒だ。

まぁ、追試が終わるまでの辛抱だと思えば、なんてことはない。

そう自分に言い聞かせつつも、夜、寝るときになって、寝室にベッドがふたつ並んだところを見たときは、動揺してしまった。

「う……さすが、『子作りハウス』！」

うわー新婚さんの家庭みたい！

雨水さまが用意してくださったのだろうか。フリルのついた枕とか、刺繍《ししゅう》を施されたクッションが置かれた寝室は、かわいらしくも初々しい。

普段暮らしている寮と比べると、格段に上品な家具が置かれているし、正直、引っ越して来てよかったと感動してしまったほどだ。あんなに「『子作りハウス』なんて恥ずかしくて嫌だ」なんて言っていた過去の自分を張り倒してやりたい。絹の手触りのいい枕を抱きしめると、頬がへらりと緩む。

私ってばなんて現金なの⁉　なんて自分にツッコミを入れていたら、パジャマに着がえた月読が寝室に入ってきた。

「なんだか、真昼といっしょに寝るなんて、子どものころのお泊まり会以来だね」

「そういえばそうかも……寮に入ってからは、できなくなってしまったもんね。お泊まり会」

魔法学校に入ってから、いっしょにいる時間は増えたけれど、昔より離れてしまった部分もある。男子と女子という区別が明確になったせいだ。

でもこうして、夜、仄《ほの》かな灯りのなかで月読といっしょにいると、気恥ずかしさより安心感のほうが大きい。

やっぱり私、月読のことが好きなんだなぁ。

そんな実感を噛みしめつつ、もふりと枕を抱きしめたままベッドの上に倒れると、スプリングが利いていて、心地よかった。さらにはやわらかい上掛けのなかに潜りこむと、引っ越しの疲れもあってか、すぐに目蓋が重たくなってくる。

「ねぇ、真昼。追試が終わったら、また子作りしようね?」

「うん……」

いまにも意識がなくなりそうになりながら、私はうなずいた。

「それから僕、絶対、真昼のことを守るから……」

——うん。頼りにしているよ……月読のこと。

そう返そうとした言葉は、けれども口にできないまま。私はゆったりした気分で、すぅっと深い眠りに落ちてしまった。

早く子作りできるようになるといいなぁ……なんて、思いながら。

第五章　まさかの白砂王族の真実を知ってしまったんですが⁉

私と月読が『子作りハウス』に引っ越してしばらくは、平穏な日が続いていた。

月読の追試の勉強で忙しかった以外、とりたてて変わったことはなく、拍子抜けしてしまったくらいだ。

「四天王のひとりが校内に現れたなんて、夢だったんじゃないかしら……」

思わずそんなことを呟いてしまう自分がいる。ただの願望にすぎないけど。

おまけに雨水さまに現れていた謎のステータスも、気になるのに調べる余裕はなかった。

もしあの『特殊擬態』が魔王になることを示しているなら……。考えたくない未来を想像してしまい、ぞくりと身を震わせたところで、

「真昼ちゃんひとり？　月読はどこにいるのかな？」

当の雨水さまの声がして、私は飛びあがらんばかりに驚いてしまった。

「ううう、雨水さま！　な、なんでこんなところに！」

あれ？　高等部で軍事訓練なんてあったっけ？　まるでいけないことを考えていた気分になって焦る。頭のなかで考えていたことを知られているわけはないのに。

「今後、学兵の持ち場での戦闘が激しくなるのを見越して、新たな戦略を練る必要があってね。高等部の授業日程を確認しにきたんだ」

本当だろうか。もしかして、雨水さまは私のことを監視しにきたんじゃないだろうか。

そんなことを一瞬でも考えてしまった私は不敬かもしれない。でも、私が雨水さまのステータスを見てしまったあの日から、なぜか行動をチェックされているような圧力を感じるのだ。

雨水さまからの申し出でステータスを見たはずなのに、見てはいけないものを見させられたのだったら、不条理だ。

『王族の権力』や『王子の一声』から逃げるのは簡単ではないけれど、このぎちぎちと追い詰められるような圧迫感から早く逃げたい。雨水さまから離れたい。そんな心情が表情に出てしまっていたのだろう。雨水さまはにっこりと黒い笑顔で私に迫った。

「ねぇ、真昼ちゃん。君、月読や暁がいないところで僕に話しかけられると、すごく緊張しているよね。いまにも逃げたそうな顔をされるなんて……正直、傷つくなぁ。僕のこと、そんなに嫌い？」

う……な、なにそれ……。言葉に詰まる。好きか嫌いかとかではなくて、なんかこう……私が小心ものなせいだと思うんですけど！

すこし前まで、私もユカリやマサゴといっしょに雨水さまのチャームにころりと参っていたはずだ。それがステータスを見てからは、雨水さまにただ見目麗しいだけの王子さま像を抱けなくなってしまった。

私だって、まだ夢を見ていたかったのにもかかわらず、だ。

「ねぇ……君は僕のなにを見たのかな？」

「それは……」

なんのことを聞かれているのだろう。緊張で思考がうまく巡らない。気になることは、隠し情報以外にもあったはずだ。雨水さまの圧力に負けて、私は思わず口走っていた。

「……『白砂魔族』って、どういう意味ですか？」

白砂大陸にいる魔法使いの種族は、通常、『ヒト族』だ。

『白砂王族』はともかく、『白砂魔族』なんて見たことがない。

もっとも、白砂王国では戦闘のときのように、出会った人すべてのステータスを気にして見ているわけじゃない。魔族がヒトに交じっていても、気づかないだけかもしれない。

「ああ、なんだ。やっぱりそれ、見えるんだ。そうか、知ってしまったか……ステータスが見えるって聞いたときから、探知されるんじゃないかと気がかりだったんだ」

あ……やっぱり？　どうも見てはいけないもののような気がしてました！

なんて気楽に冗談を返せない。

「ちょっと来てもらおうか」

私はふたたび有無をいう間もなく、雨水さまに連行されてしまった。

なんていうか、この展開はまずくない？　完全に想定外です。やっぱり逃げたいです！

なんて心の叫びが通じるわけもなく、水上艇に乗せられて、連れ去られてしまった。

船が向かう進路は東。王都がある方向だ。

水上艇がスピード違反もかくやという速度で水路を走り抜けると、あっというまに白砂王都、岩美《イワミ》が近づいてきた。

巨石を組み合わせてできた家々が段々になって、後方の山へと連なっていく。

街が近づくと、その分すれ違う船も増え、そのたびに船は空中に浮かんだり無理な舵《かじ》を切って横に逃れて、慣れているはずの私でさえ、船酔いしてきた。

雨水さま、運転が乱暴すぎます！

やがて水路は街の地下に潜った。真っ暗な地下迷路で何度も角を曲がり、地上で言うならどのあたりを走っているのだろうと考えたところで、前方に光が見えた。

気がつくと、水上艇は白砂と岩が波紋を描く、静かな庭園に浮かんでいた。

「ここは……もしかして白砂王宮？」

時空を表現する白砂。岩がところどころ屹立する空間。

白と黒の世界のなかを、幹や枝をうねるように伸ばした松が、悠然《ゆうぜん》と横切っている。その独特な庭園は、この目で見るのは初めてだけれど、話に聞いたことはある。

白砂王宮の内宮庭園に違いない。

「そう。知られたからには、放っておくわけにはいかないからね……真昼ちゃん？」

思惑《おもわく》ありげな流し目を向けられて、どきりとさせられる。

ときめいたらいいのか、怯んだらいいのか。

悩んでしまうけれど、心は正直だ。怖いと思うより、やっぱり雨水さまって素敵だなぁっていう気持ちのほうが上回ってしまう。

——うん。もうここまできたら、雨水さまを信じるしかない。

そんなふうに心を決められたのは、王宮の庭園があまりにも静かだったせいかもしれない。景色も空間も静謐《せいひつ》そのもの。心の奥底まで凪《な》いで、戦いなんてこの世に存在しないかのように思えてくるから不思議だ。

王宮の庭園を通り抜け、雨水さまに連れられたのは苔生《こけむ》した巨石の前だった。

小山ほどの大きさがあるけれど、一枚の岩に違いない。静かな威厳を漂わせて、近づくと体がほんのり暖かくなる。

〝根の石〟だ。

魔法石のなかでも、特に巨大で力を持ち、地中でほかの根の石と繋がって白砂王国を守っている——防御結界の要《かなめ》。

「白砂魔族とはなんだと君は思う？　僕のステータスには正確にはどう表示されたんだ？」

「正確にはって……その」

種族のところに白砂魔族という表示がされたことと、特殊擬態の『？？』は別なものだ。なにをどう聞いたらいいかわからなくなり、私はまとまらない問いを口にした。

「雨水さま……魔王はその血筋のなかに『ヨミガエ』るというお話でしたが……白砂王族が、魔王の血筋を引いているということは、ありえるのですか？」

「魔王？…………ああ、そうか。なんだ……あはは」

雨水さまはさも面白いことを聞いたといわんばかりに笑った。

「ステータスに『魔族』って出たから、君は僕がもしかして魔王じゃないかと思ったんだ？」

「いえ……それはその……うぅ……」

あれ、違うの？　なんか反応がおかしいような……特殊擬態のこと、雨水さまに言っちゃう？　言ってみようか。

私を見る雨水さまの緑眼は鋭いけれど、こんなところまで連れてこられて、いまさらだ。もし私を始末したいなら、雨水さまはいつだって殺すことができる。魔法で攻撃されなくたって、私の物理防御力は貧弱そのものなんだから。もう腹を括《くく》るしかないんだ。

「その……ステータスのなかに、『特殊擬態』という隠し表記があって……内容は拝見できないんですけど、もしかしてまだ発現していない能力なのではないかと思って」

「へぇ？　『特殊擬態』ねぇ……それがなんで魔王の『ヨミガエリ』に繋がるんだ？」

あ、ちょっと雨水さまの逆鱗《げきりん》に触れてしまった気がする。そうだよね、宿敵である魔王じゃないかと疑われて、気分がよくなるわけがない。

私はびくびくしながら、ステータス表示の発現していない能力のことを話した。

『？？』の内容を見ることはできないが、その人になにか隠された能力があることが表示されるということ。もしかすると、『ヨミガエ』る前の魔王のステータスを見たら、『特殊擬態』のような表示がされるのではないかと考えたことを――。

あれ？　待てよ。もし、なにか秘められた能力があればステータスに『擬態　？？』などのなんらかの表示があるのなら、もしかしていまの私なら、能力が発現していない魔法使いが見分けられるんじゃないのかな？

ステータスを見るのは貴族社会では嫌がられると思って、大きくなってからはあまりやっていない。最近、結婚相手としてどうかと見てきた貴族には隠しステータスの表示はなかったけれど、もっとたくさん見たら、違いがわかるのでは……。

おお……これって、一攫千金《いっかくせんきん》のチャンスじゃない？

なんでもっと早く気づかなかったのか。子どものころの経験のまま時間が止まっていて、自分では潜在的な魔法使いを見分けられないと思いこんでいた。

私の思考は明後日の方向に転がって、一瞬、雨水さまのことや魔王のことを忘れてしまっていた。……バカだ。危機本能はどこにやった。

「なるほどね……面白い考えだ」

はっと我に返ると、雨水さまがひどく興味深そうにうなずいていた。さっきまでの脅迫めいた圧力が和らぎ、私の考えを検討してくれてる。これなら生きて帰れるかも。と思ったのもつかの間、雨水さまの緑眼が獲物を狙う捕食動物の目をして、私に狙いを定めた。

「やっぱり君の魔法は思っていた以上に興味深いな」

そんなことはないです！　わりとなんの役にも立たない魔法なんです！

私は魔法使いの見分けがつくかもしれないという売りこみの話を忘れて、ぶんぶんと首を振った。助けて、誰か。雨水さまが恐い！

うわーん月読ってば、なんで追試ばかり受けてるのよ！

実は結局月読は追試に通らなかった。魔法歴史はどうにかお情けをもらえたのだけれど、魔法情報学がダメだったのだ。がっくり。

とはいえ、月読は遊撃隊に必要だから、放課後ずっとの補習は困るという圧力がかかったらしい。誰の圧力かというと、雨水さまですよね！　わかってますとも！

そんなわけで、月読は追追試を受ける羽目になった。もちろん勉強を教える私もいっしょにつきあっていたから、子作りどころじゃなかった。

ううう、『子作りハウス』ってば、本当に意味がない……。

しかも、月読の追試中、私が暇《ひま》を持てあましていたところで雨水さまに捕まったのだ。

こんなときこそ、空気を読まない月読がいてくれたら、どんなに心強かったことか。

私がぷるぷると震えて後ずさりすると、雨水さまは挑戦的な笑みを浮かべた。

「君が言う特殊擬態は、これのことじゃないかな？」

そう言うと、金色の髪を揺らして身震いをひとつ。

周囲に風が起こり、雨水さまが光の粒に包まれた。

目の前の巨大な根の石から魔力が集まっている。その波動は霊威を感じるというより、やはりほんのり暖かい。風の軍師と向き合ったときとはまるで違う。

バサリ、と大きな音を立てて翻ったのは、大学部の長上着の裾だけじゃない。

光の粒が真っ白な翼になり、鳥が身繕いするときのように、大きく羽ばたいた音だった。

目の前で繰り広げられていることが現実に思えなくて、口を開けたまま固まってしまう。

そんな私の手をとり、なにを思ったのだろう。雨水さまは私の体を腕に抱きあげて、バサリ。

真っ白な翼を打ちつけると、ふわりと空へ舞いあがった。

「ひっ……え？　ええっ⁉」

翼を持つ雨水さまはあっというまに、王宮の上空高くへ到達して、私は王都を高みから見下ろす羽目になった。

飛行術が使えない私は、こんなふうに上空から見下ろしたのは初めてだ。家並みが小さくて、海岸部の石英の岩にあるような長方形が寄り集まったのを見ているみたいだ。

なんて綺麗なんだろう。石の薄鼠《うすねずみ》色と街を彩る緑と、はるか遠くに広がる大海の藍《あい》色とが絶妙な色のコントラストを見せている。その景色に感動する一方で、雨水さまに抱きあげられているという事実に心臓がばくばくと高鳴り、いまにも壊れそうだった。

だって、近い！　雨水さまの整った麗しいお顔が、サラサラの金糸の髪が！

もし雨水さまと暁兄さまがいい仲だったとしても、このときめきは消せそうにない。

ごめん……月読。この一瞬だけ、私の心は浮気しているかもしれない。だって、みんなの憧れの王子さまにお姫さま抱っこされるなんて！　たとえ命の危険があるかもしれないといっても、このありえない光栄に気持ちがふわりと浮かびあがってしまう。

そんな私の気持ちに気づいているのかどうか。雨水さまはチャームのスキルを全開に使っているとおぼしきキラキラした笑顔でのたまう。

「どう？　いまの僕のステータスを見たら、なにが表示されるのかな？　いま、魔法をかけてみてくれないかな？」

「え？　ステータス魔法を？」

びっくりしたけれど、次の瞬間には、魔法を使うときの集中した状態に入りこんでいた。王宮の根の石の影響だろうか。どうやら魔法を使う催眠状態に入りやすいようだった。

「我は世の理《ことわり》に問う。彼のものの真実をここに現しめよ」

口にし慣れたステータス魔法の呪文を唱えると、パチンと泡が弾けるような音がして、頭のなかに雨水さまの情報が入りこんでくる。

雨水・ローレル・白砂　種族　白砂魔族／白砂王族　HP　812
攻撃力　400　魔力　988　素早さ　511　技　527　統率　688
知力　678　防御力　642　魔法防御力　986　運　427　移動　523
弱点　刺　羽　天　攻撃　炎　水
スキル　チャーム　王族の権力　王子の一声　特殊擬態　有翼高次魔族
状態　キラキラ　権力　金持ち　白砂第一王子　腹黒　飛行　ステータス上昇

ん？　あれ、おかしい……以前よりも、明らかにステータスの数値が高い。

しかも隠しステータスが開いている。

「有翼高次魔族《ゆうよくこうじまぞく》……」

それがどういう意味なのか、私にはわからなかった。『白砂魔族』だけじゃなく、これも初めて見る情報だったからだ。でも、頭のなかにひとつだけ合致《がっち》する情報がある。

「魔王――それは六枚の黒い翼を持つヒト型の異形……」

色と枚数は違うけれど、やっぱり雨水さまが魔王なの？　でもいまのステータス値には『魔王』の表示はなかった。四天王を『視た』ときには、『四天王』と表示されたのに。

上空の風のなかにいても、私の呟きは雨水さまの耳に届いたはずだ。けれども雨水さまはなにも言わず、くすりとだけ笑うと、飛行をやめて、ふわりと地上に降り立った。

「うわっ……っとと……雨水さま？」

急に地面に下ろされて、よろけてしまった。

ぐらぐらするこれは、飛行酔いというやつかもしれない。自分が飛行術ができないせいで、いままでは感じたことがなかったけれど、船酔いをするように、飛行に慣れてしまうと地面に降りたとき、体がふらつくことがあるらしい。

「これが、『白砂魔族』の真の姿だ。有翼高次魔族は、おそらく魔王も同じだろうが、種族が違う。『白砂魔族』に漆黒《しっこく》の翼を持つものはいない」

「つまり雨水さまは……魔王では……ない？」

自分で口にすると、雨水さまが言った言葉がようやく腑《ふ》に落ちた。

『種族が違う』――つまり、そういうことなんだ。

遠目で見たときには同じ鳥型の魔族に見えるグリフィンと大鷲《おおわし》が、同じような魔法耐性を持ち、炎を弱点としていても違う種族なのと同じだ。

「でも、魔族って……どうして？　なんで白砂王族が魔族なんですか？」

それがどうしてもわからない。私は雨水さまの一挙手一投足を食い入るように見つめて、次の言葉を待った。

これは、とても重要な話だ。雨水さまに恐い目に遭わされたからというだけではなく、魔法情報学を嗜んでいる身としては、きちんと理解しなければならない。

「真昼ちゃん……君は、なぜ魔法使いが魔法を使えるのかを考えたことがある？」

「なぜ、魔法使いが魔法を使えるのか？　それは……素質があるからじゃないでしょうか？」

魔法の素質を持たないものは、魔法が使えない。そして魔法の素質を持つものは、王族や貴族に多い。庶民で魔法使いといえるほどの魔法が使えるものは稀だ。

「そう……ではなぜ素質のあるものとないものに分かれるのか。なぜ樹海魔族はみな魔法が使え、白砂大陸に住むものは魔法が使えないヒトがいるのか」

「………まさか」

雨水さまが言おうとしていることを推測して、私は顔を強張らせた。

「まさかじゃない。魔法を使えるものはみな、どこかで魔族の血を引いているんだ。白砂魔族か、樹海魔族の血をね」

聞かされたことに衝撃を覚えるあまり、ごくりと生唾を呑みこむ。

え？　待って……だから、そういうこと？

「だから、魔王は白砂大陸にいつ『ヨミガエ』ってもおかしくないんですか？」

私は不敬にも雨水さまの腕を摑み、体を揺さぶるようにして問いかけた。

「そのとおりだよ。そもそも、本来、魔族はみな白砂大陸に住んでいたからね……」

「は？」

ちょっといま聞き捨てならないことをおっしゃいましたね？

いくら魔法情報学が得意とはいえ、私の頭はそろそろ許容量オーバーになりそうだ。

いつ白目を剝いて倒れても、許される気がする。知識だけが自分の武器とばかりにこれまで真面目に優等生をやってきた私とはいえ、この情報は簡単に頭のなかにおさまりそうにない。

困惑する私の心情を汲んでくれたのだろう。

「すこし……昔話をしようか」

雨水さまは遠くを見つめるような瞳をして、岩の上に腰を下ろすと、私にも隣に座るように促した。

「なにから話そうか……その昔、白砂大陸は魔族しか住んでいなかった話からしようか——

白砂大陸は根の石を中心に魔族が住んでいた。

樹海魔族とか白砂魔族とかっていう区別はない、ただの魔族だ。

魔族はみな、この地で息をするように魔法を使って暮らしていた。根の石の魔法の力の影響で、魔法が使えるように変化したのだとか、どこかで強大な魔法嵐が吹き荒れたせいだとか、いろいろな憶測《おくそく》があるが、真実はわからない。

現在白砂王国にあるこの根の石の周りは、常に緑が茂《しげ》り、作物がよく実ったおかげで、いろんな種族が流れてきた。だから、いまの白砂王国にもいろんな国の文化と言葉が入り混じっていると言われている。

そんな根の石のある豊かな土地に、多くの魔族が住んだのは当然のことだった。

しかし、やがて南のほうから別な一族がやってきて、根の石の近くに住みはじめた。

それがヒト族だ。こちらもはるか遠くから移住してきたのだとか、異世界からやってきたのだとか、いろんな説があるけれど、やっぱり詳細は伝わっていない。

ヒト族は魔法こそ使えなかったけれど、道具を使って街を作り、たちまち数を増やした。

そのとき、ヒト族と友好的に接し、婚姻《こんいん》までして結びついた魔族と、ヒト族を排除しようとした魔族とに分かれた。

もともと、異形の魔族を畏《おそ》れていたヒトは、ときには魔族が襲ってこなくても、見かけるだけで殺害することもあった。同族を殺された魔族にしてみれば、ヒトは仇でしかない。

魔族は真っぷたつに分かれ、争いはじめた。

ヒト族を認める魔族と、ヒト族を排除してもとのように魔族だけの楽園を守ろうという魔族が、魔力の源である根の石を巡って、決定的に断絶したのだ。

——そのとき、ヒトの側に立って戦ったのが現在の白砂王族の祖先だと言われている。そして魔族だけで暮らすことを選んだ種族の長が魔王だと……」

雨水さまの話を聞きながら、私は相槌《あいづち》を打つこともできないほどショックを受けていた。

「つまり、樹海魔族は、本来、白砂大陸に住んでいたということなんですね……？」

めまいがして、見えている光景がぐるぐると回っている気がする。

ああ、私、いったいなにを知ってしまったんだろう。

そんなことを思う瞬間にも、すぐそばにある〝根の石〟の存在感が伝わってきて、この巨石こそがすべての魔法使いを生みだしたのかと思うと、これが畏敬《いけい》の念というものだろうか。いますぐにでも平伏したくなった。なんだか奇妙な気分だ。

「まぁ、そういうことになるね……しかし、白砂魔族が——白砂王族がどうにか魔王を討ちとると、負けた魔族たちはこの大陸を去り、海の向こうの大陸へと——いまは樹海大陸と呼ばれる地に逃れた」

そして白砂大陸にはヒトに友好的な魔族とヒト族が残った。

なんというか、魔法使いである自分のなかにも、いままであれだけ畏れてきた魔族の血が流れているのだと思うと、すこしだけ複雑な気分になってくる。

「樹海魔族の襲撃が一定周期なのは、魔王や四天王のような統率力の高い魔族が生まれにくいせいもあるが、樹海大陸には魔法石が少ないため、一度襲撃を行うと、十分な数の魔族が揃わないからなんだ」

つまり〝根の石〟の近くにいればいるほど、魔力は高くなりやすい。防御結界を張る関係もあるのだろうけれど、この〝根の石〟の近くに王都を作ったのはそのせいもあるのだろう。

それにしても、有翼高次魔族とは、どれほどの力を持つのか。

私はたったいま確認したばかりの雨水さまのステータスを思い出して、軽く身震いした。

魔王はほかを圧倒する能力を持つと言われているけれど、雨水さまも同じなんだ。特殊擬態をしたあとの有翼の姿なら、魔王に匹敵する能力を発揮できるのかもしれない。

ハイスペック魔族、怖ろしい。完全に想像の範囲を超えている。

「長い時間を経て、彼らは樹海魔族と呼ばれ、白砂大陸に残った魔族はヒトと交わって数を減らした……魔法使いの数すら、年々減る一方だ。君のステータス魔法で見たとしても、『魔族』の表示が出るのは、一部の王族しか残っていないだろう」

最後のところを話す雨水さまは、とても遠い目をなさっていた。

雨水さま、なんだか淋しそう……ってそれも当然か。自分の一族が残り少ないんだものね。

私でも、うちの家族しかヒト族はいません。なんて言われたら、切なくなっちゃうよ。

「もし魔王が『ヨミガエ』ったら、僕はこの姿で戦わないといけないかもしれない……でも、この異形の姿を一般の国民は受け入れないかもしれない……」

「雨水さま、そんなことは……」

ない――と言い切れるだろうか。

いま現在、白砂大陸に友好的な魔族はいない。つまり、ヒトから見れば、異形の魔族はみな、樹海大陸の敵対する魔族と同じなわけで……。

私は言葉を続けられずに、雨水さまから視線を逸らしてしまった。

「いいんだ。僕が前線に立ってるのはそのせいでもある。僕ひとりが魔王と対峙してこの戦いを終えられるなら、弟は参戦させることなく──なんの憂いもなく、王位を継がせることができるからね」

「そんな……！　まだ魔王が本当に『ヨミガエ』るとはかぎりませんし、私たちみんな雨水さまのために、頑張って戦っているんですから、王位継承権放棄みたいなこと言わないでください！　そんなことになったら、暁兄さまの未来の出世が台無しです！」

最後のところは、あえて茶化して言ってしまった。

いや、もちろん我が家にしてみれば、重要なことではある。跡継ぎである暁兄さまが王族の覚えが目出たければ、ナナカマド家は安泰《あんたい》ですもの。

もちろん、雨水さまを慕う気持ちに嘘偽りはない。こうして、有翼高次魔族の姿を見たあとでも、恐怖を抑えこめたのが、その証拠だろう。

そこのところは、ちゃんと雨水さまに理解していただかなくては！

恐れ多くも雨水さまの腕を摑み、必死に訴えた私に、雨水さまはさも面白そうにのたもうた。

優美でいて、真っ黒な笑みを浮かべて。

「へぇ……真昼ちゃんが子作りしているのは、月読を前線に出させないためだと思っていたんだけど……違ったのかな？　子作りは国のため。戦ってくれるのは、僕のため、なんだ？」

う……バレていた。からかいを秘めた言葉に、かぁっと頭の芯まで熱くなる。恥ずかしい。

「それなら当然、今後も僕のために尽くしてくれるよね？　もちろん今日見たことは誰にも内緒で」

にっこり笑う白皙の美貌は、大変麗しい。

『王族の権力』と『王子の一声』。それに、『チャーム』のスキルまで総動員されて、私はうなずかないわけにいかなかった。

‡　‡　‡

雨水さまに連行されて白砂王族の秘密を聞かされた私は、ずいぶん長い時間、出かけていたらしい。

魔法学校に戻った私を待ち受けていたのは、珍しく怒りを露《あら》わにした月読だった。

「真昼、どこに行ってたの⁉」

私の姿を見るなり駆け寄ってきて……ではなく、ほとんど飛んできた。

ちょっと待って。月読ってば、それ、それ、校則違反だよ！

街のなかだけではなく魔法学校のなかでも、特定の理由がないかぎり、飛行術を使うのは禁止されているのだ。足の筋肉が衰《おとろ》えるからとか、飛べないものに不公平だからとか、いろんな理由があるらしい。

もっとも、時間がないときには寮の四階から飛び降りるとか、先生に見つからないようにやっている生徒は少なくない。普段の月読は、飛行術ができない私に合わせて、滅多《めった》にやらないだけで。

「う、ぁ……ちょっと……その、雨水さまに呼びだされて……」

苦しまぎれの言い訳を口にする。すべての秘密を明かすわけにはいかないけれど、私がひとりでどこかに消えていたなんて不自然だ。

しかも、王族であり、第一部隊の司令でもある雨水さまは、どんな理由で誰を呼び出しても許される身分にある。月読だって、これなら納得してくれるはず――そう思ったのに、どうも反応がおかしい。

「雨水さま？　なんで雨水さまが真昼を呼びだす必要があるの？　追追試が終わって教室の外に出たら真昼はいないし、部屋にも戻ってないし、僕がどれだけ心配したと思ってるの⁉」

後半部分はともかく……前半は、そこ、突っこむところ⁉

「や、うん……ごめん。心配させて……でも本当はすぐ戻るつもりで……」

適当な言い訳をするうちに、ますます月読の機嫌が悪くなった気がして、私は思わず後ずさりしてしまった。

確かに、これまでの雨水さまは理由もなく、王族の権力を振りかざしたりしたことはなかった。あったとしても、暇つぶしにつきあってくれとか、お茶を部屋まで運んでくれとか、むしろ本当にくだらないことばかりだった気がする。『子作りハウス』への引っ越しも含めて。

つまり、理由もなく貴族や庶民に無理難題を押しつけるような王族でなければ、呼びだすのにやっぱり理由が必要ってこと？

それもどうかと思うけど、どうしよう。なんだか、月読、すっごく怒ってるみたい。

摑まれた腕が痛いよー。

「それは、そのぅ……うぅ」

なにが理由でそんなに月読は怒っているんだろう？

突っこまれたことにも驚いたけれど、それ以上に、いつもは温厚な月読がやけにピリピリしているから、うまい言い訳がすらすら出てこない。

私が言葉に詰まっていると、まだそばにいた雨水さまが助け船を出してくれた。

「真昼ちゃんのステータス魔法を使って、ちょっとステータスを見て欲しい人がいたんだ。名前は明かせない人だけど……僕がどうしてもって無理を言ってお願いした。それが思ったより帰ってくるのに時間がかかってしまって……悪かったよ、月読」

「もちろん悪いに決まってます！　真昼は僕のものですから、雨水さまは僕の許可なく真昼を連れ出さないでください！」

――はい？　いま、月読なんて言った？

私が月読のもの？

しかも、月読は雨水さまから私を隠すように立ちはだかっている。

どうしちゃったの、月読ってば……そんなことを言い出すなんて！

びっくりを通りこして唖然としてしまう。なのに悪い気はしなくて、頰どころか耳まで熱くなった。うわぁ、うれし恥ずかしい。なんて照れている場合じゃなかった。

雨水さまに対して、なんて不敬なことをいうのよ！

私が赤くなったり青くなったりしていると、月読がすばやく体を沈ませて言った。

「真昼、行くよ！」

なにを思ったのだろうか。月読は私を腕に抱えあげ、ふわりと浮かびあがる。

「ええっ⁉　ちょっ、ちょっと待って、なんでお姫さま抱っこ⁉」

「真昼が悪いんだから、待たない」

どうやらこのまま、『子作りハウス』に戻されるらしい。まさか雨水さまに抱っこされたことに気づかれたわけじゃないはずなのに、お姫さま抱っこ。月読、恐ろしい子！

一日に二回も、しかも別な人にお姫さま抱っこをされる日がくるなんて、正直、夢にも思ってなかったよ！

「わわっ……雨水さま、失礼いたします！」

私がどうにか簡単な立ち去りの言葉を口にすると、雨水さまは苦笑いしながら、手を振ってくれた。月読は無言のまま、雨水さまの前でどうどうと校則違反をして、その場をあとにしたのだった。

——やっぱり、すごく怒ってるんだ。こんな怖い顔をした月読なんて見たことない……。

とまどう私をお姫さま抱っこして、月読は校舎前の階段を一気に飛び降り、一度地面に近づくと、ポーンと蹴《け》って、また空中に大きく跳躍《ちょうやく》する。

さいわいなことに、追追試組以外は試験休みだ。

学校には人がほとんどいなくてよかった。なんてほっと胸を撫でおろしていたら、高等部の敷地を完全に出ようかというところで、まさかの友人に見られてしまった。

「真昼⁉　って、え……フユモリ君もなにをしているの⁉」

マサゴはすれ違いざまに、素《す》っ頓狂《とんきょう》な声をあげた。

なにをしているのかって、こっちが聞きたい。

月読に抱っこされた私は、苦笑いをして、手を振るくらいしかできなかった。

飛行速度が速くて、あっというまにマサゴが遠ざかってしまったから。

『子作りハウス』に着くころには、この月読の奇行に慣れて、もういいやってあきらめてしまった。数人いる夫婦用学生寮の住人にも廊下で会って驚かれたけれど、次の瞬間には「まぁ、素敵な彼氏ね」なんて弾んだ声で褒められてしまった。あの大学二年の先輩は肝《きも》が据わっている奥様だと思う。褒められてしまったからには「ありがとうございます」と返すしかないじゃないですか。お姫さま抱っこされた状態で！

だんだん、自暴自棄《じぼうじき》な気分になりかけたところで、自室に辿りついた。

「そういえば私、お昼を食べてない……」

びっくりしたせいで食欲どころじゃなかったけど、やっぱり食べられるなら、なにか食べたいな。なんて思っていたら、月読は私を抱いたままリビングで食卓の椅子に座った。

夫婦用学生寮は二人部屋よりゆったりとした造りになっており、なんと食卓があるリビング付きなのだ。いわゆる、２ＬＤＫってやつね。

「月読？　この格好じゃ、食べにくいよ……そ、そろそろ下ろしてくれないかな？」

ちらりと肩越しに月読を見れば、眼鏡をかけた愛らしい顔がにこっと笑う。あ、なんだ。やっと機嫌を直してくれたんだ。なんて思った私が甘かった。

突然、私の制服の上着を脱がせた月読が、ブラウスのボタンにまで手をかけたからだ。

「真昼、雨水さまとなにを話したの？　まさか変なことなんかされてないよね⁉」

なに、この展開アリエナイ！

いつもはのほほん眼鏡にすぎない月読が雨水さまに嫉妬《しっと》してるなんて！

びっくりした。月読にそんな感情があるなんて、これまで感じたことがなかった私としては、うれしいのかうれしくないのか微妙なところだ。いつも面倒を見てあげていた真昼お姉さまとしては、喜ばしいところだけどね！　まぁ、恋人としても、嫉妬されないより嫉妬されるほうがいいけどね！……私と月読が、恋人なのかどうかはともかく。

いや、一応、体の契りも交わしたんだから、恋人でいいはず。

なんて思考が完全に明後日の方向に行ってる場合じゃない。言い訳しないと。

「や、でも本当にステータスの話をしただけで（これは嘘じゃないもんね）、特に変なことなんかされてな……」

されてない——そう言おうとして、言葉に詰まった。されていないと言えばされていないけど、無理やりお姫さま抱っこされて空中浮遊されたのは、どうだろう。あれは、問題ないよね？　なんて考えこんでしまったのがよくなかったらしい。

言葉に詰まった私の態度に、月読はすっかり誤解したようだ。ブラウスをはだけて、私の肩を露わにしながら、びっくりするほど低い声で呟く。

「……されたんだ。真昼ってば、まさか雨水さまと浮気するなんて……」

「う、浮気⁉　そ、そんなんじゃないよ！　ただちょっと、手を強く摑まれて連行されたくらいで！」

お姫さま抱っこもされたけど！

このさい、これはもう黙っておこう。なんだか藪蛇な気がする。胸を覆う簡易なコルセットから掬《すく》いだされた膨らみを、ふにと摑まれて、一気に頭の芯まで熱があがった。

「つ、月読ってば！　なにをして……ひゃ……くすぐった……」

うなじの髪をのけられて、首筋にちゅっと口付けを落とされると、感じるより先にくすぐったい。でもこの間、触れられたときにわかった。くすぐったいのと、腰の奥が熱くなるのとはよく似ていて、肌をくすぐられるうちに、だんだん愉悦に疼いてくるのだ。

「ダメ。真昼は僕のものなんだから……いくら雨水さまだって、浮気なんてさせないからね⁉　真昼の体によーく言い聞かせておかなきゃ……んむぅ」

「わわっ……月読、制服から出るところにキスマークをつけちゃダメ！」

強く肌を吸いあげる感触に抗って身を捩ろうとすると、月読の手でやわらかいお臍回りを撫でられた。「ひぇっ」と声をあげて、不覚にもびくんと感じてしまった。肌に触れられただけで、くすぶっていた熾きがふたたび真っ赤になるように、熱を掻きたてられる。

その熱は月読に気づかれているのだろう。

お腹をゆっくり撫でられながら、うなじから肩に、肩甲骨《けんこうこつ》の凹《へこ》みへとちゅっ、ちゅっと口付けられると、私の息はあっというまに乱れてしまった。

「ふぁ……あぁん……」

「真昼、ここを触れられると弱いんだよね。子どものころからくすぐりにも弱かったけど」

くすくす笑われながら、お腹から下乳へと愛撫の手を移動させられると、やっぱり体の芯がどくんと熱く脈動する。ダメ。こんなところでって思うけど、体の疼きはもうおさまりそうになかった。

背中から抱きしめられるようにして月読の手に胸を揉まれているうちに、体の昂ぶりはどんどん激しくなるばかりだ。

「あぁ……ふぁっ……つ、月読、やだ……制服、汚れちゃう……」

言うのも恥ずかしいけれど、下肢の狭間が濡れて、いまにも下着から染みだしてしまいそう。それはやっぱり困る。だって濃赤のスカートに黒い染みがついていたら、情事のあとだって思われるに決まってる。私と月読は『子作りハウス』に住んでるんだもの。

「いいよ……スカートなんて汚したって。真昼のいやらしい蜜で、ぐしょぐしょになるまで濡らしてあげる……ほら」

月読の低い声に、ぞわりと快楽とおののきが混じった気配が背筋を走る。

なによ、その声……やめて。

ぶるりと震えたところで、下着の上から秘処を撫でられたから、たまらない。甲高い嬌声が口から飛び出てしまった。

「ひゃぁあんっ！」

びくびくってまるで痙攣したように身震いして、私は早くも達してしまった。

「あぁ……嘘、こんなの……はぁっ……」

まだ触れられはじめたばかりなのに、体中が性感帯になったみたいに敏感になっている。

たった一回、契りを交わしただけで、こんなふうに愛撫に感じやすくなってしまうものなのだろうか。そんなこと、本には書いてなかったけど！

これが実地の恐ろしさ……本には書いていないことが現実には起きるものなのね。

気怠い弛緩《しかん》のなかでそんなことを思っていると、月読が背後で動くのを感じた。

たぶん、制服の上着を脱いだのだろう。パサリという衣擦れの音が床から響いて、なんだかどきりとさせられてしまう。

こうして聞いていると、服を脱ぐ音っていやらしいなぁ。背後でされて見えないだけに、なんだか想像力を掻《か》きたてられて、ドキドキが増す気がする。

私の体が落っこちないように月読が手を伸ばしてくれたときには、もうシャツ姿になったのだろう。まだ糊《のり》のきいているシャツが肌に擦れて、「あぁんっ」なんて鼻にかかった声が飛び出た。布地が素肌に当たるのも辛い。肌が粟立って、艶めかしい吐息が零れる。

ずくずくと秘処が熱を持って疼く。必死になって堪えていないと、頭がどうにかなってしまいそうだ。私が月読の上で身じろぎしないでいると、今度は私の制服のスカートを脱がされた。

もう残っているのはずらされた胸のコルセットと、下肢の下着だけ。

「すごい、まだ下着を脱がせてないのに真昼の匂いがする……」

「なっ、なんてことを言うのよ、月読ってば！」

恥ずかしい。戦争だけじゃなく、天然も滅びろ！　率直すぎる幼馴染みの感想はあまりにもいたたまれなくて、私はじたばたと月読の膝の上で暴れてしまった。

「わわっ、真昼。暴れると危ない……！」

そんな慌てた声にすこしだけ溜飲《りゅういん》を下げたのもつかの間、もともと膝の上なんて安定が悪いに決まっている。バランスを崩した私は下着だけの猥りがましい格好で、かくんと落っこちた。はずだった。なのに、床に落ちて痛みを感じる代わりに、私の体はお尻を月読の前に突きあげるようにして、浮いていた。

「あ、あれ？　私浮いて……ひゃぁぁあっ、ちょっと月読、なにしてるの⁉」

ありえないけど、理由は考えるまでもない。月読の飛行術だ。自分以外を、それも人間の体を持ちあげるのは難しいと聞いたことがあったけれど、月読は苦にせずできるらしい。

月読の手が伸びて、からりと、私の靴《くつ》を落としていく。ちょっと、靴を脱がせるなら、靴下も脱がせてよ！

中途半端に下着だの靴下だのが残っているのは、月読の趣味なのか。

自分で自分の体がままならない状態では、どうすることもできずに、ただ羞恥に耐えていると、腰を摑まれて月読の眼前に引き寄せられた。この格好はまずいでしょう！　なんて思う間もなく、下着の上から秘処をぺろりと舐められた。

「ひゃぅっ！　や、こんなの……し、舌は……感じちゃうから、ダメ……あっあっ……ッ！」

ダメって言ってるのに、月読は器用に私の体を魔法で空中に固定させて、舌をぐりぐりと割れ目に押しつけてくる。下着の布地が擦れるのが、直接舐められるのとはまた違った感触で感じさせられてしまう。ねっとりとした快楽が陰唇で渦巻いた。

「ん……舌のほうが指で触るより感じちゃうんだ。じゃあ、要望に応えて、直に舐めてあげるね。……真昼をもっと気持ちよくしてあげる」

最後のところを低い声で言われると、またぞわりと腰が震えた。

こんな月読の声、いままで聞いたことがない……。

嗜虐《しぎゃく》的な声音に、ぶるりと震えあがる。こんな快楽を感じてしまう自分も知らない。

月読ってばやっぱり、子作りするときは性格が変わってない？

なんてツッコミする理性は、あっというまに蕩けてしまいそうだった。

最後の砦のように残っていた下着を下肢から剝ぎとられ、濡れた陰唇をぬるりとやわらかい舌が這うと、官能に開かれはじめていた体はあっというまに快楽に墜《お》ちた。

いつのまにか、月読もシャツを脱いでいて、汗ばんだ肌が触れると熱い。もっと触れて月読の肌の熱を確かめたいのに思うように行かず、切ない疼きに苛まれるばかりだ。

「あぁっ……や、舌で突くの……あぁんっ……あっあぁっ……」

「やだなんて言って……こんなに気持ちよさそうな声を出しているくせに……んぅ、ほら、真昼のなかからまたいったい蜜が溢れだしてきた……これって、感じてるってことでしょう?」

そうだけど、でもこの格好はなにかが違う。そう言いたい。言いたいのに、私の口から出るのは、鼻にかかった嬌声ばかりだった。

「あぁん……は、ぁ……ふぁ、あぁっ……もう、ダメ。イっちゃう……私、あぁんっ」

媚肉《びにく》を摑まれ、陰唇の奥に舌を伸ばされたところで、私の体はまた大きく跳ねた。

びくびくと体を震わせて、快楽がつま先から頭の天辺までを駆け抜ける。

「ひゃぁ……ぁん……ッ!」

「真昼の体、感じやすくてかわいい……。食べちゃいたい……ん」

「ひゃあんっ……や、やめて!」

感じたばかりの尻肉にちゅっと口付けられただけで、すぐに甘い疼きに腰が痺れる。

達したばかりの体は、ほんのちょっとした刺激でもひどく疼くようで、これ以上嬌声を漏らさないようにするのが精一杯だ。

「ふぁ……やだ、もう。月読、ダメ。これ以上そこを舐めたら承知しないんだから!」

言葉ばかりは勇ましく、首を回して月読を睨みつけるけれど、そんな毅然《きぜん》とした態度を保てたのは一瞬だった。滅びろとまで言いながら、天然を舐めていた。

舐めたら承知しないと怒ったせいだろう。素直な月読は、舐めずにちゅるっと陰唇を吸いあげたのだ。

「やぁんっ……あぁ——やぁぁぁ……！」

いままで、生き物の触手のような濡れた舌に弄ばれて、鋭敏にさせられたところを強く吸いあげられるとどうなるのか。快楽を与える刺激の変化に、きゅんとお腹のなかが締まった。また一段と体の内側が熱に侵されていく。

「ば、ばかぁ……つ、くよみ……ふぁ、それも、ダメだって……あぁんっ！」

しかも続けざまに陰唇の柔襞を唇に挟まれて、感じないわけがない。

あられもない嬌声をあげて、びくんびくんと体が跳ねた。

「だって真昼が言ったんじゃないか……『舐めたら承知しない』って」

言った……確かに言ったけどでも、そういう意味じゃないでしょう⁉

あ〜もう！　月読ってば月読ってば……幼馴染みだから性格はわかっているつもりでも、言葉がすれ違うあまり、地団駄《じだんだ》を踏みたくなる。

こういうの知ってる。たまに相手のステータスに出てくるその人の性質傾向で、出てくる。いわゆる『素直クール』ってやつ？　月読の見た目はクールってタイプじゃないけど、私は知っている。意外と物事に執着しないほうなんだよね。だから学校の成績も悪い。

本当を言うと、ときどき、そんな月読の態度が私は不安だった。

月読が私といっしょにいて遊んでくれるのは、私が月読に話しかけるからで、私を特別に思ってくれているわけじゃない。話しかけてくれるなら誰でもよかったのかなって思っていた。

私が一方的に月読の世話をしているだけ。

月読は迷惑に思っていないにしても、本当は私のことなんか必要じゃないのかもって……ずっと心の奥底で思っていた。

それをはっきりさせるのが恐くて、ずっと好きだって言えなかったのだ。

子作りのことも、話題を振って反応を見るようなやり方じゃなく、面と向かって切りだすのはすごく勇気が必要だったこと、月読はきっと知らない。

でも、違うんだよね？　雨水さまといる私を見て、嫉妬してくれるくらいには執着してくれてたんだし。そう思えば、この恥ずかしい仕打ちもいくらか耐えられるはず……なんだけど。

「ふぁんっ……あぁっ……やっぱ無理！　この格好もイヤぁぁぁ！　そのあちこち吸いあげるのも禁止！」

陰唇を月読の眼前に剝き出しにされているのも耐えられないのに、今度はくるりと空中で仰向けにされ、太腿の内側に痕をつけられた。

柔肉に冷たい眼鏡の縁が当たるのも切ない。片脚を勝手にあげさせられたり、体を好き勝手されて、ふくらはぎにも膝の裏にも口付けられる。

「真昼、わがままずぎ。お仕置きしているのに、そんなに禁止ばっかり認められるわけがないじゃないか……ん」

「ひゃうんっ……だ、だって……こんなのおかしい……あぁんっ……つ、月読、どこ舐めているのよ！　は、ぅ……」

いつのまにか月読は私の足から靴下を脱がせて、足の指と指の間に舌を這わせていた。なんでこんなことになった。

空中に浮かんだ私は、乱れた下着姿で月読に脚を差しだした格好で、月読はまるでダンスのときに淑女《しゅくじょ》の手の甲にキスするがごとく、私の足を手にとって、甲に口付ける。足の筋に沿って舌を動かし、親指と人差し指の間に舌を入れる。こんなことをされるのはもちろん初めてで、理性は抵抗するのに、体はなぜか快楽を感じていた。

「だって……真昼の体は僕のものだから、雨水さまといたのを消毒しなきゃ。真昼の体で触っていないところなんて、どこにもないようにしたい」

「な、なによ、それ……雨水さまはそんなところ触っていな……は、ぁ、やぁっ……ん……汚いってば月読！」

足の指と爪の間なんて、お風呂に入ったあとだって舐められたくない。

なのに、そんな場所さえ舐められると感じてしまって、私はもう青息吐息《あおいきといき》だった。

だんだん苦情を言う声音にも、甘い声が入り混じって、全然説得力がなくなっている。

「は、ぁ……あぁん……」

すべすべとふくらはぎを撫でられながら舌を動かされると、びくびくと腰が跳ねる。まだ一度も膣内に入れられてないのに、体はすっかり昂ぶって、熱を持てあましはじめていた。

早くこの疼きを鎮めたい。そうしないと、頭の芯を快楽にどろどろに蕩かされて、いまにもおかしくなりそうだった。

「真昼はどこも感度がいいんだね……その声を聞くと、気持ちいいのがすぐわかるよ……ねぇ、真昼？」

「ん、ぅ……」

ぐいっと体を起こされたかと思うと、月読の両手に頬を押さえられて、唇を塞《ふさ》がれる。

「涙目になった真昼もかわいい……もっともっと泣かせたくなって困るくらい……ん」

「なにをバカなことを言って……ふ、ぅん……」

唇が触れて、一度離れてまた唇を合わせられる。

うう……自分の足を舐めた月読と口付けするなんて！

頭のなかは完全にパニックだ。なのに心のどこかでは月読のこの淡々と歪んだ執着を喜んでいる自分もいて、苦情を言う言葉がだんだんと弱くなっていた。

ああ、もう……月読、絶対、私を抱くとき、性格が豹変《ひょうへん》してる！

「真昼……もういいよね、入れて……早く子どもができるようにいっぱいしないとね」

そう言うと、自分のズボンの前を寛げて、私の体を正面から抱きしめた。

「きゃぁ……あぁっ……！　つ、つくよ……み……なに、して……あっ」

急に手足の自由とともに体の重みが戻った。それはいいけど、月読の体を跨《また》がされるように座らされ、起ちあがった肉槍を突き立てられての状態では、素直に喜べない。すでに秘処は濡れていて処女ではないとはいえ、体の重みで肉槍を穿《うが》たれて、その急な圧迫感が苦しい。

「月読ってばひどい……あ、ぅ……苦し……」

「大丈夫。すぐに気持ちよくなるから……ほらっ」

そう言うと、月読が腰を揺さぶるようにしてさらに肉槍を奥に押し入れたから、「ひぁぁっ！」という悲鳴めいた嬌声が飛び出た。

向かい合って抱きあう格好で、硬く起ちあがった月読のモノを挿入される。

それも自分の体重で体を沈めていくなんてやり方で。

こんなの、私が読んだ本には書いていなかった。苦しいのと恥ずかしいのが同時にやってきて、なのに心とは別に、体は貪るように月読の肉槍を咥えこんでいく。

「ふぁ……あぁ……なんか、奥に……あ、当たって……あぁんっ！」

「真昼の膣内、すごい……んっ、どんどん僕を咥えこんで、搾《しぼ》りとっていくみたいだ……は、ぁ……真昼の体は僕を必要としているんだね。うれしいな……うっ」

月読はやけに満足そうな声をあげて、私の鼻に頬に唇の端に啄《ついば》むようなキスを降らせる。快楽に意識が飛びそうなのに、ときおり触れる眼鏡の硬質な感触に月読を感じて、触れるだけのキスにもきゅんと胸が熱くなる。

それに私を抱く月読があまりにも喜ぶのを見るのは、複雑な気分だ。まるで体ががっついているのを褒められたみたいで恥ずかしさに身悶えしたくなった。

しかも、ずず、と腰を持ちあげられて肉槍を動かされると、また烈しく火花が散るように快楽が弾けた。ただでさえ官能を待ち侘《わ》びていた体はびくびくと愉悦に跳ねて止まらない。嬌声がひっきりなしに迸った。

「うぁ……あぁんっ——あっあっ……や、ぁ……ひゃ、ぁぁあん——ッ！」

感じるところを揺さぶられるたびに、頭のなかで星が飛ぶ。

しかも体が揺さぶられると、月読の顔の前で、胸が揺れるのが気になるらしい。

あーんと、胸の赤い蕾《つぼみ》を口に含まれて、ちゅっと括《くび》れを締められて、息を呑んだ。雷に打たれたかのような鮮やかな愉悦が体を貫いて、頭が真っ白になる。快楽に自分自身のなにもかもが吹き飛んでしまった。

「ふぁ……あぁん——あっ、やだぁ……月読、ダメぇ……挿入したまま、胸の先……感じすぎて……頭がおかしくなるから——あぁっ」

「頭がおかしくなるって……それ、もっとして欲しい意味じゃないの？　かわいいなぁ、僕の真昼は……んぅ」

くすくす笑う月読に、乳首の括れをかりっと甘噛みされ、きゅう、と膣が締まった。やだ、こんなの。まるで月読の思うままにされているみたい。

「ほら、胸を弄ぶと、また締まりがよくなったよ……真昼？」

「はぁ……あぁ……月読……もぉ、ダメ。本当に無理だから……あぁんっ！」

ぐいっと体をさらに開かれ、肉槍を緩く抽送されると、ひときわ甲高い嬌声があがった。

「しょうがないなぁ……ちょっと背中が冷たいけど、我慢して」

月読はそう言って、私の体をテーブルに乗せると、自分は立ちあがって、激しく抽送をはじめた。ぐぐっと深いところ突かれるたびに、臓腑が迫りあがるような心地と頭のなかまで犯されるような快楽が交互に体を揺さぶる。

「ふぁ……あぁ……っ、くよみ、月読……あっあっ……ひゃあぁん……ッ！」

月読の肉槍が震えたとたん、熱い精が放たれる感覚がして、私の体も昂ぶらされていく。

「これで消毒終わり……真昼、もう雨水さまなんかとふたりきりで勝手に出かけちゃダメだよ？　そんなことしたら、次は子どもができるまで部屋に閉じこめておくからね？」

「──っ、ひゃ、あぁぁ…………ッ！」

嗜虐的な声に執着を囁かれた瞬間、感じるあまり嬌声が途切れた。

──こんな月読なんて、知らなかった。

知らないほうがしあわせだったかも⁉　っていまさらだよね？

それに怒っている月読には言えなかったけど、

「せっかくお姫さま抱っこで空中散歩するなら、もっと楽しくお散歩したかった……！」

私はまるで死亡時の台詞のようなツッコミを呟いて、快楽に意識を手放した。

第六章　魔王降臨

いつのまにか寝室に移動させられて、ベッドの上にいるなぁなんて思っていたら、ぺちぺちと軽く頬を叩かれた。

「まだ終わりじゃないんだから、目を覚まして……真昼ってば」

薄目を開けると、初めて抱かれたときと同じように、月読が心配そうな顔をしてのぞきこんでいる。違うのは、私の具合が悪いんじゃないかと心配しているのではなく、もっとしようと訴えていることだ。

もともと子作りしたいと言い出したのは私のほうだけれど、こうして契りを交わす行為そのものは、月読のほうが積極的な気がする。性格が変わってしまうくらい。

それでも、頬を撫でる月読の指先からは、私に対する想いが嘘偽りなく溢れていて、髪をやさしく掻きあげられる仕種に胸がキュンとときめく。

月読ってば、本当に昔っから変わってない。

私と月読は家が隣の上、年が同じ。ふたりでいると、おとなしく遊んでいて大人の手をかけないからと、暇さえあればどちらかの家にいっしょにいさせられていた。

おとなしい月読は子ども心にも庇護欲を掻きたてられるかわいらしさで、私はずっと女の子だと勘違いしていた。自我の強い暁兄さまとは正反対で、自己主張が少ない月読といると、私が面倒を見てあげなきゃいけないと思いこんでいた気もする。

「真昼ちゃーん……真昼ちゃん、遊ぼう？」

そう言って私の家までやってくる月読は本当にかわいかったのだ。いま思い出しても、顔がにやけてしまいそう。

『真昼ちゃん』という呼び方が『真昼』になったのは、いつからだったのだろう。

そのころから、私も月読のことをただの幼馴染みじゃなくて、男の子だと意識しだした気がする。寮に入ったばかりのころは『真昼ちゃん』だったから、高等部にあがるかあがらないかのころだろうか。

「真昼の肌はもちもちしてて、気持ちいいね……」

月読がうっとりした声で私の手を撫でて、手の甲に、手のひらに、手首に口付ける。

なんだろう、これ。さっきからときどき月読が口にしていた、雨水さまに触られたから、消毒しているっていうやつだろうか。

こんなかわいいことをされると、困る。耳まで熱くなってしまうじゃない。

月読ってばもう……本当に天然でやってるんだから！

「ねぇ月読、私、そろそろお腹空いたんだけど……」

ご飯を食べに行きたいなぁなんて甘えた声でお強請りしようと思ったところで、突然の異音が響いた。

耳をつんざくような不協和音――敵襲のサイレンだ。

まさかこんなときになんで来るのよ⁉

なんて思ったけどいまさらだった。そういえば、初めて自習室でやろうとしていたときも、敵襲に中断させられたのだった。

「乱れた制服で駆けつけたら、暁兄さまになにをいわれることか！」

私は飛び起きて、クローゼットから新しいブラウスを引っ張り出した。当然、月読にもシャツを放り投げる。

「ええっ……せっかくベッドまできたところだったのに……もう一回してから行こうよ」

シャツを受けとった月読はナイトテーブルに置いていた眼鏡をかけながら、不満げに唇を尖らせた。そんなことを言われても、私だって困る。

なんでそうマイペースでいられるのか。条件反射で立ちあがってしまった私からすると、月読がうらやましいくらいだ。

「わがまま言わないの……はいタオル。汗とか、せ、精液とか……綺麗に拭いてね」

なんだかこういう会話、生々しい。恋人同士っぽくていい。

急がなきゃいけないのに、口元がついゆるんでしまう。

鏡を見ながら制服の飾り紐が曲がっていないかとか、髪が乱れていないかをチェック。

最後にお守りの桜花の髪飾りをつけると、出撃準備完了。絶対に暁兄さまにバレないようにしなきゃ！　と気合いを入れると、バタバタと寮をあとにした。

月読とふたりで校門まで走っていくと、なんだか他の部隊からの視線が痛い。

もしかして私たち、最後だった⁉　と焦ったのもつかの間、見られていたのは、全然違う理由だった。ひそひそと話す声が聞こえてきて、理解する。

「雨水さまに手を繋がれていた子よ……」

「しかも別の男の子といっしょにきたじゃない……雨水さまと二股かけてるの⁉」

「でもさっき、あの眼鏡の子に抱きあげられて、『子作りハウス』に向かうのを見たわよ」

高等部大学部を問わず、雨水さま親衛隊の方々の棘のある言葉が突き刺さった。

違うんです！　雨水さまに手を繋がれていたんじゃなくて、連行されたんです！

と言いたいけれど、言っても無駄かもしれない。手を繋がれたという事実は間違いないのだし、すごすごと身を縮めて列に並ぶだけにした。

そのあとから誰かが駆けてくる足音が聞こえて、最後ではなかったことにすこしだけほっとしていると、前方に立っていた雨水さまから、またナノカ岬砦に向かうと伝えられた。

‡　‡　‡

水上艇を使ってナノカ岬砦に着くと、班別に自分の配置へと散開する。

私の持ち場は、前回と同じ塔の屋上だ。

うぅ……このところ、くじ運がないのかもしれない。またしても危険な場所に配置されて、ため息が漏れる。

本当を言うと、先日襲ってきた四天王のひとり、風の軍師を警戒して、雨水さまとしては私を後方支援班に入れたかったらしい。でも、砦のあちこちにある魔導砲台は二十六機あるのに、遊撃補助をする魔導砲班は十八名しかいない。

魔導砲班は元から人手不足なのだ。そこから人を減らすのは、やっぱり無理なんだよね。

おまけにさっき聞こえてしまった妙な勘違いのせいで、雨水さま親衛隊の女性学兵からの突きあげも怖い。

「雨水さま、なんでその子だけ、ひいきするんですか？」

なんて嫉妬で血走った眼で睨まれて、後方支援班に行けるわけがない。魔王復活や雨水さまの秘密に関わるから、四天王のことを話すわけにもいかないし、なんで雨水さまが私だけ下げるのかわからない人からしてみれば、あるいは特別な相手なのではないかと勘ぐりたくなる気持ちもわかる。

「真昼ちゃんのそばに、ずっと月読でもつけておきたいぐらいだけど……いまから遊撃隊の迎撃陣形を変えるわけにはいかないし……でも、無理しないようにね」

なんてやさしい言葉をかけてくださるのはいいのだけれど、周りの視線が突き刺さって痛いから、もうすこし考慮していただけるとありがたいです！　とは思うよね。やさしさは痛み入りますが。

おまけに雨水さまに話しかけられている間、月読が私の手を掴んで、子犬が唸るような顔で雨水さまを威嚇するのも、いたたまれなかった。

だから私は浮気なんてしていないんだってば！

なんていうか、雨水さまのほうも、月読が私に関してだけ、警戒モードになるのを楽しんで見えるのは気のせいだろうか。気のせいだと思いたい。

そんな月読を暁兄さまが睨んでいるのも、辛い。なにこの地獄絵図⁉　勘弁して欲しい。

しかもそんな脂汗がだらだらでそうな状態の私に、空気を読まない月読が耳元で囁いた。

「真昼、帰ったら続きをしようね……約束だよ」

「う……わかったってば……先にご飯を食べてからね」

まるで犬とご主人さまの会話みたい。

『ご主人さま、帰ったらボール投げの続きをしようね……約束だよ』

『はいはい。人間の食事が終わったらね』

なんて感じで。あ、想像したら本当にそのまんまだった。うん、月読、子作りしているとき以外は耳が垂れた忠犬だもんね。

眼鏡をかけた耳垂れ忠犬、かわいいかわいい。

月読は私にくっついて屋上まで階段をいっしょにあがり（飛行術が使える月読は階段を使う必要はないんだけど）、最後まで私の手を掴んで離れたくなさそうにしていた。

「月読、ほら……もう遊撃隊が陣形を整えているよ。行かないと」

下から見るとなんの陣形をとっているのか見えないのだけれど、一画がぽっかりと空いているのはわかる。あそこが月読の場所なのだろう。

「でも真昼……もし風の軍師が来たら……」

「しっ……そういうことを言わないの」

慌てて月読の言葉を遮ったけれど、危ない。他の学兵の様子をうかがえば、魔導砲台はすこしずつ離れて設置されているせいで、どうやら『風の軍師』の名前は聞こえなかったらしい。

ほっと胸をなでおろしたところで、遠見が「魔族が近づいてくるぞ！」と叫んだ。

「ほら、本当にもう行かないと！　月読も頑張ってきて！」

無理やり背中を押して送り出すと、やっと月読は空中へと浮かびあがった。

私のそばを離れたくないと、あんなにぐずった月読はなにかを予感していたのだろうか。


——これが私と月読のお別れになるなんて、私は夢にも想像していなかった。


魔導砲台に座り、台座がきちんと動くかどうかを確認。

手甲を中指に指輪を通すようにして身につけると、ナノカ岬砦に埋まっている〝根の石〟に感覚の触手を伸ばした。

目を閉じた状態で、ぐぃっと魔力を吸いあげる。うん、一応良好良好。

ひととおりの動作確認をすませると、私は手を胸に当てて気持ちを落ち着かせるように深呼吸をひとつ。

「大丈夫……私はできる。できるんだから……」

いつになく慎重に自己暗示をかける。

本当を言うと、四天王のひとりが近づいてきたら、またあの霊威に圧倒されて、体が動かなくなってしまうかもしれないと脅えていた。

でも、そんなことばかりも言っていられない。魔王が『ヨミガエ』ったら、もっと厳しい戦闘になるかもしれないのだ。魔族がもともとこの大陸に住んでいたとか、私も魔族の血を引いているとか、そういうことはいまは忘れよう。

これは戦争なんだ。

自分が生き残らなかったら、明日のことなんてなんの意味もなくなってしまう。

月読と生き残ってこその子作りライフ！

「頑張らなくちゃ……！」

ごくりと生唾を呑みこんで、魔導砲台を動かしたところで、誰かの叫び声があがった。

「魔族が攻めてきたぞ！　オオムカデにグリフィン……それにスフィンクスまでいるぞ⁉」

叫び声があがるとともに雷撃が空を走った。

オオムカデを狙って、暁兄さまがいちはやく動いたのだ。

ところが、先日はあっというまに雷撃に沈んだオオムカデだったが、今回は敵の防御障壁が雷撃を受け止めた。

「……倒れないぞ。近づいてくる――！」

その声の響きが消えるより前に、遊撃隊が激しい攻撃をはじめた。無数の雷撃が空を走り、炎の龍があたりを焼き払う。まるでこの世の終わりを見ているみたいだ。

魔法耐性が高いグリフィンやスフィンクス――有翼の獅子《しし》が交ざった混成飛行部隊が近づくと、空中で遊撃隊が縦横無尽《じゅうおうむじん》に陣形を変えて、敵を砦に近づけまいと、近距離戦に入った。

砦は強力な防御障壁に守られているけれど、何度も攻撃されれば、防御障壁の力が落ちて、物理的に破壊しやすくなる。

だからこそ、敵の数を減らしていかないと危険なのに、早くも塔が攻撃を受けて、防御障壁が抵抗するときの、ドーンという衝撃音が響いた。

「うわっ……あ、あぶな……！」

ぐらぐらと塔が大きく揺れたけれど、さすがにこのぐらいでは防御障壁は破れなかった。

空中からの攻撃ではなかったから、陸上からの攻撃なのだろう。

正面門を守っている魔導砲班が頑張ってくれるように祈るしかない。

向かってきた魔族は先日よりも明らかに統率がとれている。

――やっぱり風の軍師が指揮を執《と》っているのかもしれない。

ぞくりと背筋に寒いものが這いあがってくるのを必死に堪え、私は遊撃隊の隙を突いて塔に近づいてきたハーピーを連続で撃ち抜いた。

どの魔族も、魔法耐性が高く、一回では倒すことができないせいだ。でも先日の戦いで魔法石との繋がりを保ちつつ、力を加減しながら撃つコツを覚えたせいなのか、ずいぶんとすんなり連続撃ちができた。うん、なかなかいいぞ、私！

調子に乗って自分で自分を褒めてみる。というか、もしかすると、先日王宮の〝根の石〟に近づいたせいなのかな。

すべての魔法使いと魔族の根源である〝根の石〟。

いままでも近づくだけで、魔法能力を目覚めさせる力があるのかもしれない。

推測にすぎないけれど、もしかしたら――と思うだけで、勇気が湧いてくる。貧弱な自分の能力でも、もうすこし開花すれば戦闘でもっと役に立てるのかもしれない。そう信じることで、魔法の能力は確実に発揮しやすくなるのだ。

「真昼、ぼーっとしてると危ないよ！」

そんな月読の声が聞こえたかと思うと、魔導砲台に強い衝撃が走った。

防御障壁のおかげで、敵の攻撃が直接当たったわけではないけれど、その反応の激しさに、私の体が魔導砲台の座席から飛び出してしまったくらいだ。

砲撃手を失ってガラ空きとなった魔導砲台は、敵にとって格好の的だ。

敵を攻撃するために、砦の防御障壁の外に出ている砲台の先を狙い撃ちされると、内側に敵の侵入を許しかねない。

ベールゼブブが近づいてきたところで、慌てて魔導砲台に戻ろうとしたけれど、一足遅かった。黒紫色の光線を放たれて、あ、と口を開きながら――……。

私は死を覚悟した。絶体絶命だった。

けれども次の瞬間、月読の細身の体が降りてきて、防御魔法で受け止めるやいなや、風を切り裂いた。びゅっ、と高速の風切音がして、ベールゼブブを襲う。風の音が止んで、一拍置いた次の瞬間、まるでミンチになったみたいにベールゼブブの体が無数に飛び散った。

「う、わぁ……え、えぐい……！」

助けてもらっておいてなんだけれど、月読、これはちょっと見た目にグロテスクです！

いや、本当に助かったけど！　死ぬかと思ったけど！

こんなときじゃなかったら、たぶん私、吐いていたと思う。魔族の赤い血が飛び散りピンク色のミンチ肉が（以下、自主規制）。

「ダメだ……間近でまたあんなの見たら、気分が悪くなりそう。できるかぎり魔導砲で撃ったほうが私の精神衛生上、よろしい気がする！」

魔導砲で倒したときには、魔族の体は無数の塵《ちり》になって霧散するからね！

気持ちを引き立たせるために、できるかぎり変な論理を呟いて、もう一度、私は心の触手を魔法石に接触させた。

戦闘は一進一退。なかなか決着がつかないように見えた。

以前よりも魔族の数が多いというだけではなく、指揮されての攻撃はやはり、簡単に迎撃できるものじゃない。

こう着状態に入ったかに見えた戦闘が動いたのは、やはり風の軍師——魔王直属の四天王のひとりが現れてからだった。

風の軍師は自分の得意とする風の魔法で、陣形を保っている遊撃隊をランダムに攻撃すると、陣形の隙を突いて、砦に直接攻撃を撃ちこみはじめたのだ。

「うわぁっ……くっ……防御障壁が……頑張って、後方支援班！」

ぶるぶると衝撃に震える防御障壁が壊れたら、屋上にいる魔導砲班なんてひとたまりもない。それでも、持ち場を離れるわけにいかない。攻撃されているところに魔導砲班がいなくなってしまったら、あっというまに遊撃隊が孤立してしまう。

もしこの防御障壁が壊れたら――なんて恐怖心を抑えこんで、後方支援班を信じる。信じて、自分の持ち場を守らないと遊撃隊だって、魔導砲班や後方支援班を信じて戦えないもの。

それぞれの持ち場で最大限に力を発揮するには、お互いがやってることを信じるしかない。

けれども、今日の敵襲は前回にもまして激しかった。

遊撃隊はあいかわらず善戦していたけれど、グリフィン三体、スフィンクス二体の飛行部隊は想像以上に強敵だ。

魔法耐性が高いこの有翼魔族は、遊撃隊のなかでも特に攻撃力が高い魔導士じゃないと、そもそも攻撃が無効化されてしまうらしい。必然的に雨水さまや暁兄さまといった攻撃力の高い魔導士はそれにかかりっきりになる。すると、いつもは攻撃の機会があまり巡ってこなかった魔導士まで広い範囲をカバーしなければならず、魔族と応戦するだけで手一杯になってしまったのだろう。互いを見失った遊撃手同士が空中でぶつかってしまった。

「あっ……おい、誰か落ちてくるぞ⁉」

衝撃で、意識を失ってしまったのだろうか。味方同士の衝突だから、死んだわけではないはず。そう思うのに、心臓がどきんどきんと嫌な冷たさを帯びて、高鳴る。戦場でそんなふうに人が落下するのを私は初めて見た。

手ががくがくと震えて、目の前が真っ白になりそうなのを、必死に息を吐いて意識を保つ。

「大丈夫……大丈夫だから……！」

そう呟きを繰り返していると、誰かがフォローに入り、落下する遊撃手ふたりの体を受け止めるのが見えた。

あの飛び方。痩身《そうしん》の体は月読に違いない。

私の体を好き勝手に持ちあげていたように、月読は飛行術が得意で、他人の体を苦にせずに持ちあげる。とはいえ、自分以外にふたりの体をコントロールしながら、敵にまで立ち向かえるわけがない。

「月読、危ない！」

私は必死に魔導砲台を回して、月読の背に回ろうとしていた魔族を撃った。

落下した遊撃手を追いかけていたせいで、砦に近いところにいてよかった。私が攻撃をしたおかげで、月読は体勢を立て直し、スフィンクスの攻撃を押し返す。

水の魔法を使い、水圧でスフィンクスを遠くまで一時的に飛ばしてしまったのだ。

そうやってできた攻撃の間隙《かんげき》に、月読は飛行術を駆使して、ふたりの遊撃手の体を砦の屋上におろした。月読ってば本当にすごい！　帰ったらいっぱい褒めてあげよう。いっぱい子作りも……えーと、できる範囲でさせてあげるからね！

ダメだと思った仲間が助かったことで、気持ちが一気に浮上した。

そのすぐあとのことだった。

「ふむ……思っていたより、守りが堅いですね……」

そんなひどく冷静な声が聞こえたかと思うと、強い衝撃が砦の防御障壁を揺さぶった。

ドーンバリバリという、滅多に聞かない破壊音が轟き、塔が壊れてしまうんじゃないかと思うほどの揺れに襲われる。思わずハンドルに胸を打ちつけてしまったくらいだ。

「う、ぁ……！　く、苦し……」

胸を強く打ったときの常で、一瞬、息ができなくなる。痛みを堪えて、どうにか呼吸すると、もう一度、冷ややかな声が響いた。

「魔王さまが復活すれば、こんな砦なんてわけもなく壊せるものを……まぁ、いましばらくの辛抱《しんぼう》ですけどね」

聞き覚えがある声は、間違いない。はっと顔をあげると、砦の防御障壁のほんのわずか外に、風の軍師が浮かんでいた。

「私はそんなに気が長いほうじゃなくてですね……魔王さまが、いまどこにいらっしゃるのか、早く知りたいのですよ」

そう言って、魔導砲台のひとつを真空の魔法で切り裂きにかかった。

遊撃隊はいつ自分たちが出し抜かれたのか気づいていなかったようで、背後に突然現れた風の軍師に、茫然《ぼうぜん》としている。

そんな隙を見せたら危ないと思うけれど、魔導砲班としては、もうそれどころじゃなかった。自分が担当していた魔導砲を狙い撃ちされはじめた砲撃手ばかりか、屋上にいた人たちみんな、突然現れた新たな敵に完全にパニックになってしまったのだ。

「なに……あれ……双角《そうかく》を持つ魔族ってもしかして……」

「高位魔族じゃないか⁉　先日目撃されていたっていう……」

混乱と恐怖はあっというまに屋上を支配した。

風の軍師の能力も関係しているのだろうか。

雨水さまが確か言っていた。風の軍師は情報操作を得意としているって。

遊撃隊が押されているところに自分が顔を出せば、屋上の砲撃手が混乱するとわかっていて、やったのかもしれない。

「うわぁぁっ！」

年齢が高い先輩格の魔導士が悲鳴をあげて逃げ出したとたん、ピンと張りつめていた緊張感の糸が切れた。屋上にいた魔導砲班は私をのぞいて、みんな持ち場を空けて逃げ出してしまったのだ。

「ちょ、ちょっと待って！　だからここで魔導砲班が逃げたら、空中にいる遊撃隊はどうなるのよ⁉」

ひえぇぇぇ！　ちょ、待っ……こんなこと、完全に想定外なんですけど⁉

私は夢中になって、空の砲台を狙おうとしたハーピーやベールゼブブを撃った。撃って撃って撃ちまくった。

先日のように、すばやく後方支援部隊が気づいて、防御障壁から突き出ている魔導砲台の発射部分――砲身の先を守ってくれることを期待したけれど、今回はダメだった。

強い衝撃とともに、魔導砲台のひとつが吹き飛ぶと、そこから風の軍師が入りこみ、砦を物理的に破壊するほうが早かった。

「さて、これでやっと邪魔ものはいなくなりましたね……おや、君。今日はメスの匂いだけじゃなく……有翼高位魔族の匂いがしませんか？」

風の軍師はそんな言葉を吐きながら、私に近づいてきた。

上空では、あいかわらず雷や炎の魔法が炸裂《さくれつ》して、遊撃隊が激しい攻撃を受けているのがわかる。もしかすると、風の軍師がなにか魔法を使って、砦の屋上に意識を向けないようにされているのかもしれない。

どちらにしても、上空の遊撃隊は誰も屋上の異変に気づいていないようだった。

すこしずつ近づかれて、意識するとともなく体がおののく。

――ダメ。ここで私が逃げたら、もう遊撃補助をする人がいなくなっちゃう。

そう思うのに、風の軍師に砲台を回すことができない。射程範囲が届くかどうか確認する以前に、恐怖に体が凍りついてしまっていた。

「ひ……し、知らない……」

「おかしいな……かすかに、天魔魔法の気配もするのに……もしかして、魔王と接触したんじゃないのですか？　協力してくれるなら、君の命は助けてあげましょう」

そんな取引、信じられるわけがない。凍りついた体でも、反射的にぶんぶんと首を振る。

混乱するあまり、私は自分自身の防御魔法が保てなくなっているのだろう。

風の軍師が近づいてくると、いつもしている家宝の髪飾りが反応して、代わりに防御魔法を張り巡らしているのを感じた。

「協力なんて……するわけがない……！」

震える唇で、けれども確かな抵抗を口にすると、風の軍師は嫌そうに眉を寄せ、表情を一変させた。

私のことを虫けらでも見るような冷ややかな顔になり、たちまち霊威が増したところで、魔法を使うためだろう。長い爪が伸びた手を横に振った。

「有用ならヒトといえど使ってやろうと思ったのに……そんなに非協力的なら、もう君に用はありませんね」

そう言うと、風の軍師は私の最後の守りである桜花の髪飾りを引き千切り、周囲の空気を引き裂いた。

——あれ？

なんていうか、防御障壁、どこに行った⁉

いつものように抵抗に衝撃がやってくるでもなく、私の体はゆっくりと下に沈んでいた。いや、落ちていた。

あ、違う。ゆっくりしているんじゃないかもしれない。

いわゆる、死に際《ぎわ》に世界がゆっくり見えるという、あれじゃないかな？

周りに砦の大きな石がいっしょに落ちてくるのがはっきり見える。

そうか。どうりで防御障壁が強く反応しなかったはずだ。防御障壁を攻撃されたんじゃなくて、防御障壁の内側から物理的に砦の塔を壊されたんだ。

そうわかっても、もうどうすることもできなかった。

私は飛行術は使えないし、こんなときいつも助けてくれる月読や暁兄さまはずっと上空で、他の魔族と戦っていて、私に気づく気配はない。

しかも海に突き出た塔が崩れた下は、岩礁《がんしょう》だ。

——私、助からないんだ……。

そう思うのと同時に、学兵部隊の健闘を嘲笑《あざわら》うかのように、風の軍師は砦をさらに破壊していく。

塔を形造っていた石の欠片が爆発音とともに飛び散る。その無数の破片が空中に四散するのを見ながら、ふぅっと意識が途切れ途切れになる。その瞬間になって、月読が落ちていく私に気づいて、方向転換するのが見えたけど、ごめん。

——たぶんこれ、間に合わないやつだ。

「真昼⁉」

手を伸ばして慌てて月読が飛んできても、物理的に不可能だって。

どんなに月読が飛行術が得意でも、この距離で手が届くように飛んでくるのも、私だけ浮かびあがらせるようにするのも、さっきの遊撃手の落下とは違って、距離が離れすぎているよ。

だって、他人を浮かびあがらせるのって、あまりにも距離が離れていると無理なんだよね。

さっき月読がやったことがすでに離れ業に近いくらいだって、わかっているんだ。

——私も、飛行術が使えたらよかったのに。

子どものころ、月読が魔法を使えるようになったとき、体を空中に浮かびあがらせるのがうらやましくて、何度も真似しては階段から落ちていた。あとで知ったけれど、飛行術が使える人は体重が軽い子どものころほど、自由自在に空を飛べることが多いらしい。

そんなことを知らない私は、空が飛べる月読がすごく自由で、私を置いてどこかに行ってしまいそうで、飛べない自分がひどく惨《みじ》めだった。

「真昼ちゃん、ひざが真っ青になっているから、もうやめようよ」

月読からそう言われたとき、とても打ちのめされた気分になったのをよく覚えている。

こんなことを、どうしていま思い出すのだろう。

じわりと目頭が熱くなる。

——月読、ごめん……帰ったら子作りの続きをする約束、守れそうにないみたい……。

最期にそう思って、私は目を閉じた。はずだった。

けれども目を閉じた私にも波の音がはっきりと聞こえ、風の軍師の嫌みたらしくも響きのいい声さえ耳に届いた。

「な……なんですか、これは⁉」

なんですかって……自分で砦を壊したんじゃない。

そう思ったところで、なにかがおかしいと気づいた。

なにかがおかしいどころじゃない。私、死んでない。生きてる。

もう絶対ダメだと思ったのに……！

「な、なにこれ⁉」

たったいま風の軍師の言葉に突っこんだことも忘れて、私も同じ言葉を叫んでいた。

どういうわけだろう。私の体は落下が止まり、無数の瓦礫《がれき》とともに宙に浮かんでいた。

崩れ落ちたときの埃《ほこり》や、いっしょに落ちてきたと思われる魔導砲台まで、私を起点にして周囲にはありとあらゆるものが、空中に停止していた。

「なに……これ……飛行術の一種……？」

それにしてはずいぶんと、広範囲のものを空中停止させているような。

私はわけがわからなくなって、体を動かそうとしたけれど、ダメだった。指一本をも動かせない。というか、叫んでると思っていたけど、口も動いていなかった。しゃべっていると、自分で思いこんでいただけだ。

あれ？　やっぱり私、死んじゃったんじゃないの⁉

無数の瓦礫に囲まれて仰向けになったまま混乱する私の視界に、翼を広げた影が過ぎる。

有翼の――高位魔族？

心臓が、どきりと跳ねた。

もしかして、雨水さまが私を助けるために特殊擬態に変化してくださった？　なんて一瞬だけ考えたけれど、視界を過ぎる影は、雨水さまにしては明らかに翼の数が多い。

ひーふーみー……心のなかで指折り数えてみると、全部で六枚。

しかも、黒い羽がひらりひらりと私のそばに降ってきて、疑いが確信に変わる。

「六枚の黒い翼を持つ高位魔族……魔王……」

そう気づいたとたん、自分の置かれている状況を理解した。

空中に浮遊しているんじゃない。私の周りだけ、一時的に時間を止められているんだ。

もしかするとこれは、魔王が顕現《けんげん》するときに起こる、一種の自然現象なのではないだろうか。

あるいは、『ヨミガエリ』の魔法が成立したときに起こるとか。

――天魔魔法。

魔王が得意とするその魔法は、時空を操る魔法だ。

その血族のなかに魔王が『ヨミガエ』り、過去の記憶がよみがえった瞬間、こんな超常現象が起きても、なんら不思議はないのかもしれない。

「やっぱり……うちの部隊に魔王がいたんだ……」

そう思ったところで、バサリ、と重たい羽音がして、私の体はガクン、と重みを取り戻していた。あ、なんだかこの感触は知ってる。不本意ながら、先日、月読に椅子の上で抱かれたときのことを思い出してしまった。

「なーんて……月読のわけがない……」

自分で自分にツッコミを入れている途中で、きらりとなにかが光るのが見えた。

あれ……なんかこれ、眼鏡のような……？　と思ったとたん、ぎくりと身が震えた。恐怖のせいじゃない。なんだか、自分を抱きあげている有翼高位魔族が、よく知っている人のような気がして、ごくりと生唾を呑みこんだ。

逆光で、顔がよく見えない。でも、まさか……。

「もしかして……月読？　月読なの？」

ふわりと海岸の千枚岩の上に下り立つと、風が黒髪を揺らす。

岩の上に体をおろされると、角度が変わって顔がはっきりと見える。もう疑う余地はない。

六枚の漆黒の翼を持つ異形――その顔は、紛れもなく眼鏡をかけた幼馴染みの顔をしていた。

「……ま、さか……なんで……」

冷ややかな、感情をこめない顔をして、私を見下ろす異形――。

これは誰？

月読？　それとも魔王？

私はまるで条件反射のようにステータスを見る呪文を唱えていた。

「わ、我は世の理に問う。彼のものの真実をここに現しめよ……」

圧倒的な霊威を前に声が震える。その一方で、心はまだ信じたくないと軋んだ音を立てて悲鳴をあげている。

月読だよね？　なにかの間違いだよね？

へたりと千枚岩に座りこむ私に、パチンと魔法が成立するときの泡が弾けるような気配がして、ステータスの結果が流れこんでくる。

月読・フユモリ　種族　樹海魔族／複翼族　HP　999
攻撃力　999　魔力　999　素早さ　999　技　999　統率　666
知力　555　防御力　999　魔法防御力　999　運　666　移動　666
弱点　刺　羽　攻撃　天魔　地・水・風・火　大鎌
スキル　魔王の一声　魔王の冷気　能力誘発　特殊擬態　有翼高次魔族
状態　怒り　冷酷　魔王　飛行　ステータス上昇

あれ？　なにこれ……私の魔法、壊れちゃったのかな？

なんかほとんどの数値が『999』なんですけどおかしいそんなわけない……って言いたいけど、運の『666』は高い数値だけど、ほかに比べたら知力だけ低いよ！　やっぱりねーどうりでペーパーテストの点が悪い……。

なんて思考が横道に逸れても、見えているステータスが変わるわけはない。

六枚の漆黒の翼は魔王の象徴。

それぞれの翼が別々に羽繕いするように広がって、また折り畳《たた》まれる様子を見ているだけで、現実を受け止めるべきなんだ。

自分で自分にそう言い聞かせるそばから、でもやっぱり……と心が子どものようにむずかって言い訳をはじめてしまう。

だって、月読なんだよ？　見たことがない表情をしているにしても、やっぱり月読なんだよ？　話しかけたら、きっといつものように「真昼、大丈夫？　なにドジ踏んでるんだよ」なんて言うに違いないんだから。

――これは全部悪い夢だ。

私はどうにかこの夢から覚めたくて、月読のズボンの端を摑もうと手を伸ばした。

なのに、漆黒の翼でばしりと手をはたき落とされて、いつものように月読の制服を摑むことができない。あれ？　おかしいな。

私は翼にはたかれた手をじっと見つめた。痛い。じんじんと痛いよ、月読。

「……だって、月読、なんだよね？　ね、月読？」

もう一度震える手を伸ばそうとした途中で、バサリと大きな羽音がして、ぎくりと体が強張った。さっき手をはたかれたことがよみがえり、また拒絶されるのかと条件反射で手を引っこめてしまう。

月読は――月読の顔をした魔王は、ずっと怖い顔をしたまま、私の動きを見下ろしていた。

こういう顔が、冷酷《れいこく》っていうのかな……。

まるで冷たい色をした月みたいな——一片の温度も感じさせない表情。

でもなぜか、月読がこんな表情をすることを、心のどこかで知っていた気がする。

子どものころから、あまりなににも執着しない子だったもの……月読は。

ざざ、と波が打ち寄せる音だけがあたりに響いていた。

戦いは、どうなったんだろう。風の軍師は？

そんなことを思い出したところで月読——魔王が、なにかに気づいたように顔をあげた。

その動きに誘われるように私も目を向けると、崩れかけた塔から風の軍師が飛びあがるのが見えた。

次の瞬間には、屋上に集まっていたはずの魔族の部隊が、砦の側面に攻撃をはじめる。敵のその動きを見て、私は茫然と目を瞠ってしまった。

「まさか……砦の防御障壁がなくなって……？」

ありえない……でも、あんなふうに攻撃されたら、砦が崩れて魔法石が奪われてしまう。

動揺しているところに、目の前の漆黒の翼を持つ異形が口を開いた。

「風見……」

名前が聞こえたとたん、心臓がどきり、と痛いくらい大きく一打ちした。

風見というのは、私がステータス魔法で見た風の軍師の名前のはずだ。特に誰からも聞かれなかったから、その名前を月読が知っているはずがない。

つまり目の前にいるのはやっぱり――。

魔王なんだ……。月読じゃなくて。

その事実を思い知らされて、目の前が真っ暗になりそうになる。しかも、風の軍師が海上に飛び去ろうとするのを見て、魔王は漆黒の翼を広げた。

バサリバサリと、六枚の翼が風を起こすと、魔王の体がふわりと宙に浮かびあがる。

――行ってしまう。

どきりと心臓が軋《きし》んだ痛みを訴える。

魔王になった月読は風の軍師といっしょに樹海魔族の側に行ってしまうつもりなんだ。それは『ヨミガエ』った魔王からしてみれば、当然の行動なのかもしれないけれど、私の心が信じたくない。魔王に、ではなく、月読に行って欲しくなかった。

「行かないで、月読！　ダメ……！」

風が巻き起こり、髪を乱されながら私は叫んだ。

けれども、掠れた声はバサリという大きな羽音に、あっというまにかき消される。

「月読ぃぃぃぃっ！」

もう一度名前を呼んだけれど、やっぱり月読は振り向かなかった。

もう私が名前を呼んでも、関係ないんだ。いつものように「真昼」って名前を呼んで、しっぽを振った忠犬のように応えてくれないんだ。

そう思うと、胸をぎゅっとわし摑みにされたように痛んで、涙が溢れた。

飛行術とは違い、翼を大きく一打ちするとくん、と加速して細身の体が上昇する。

すると、上空にいた風の軍師が近づいてくる魔王に気がついたらしい。

遠目にも、一瞬、ぎくりと身じろぎしたから、まさかここで魔王が現れると思っていなかったのだろう。

けれどもさすがに、魔法学校のなかまで魔王の情報を探しにきた四天王のひとりだ。

すぐに跪《ひざまず》いて、魔王に恭順《きょうじゅん》を誓う仕種を見せる。しかも器用に空中に浮かんだままで。

そんな風の軍師の行動に、魔王がなんて声をかけたのか。私がいる海岸からは遠すぎて、声も届かない。

「月読……遠いよ……ねぇ、月読ってば……」

頬には止めどなく涙が流れていた。たぶん、もうダメなんだって心が挫《くじ》けかけているせいだ。

自分でも自分がよくわからない。

私は……どうしたらいいんだろう。月読がいなくなったら……。ステータスを確認する魔法しか満足に使えない私は、上空を見上げるだけ。

ただ上空に浮かぶ魔王が手を軽く振って、大きな黒い鎌を顕現させるのを見ていた。

魔王が技を発動させるときに手にしていたという黒い大鎌。

言い伝えのとおりだ。そう思うと、体中からかくんと力が抜けるのを感じた。

――やっぱり本当に、月読が魔王なんだ……。

いま一度、再確認させられて、心がからっぽになった。無になった。

本当は全部嘘だよ……ちょっとした冗談だったんだ。なんて、月読がいつものように笑ってそばに戻ってきてくれるのを、心のどこかで信じていた。

でも違うんだ。やっぱり月読は魔王で、魔王として『ヨミガエ』ったから、私のことなんてどうでもよくなってしまったんだ。

そう認めると、なんだかおかしくなった。

まさかあののほほん眼鏡の月読が、ずっと白砂大陸が畏れていた魔王の生まれ変わりだったなんて。これはもう笑うしかない。

「あはは……こんなのって……ないよね……バカみたいだ、私……」

──魔王はその血筋のなかによみがえる。

いつだったか、雨水さまに聞かされた言葉が頭を過ぎる。

「あんなに畏れていた魔王と、子どもを作ろうとしていたなんて……ね」

なんだかなぁ……。こんなにもショックなことばかりが起きると、動く気にもならない。

この場所にうずくまって、永遠に目覚めたくない気分だ。

なのに、次の瞬間には、ゴツンッと大きな音を立てて瓦礫が近くに落ちてきて、私は自分の命を守るために、びくんっと飛び起きる羽目になった。危ない。まだ戦闘中だった。

絶望的な気分に浸っていたら、死んでしまう。見上げるとまた、上空からバラバラと埃と石が崩れてきた。

砦がまた破壊されてる!? まさか、砦の魔法石が掘り出されたんじゃ……。

雨水さまに聞いた話からすると、魔族は〝根の石〟を欲しがっているはずだ。王宮にあるものとは比べものにならないにしても、ナノカ岬砦に埋まっている〝根の石〟は十分力を持つ魔法石だ。

風の軍師が砦を破壊しはじめたのも、魔法石が目的なのだろう。

この砦を潰して、魔法石を奪ってしまえば、砦を守っていた防御障壁は消え、白砂王国を守る防御結界の形が変わる。魔族が入りこむ余地ができる。それはつまり、多角形の一角が消えた分だけ、魔族に土地が奪われるようなものだ。

魔王が『ヨミガエ』って、白砂大陸の一端に魔族の侵入を許して——今日この日はきっと、白砂王国の歴史的な敗北として、記録されるに違いない。

どこか突き放した心地で、そんなことを考えてしまうのは、あまりにもショックなことが続いたせいで、心が動かなくなったせいだ。こういうのを、もしかしたら絶望って言うのかもしれない。

もっと打ちのめされて、慟哭《どうこく》して、体中が張り裂けそうで——絶望というのは、ずっとそんな激しい感情のことをいうのだと思っていた。でも違う。なんの感情も動かない、いまの状態のほうがどうにもならない。すべての希望を失った『無』の状態こそ、しあわせの対極である絶望にふさわしい。

ほんのちょっと前まで、月読と子作りするんだって、あんなにしあわせだったのになぁ。

ほんの数日前のことなのに、もうずいぶん昔のことのように思える。

あーあ、結婚もなにもかもが台無しだ。

私の目は見えているはずなのに、視界はなんだかぼんやりしてきた。たぶん、瞳の焦点があっていないのだろう。そのぼやけた視界の真ん中で、魔王が手にした大鎌を振りあげる。

魔王だけが使うという魔法——隕石襲雨《メテオ・ストライク》を発動させる予兆だ。

「刮目《かつもく》せよ……！」

風に乗ってきたのだろうか。それともこれも魔王の能力のひとつなのだろうか。

はるか上空にいるはずの魔王の呪文が、びりびりと肌を震わせるほどの霊威を帯びて、天空から響いてくる。

「刮目せよ！　我は高らかに絶望を謳《うた》う……」

大鎌を一閃し、魔王を撃つために放たれた雷撃を霧散させると、その力の差を見せつけるかのように、呪文詠唱の結びの言葉を叫ぶ。


「隕石襲雨《メテオ・ストライク》！」


高らかに、まるで呪文のとおりに勝利を謳うかのように、天魔魔法の奥義を口にする魔王。

その霊威の強さのあまり、私ていどの低レベルの魔法使いには、目を開けて見ているのがツライくらいだ。目が潰れてしまいそう。

泣いているわけじゃないんだから——そう言い訳するそばから涙が溢れてくる。

「うぅ……っ」

痛みに耐えて瞬きするより早く、上空が真っ暗になり、隕石《いんせき》の火の雨が降ってきた。

ひゅーんひゅーんひゅーん……という無数のすばやい落下音が響き渡ったかと思うと、どーんどーんという衝撃音が続く。ただひたすら続く。

あたりはたちまち、火の雨でいっぱいになり、まるで流星の雨のなかに立っているかのようだった。地上に墜ちたものは爆風と衝撃音を轟かせ、海に墜ちたものは水飛沫をあげて、じゅっと火が水を灼く音を立てた。

いくつもいくつも——それこそこの世の終わりを見ているかのように、火の雨が降り注ぐ。砦上空はもちろん、海上や大陸に入りこんだ大地へも。

「………ひどい、こんなの」

こんな広範囲な攻撃を受けたら、学兵部隊は全滅だろう。魔王がよみがえって、白砂王国軍を壊滅《かいめつ》させたのだ。そう思ったところで、私のところにも巨大な火の雨が降ってきた。

ああ、やっぱり今日、私、死ぬんだ。

身じろぎすることもできずに火の石が近づいてくるのを見ていると、最後の最後で、どーんっと大きな音を立てて、隕石が弾けた。

「きゃぁあぁっ……！」

思わず悲鳴をあげてしまったけど、隕石が当たったわけじゃない。その逆だ。信じられないけど、障壁が隕石を弾いた！　しかも私が張った防御障壁じゃなくって。

よくよく見れば、崖の上にある砦も崩壊しかかっているものの土台はまだ無事だ。

おかしい。いったいどういうこと⁉

「まさか……実はいままでのことは全部、私が見ていた夢にすぎないんじゃ……」

でも砦はやっぱり壊れてはいるし、隕石の雨は降っている。

「……どういう……こと？」

わけがわからなくなって混乱していると、名前を呼ばれた気がした。

「真昼！　大丈夫か⁉」

暁兄さまの声に、はっと我に返る。

見れば、暁兄さまに続いて雨水さままで砦上空から降りてきて、私の前に降り立った。

「どういうことだ？　いったいなにがあったんだ⁉」

私の手を摑んで助け起こしてくれながら暁兄さまに尋ねられたけれど、それはこっちが聞きたい。聞きたいけど、暁兄さまの顔を見たとたん、私のなかでなにかが切れた。感情が抑えられなくなった。

「あ、暁兄さま……っ、月読が……月読が……！」

――月読が魔王になってしまった。

そう言いたいのに、どうしても言葉を最後まで口にすることができない。

だって、本当はまだ信じたくないのに、口にしたら、現実になってしまう。

言葉には魂がこもっており、口にしたことは現実を引き寄せる。白砂王国に古来伝わる言霊《ことだま》というものを私も信じていたんだなんて、いまさらながら思った。

いつもはこんなことを気にしたことなんてないのに。

でもきっと暁兄さまも見たはずだ。六枚の翼を持つ異形——伝説の魔王になってしまった月読のことを。

そう思ったのに暁兄さまの反応は違った。

「そういえば月読はどこに行ったんだ？　おまえを助けに遊撃隊から離れたところまでは見ていたんだが……」

「え？　だ、だって兄さま……み、見たでしょう？　隕石襲雨《メテオ・ストライク》」

あれ？　なんだか雲行きが怪しい。もしかして暁兄さま、わざと明後日の方向に空気読んでるわけじゃないよね？　真面目に言ってるよね、これ？

「もちろん見たとも。魔王が現れたんだろう？　六枚の漆黒の翼で風の軍師のほうへ飛んでゆくのが見えたからな」

「だから月読……それ……」

月読だよ？　暁兄さま。月読が魔王だったんだよ？

自分が受けた衝撃をそのままに暁兄さまに伝えたいけれど、自分しか見ていないなら、やっぱり夢かもしれないいなんて思えてくる。

あれ？　もしかして私ってば担《かつ》がれている？

これって、壮大などっきり!?　私だけ、月読と暁兄さまと雨水さまに騙されていたとか!?

月読が魔王だったんだよと告げたら、そのとたん、爆笑されるんじゃないの⁉

完全に混乱した私は、なにを言ったらいいか、わからなくなった。口にしようとしたそばから、ぐじゃっと言葉が潰れてしまう。

「だからね、暁兄さま。月読が……ううん、じゃなくて……魔王が？　風の軍師が、襲ってきてみんな逃げちゃって……私は落ちて、魔法石を……」

「わかった。真昼、まず落ち着け。なにを言ってるかさっぱりわからん」

ひどい……暁兄さまが聞いたから頑張って答えたのに。肩をぽんと叩かれて、落ち着けと言われても、むしろ暁兄さまの言葉にこそ、頭に血が上っちゃうよ！

恨みがましい目で睨みつけたところで、なにか変だと思った。

「あれ？　雨水さままで降りてきたってことは……戦闘は終わったの？　第一部隊は？　学兵はみんな……全滅しちゃったの⁉」

そうだ。さっき降り注いだ無数の火の雨を思い出して、私は自分の体を抱きしめながら、ぶるりと身震いした。ともすると、目の前が真っ暗になって、よろけそうになる私に答えてくれたのは、今度は雨水さまのほうだった。

「戦闘は終わった。第一部隊は……遊撃隊は概《おおむ》ね無事だ。少なくとも最後まで残っていた遊撃手はみな……」

「みんな、無事？　あの、隕石襲雨《メテオ・ストライク》のなかで⁉」

そんなバカな……なんで？　どうやって？

魔王が目覚めて、その究極《きゅうきょく》の奥義《おうぎ》である魔法を使ったのに、みんな無事だなんてことがあるんだろうか。白砂王国の兵士は魔王にとって敵であるはずなのに。

「なぜか、僕たち遊撃手には防御障壁が張られていて、火の雨を防いでくれたんだ。屋上に先に下ろされていた遊撃手ふたりと砦のなかにいた学兵はわからないが……なにせ、砦がかなり壊されたから、火の雨じゃなくて、崩れた瓦礫で怪我をしている可能性はあるだろう」

「そうですか……」

でも直接攻撃をされていないなら、少なくとも生きてる可能性は高い。風の軍師が下りてきたときに先に逃げた魔導砲班の人たちも。

「それと月読のことだけど……僕はわかったから」

雨水さまは労《いたわ》りを籠めた声でそうとだけ言うと、私の肩に手を乗せた。さっきの暁兄さまの行動と大して変わらないのに、雨水さまにされると感動してしまうのはなぜなのだろう。じわりと目頭が熱くなって、私は雨水さまを見上げてしまった。

「雨水さま……私、どうしたらいいか……ぅあっ！」

雨水さまと向き合っているところに、突然突風が吹いて、私は暴れる髪を押さえて、目を閉じた。すると、雨水さまの手が離れる感覚がして、バサリと大きな翼の羽音が響く。

「やっぱり来たな……」

低く唸るような声は雨水さまだ。

雨水さまはわかってると言っていたから、風の軍師が砦を壊しているときに有翼高次魔族の姿に変化しなかったのは、魔王を倒すためなのだろう。

「魔王⁉　なんで魔王がこんなところに……」

ひとり驚いている暁兄さまは、魔王の羽ばたきに飛ばされたあとで、羽ばたきの風圧に逆らって踏ん張りながら、私を守るように魔王と私の間に立ちはだかった。

六枚の漆黒の翼を広げた姿で、魔王はふわりと私の前に下り立つ。

その様子は、なんだかさっきとは違う。

どこかしょげたような、耳の垂れた犬のような気配を帯びて見えるのは気のせいだろうか。

すこし上に浮かんでいる魔王――月読に私はなんて声をかけたらいいか、わからない。

ただ、その顔を見て、あぁやっぱり月読が魔王だったんだよね。と思った。

私、これから殺されるのかなぁ、とも。

けれども、魔王の月読は魔法を行使するでもなく、ただ黙って、さっき風の軍師にとられた私の髪飾りを差しだしただけだった。

桜花の髪飾りは無理やり引き千切られたせいで、髪に挿す部分がすこしだけ曲がってしまっている。もしかして、魔王が耳垂れ状態なのは、この髪飾りがすこし曲がっているせいなのだろうか。

「これを……取り返してきてくれたの？」

問いかけると、魔王はこくりとうなずいた。なんていうか、その仕種は六枚の漆黒の翼がなければ、いつもの月読そのもので。

魔王になっても、月読に元の記憶があるのだとわかった。

「ごめん……なんか曲がっている……真昼が大切にしていたのに」

「ううん、いいの……月読が戻ってきてくれただけで……すごく、うれしい……ッ！」

涙が溢れるくらい、うれしいんだから。

樹海魔族の側についたんじゃなくて、私の髪飾りを取り返してきてくれたんだもの。

感極まって月読の両手を握りしめると、魔王の月読はうれしそうに六枚の黒い翼をパタパタと振った。

あれ？　もしかしてこれ、翼じゃなくてしっぽだったのかな……なんて思ってしまうくらい、月読は照れくさそうな顔をしている。

いろいろと聞きたいことはあるし、気になることもあるけど、ひとまずはこれだ。

「月読……助けてくれてありがとう……でも、その……ね。翼はたためないのかな？」

魔王の象徴でもある六枚の漆黒の翼。

当然のことながら、そんなものを広げたまま、部隊のみんなのところへ戻るわけにはいかなかった。

第七章　魔王を色仕掛けで落とせとのご命令です

魔王降臨――そのニュースはたちまち白砂王国を駆け巡った。

遠目にも六枚の漆黒の翼は見間違えようがないし、『隕石襲雨《メテオ・ストライク》』まで披露されたら、子どもでもわかる。

しかも、一天にわかにかき曇《くも》り、火の雨が降ったのは、近隣の村からも見えたらしい。

たちまち王宮へ伝令が出され、情報が村から村へ、砦から砦へと伝えられたのだとか。

しかし、実際の戦場にいた学兵たちにしてみれば、多くの謎を残した魔王の降臨だった。

そんな周辺の村からも見える奥義を繰り出されたにもかかわらず、部隊には戦死者が出なかったのだから。

崩れた塔で瓦礫の下敷きになって怪我をしたものが五名。スフィンクスの毒で動けなくなったものが二名。

いずれも治療《ちりょう》すれば、問題なく回復する程度の被害にとどまり、魔王が復活し、あれほど広範囲な火の雨が降ったはずなのに、なぜか白砂王国軍が戦闘に勝利したのだった。

そんなわけのわからない勝利の夜に、私は月読を拒否してしまった。

うぅ……ごめん。本当っにごめん、月読！

でも私にだっていろいろとね、気持ちの整理とかね、あるのよ？

ともかくもう混乱してたし、お腹空きすぎて動けなかったし。それで寮に戻ってまずはご飯を食べたところまでは仕方がないと思うんだ。さらにはお腹がいっぱいになったあとで、

「真昼のこと、抱きたい」

月読が突然そんなことを言い出して、私のことを背中から抱きしめたのもまだいい。

問題はそのあとだ。『子作りハウス』に住んでて抱きしめられたら、先日したようなHな行為をするんだと思うわけじゃない？　つまり卑猥なまぐわいをね……。だって顔は熱く火照っていたし、体は半ば期待して下肢の狭間が熱くなっていた。

でも、月読は魔王なんだよね——なんてことがふと頭をよぎったら、この行為はそもそも子作りのためにしていたと思い出してしまったのだ。たぶん、それがいけなかった。

——魔王はその血脈の末裔《まつえい》のなかによみがえる。

ということはつまり、私が月読と子どもを作れば、その子どもの子どもか、ずっと先の子孫の誰かは、また魔王になる可能性がある。いま目の前の月読が魔王として倒されてしまうことも考えたくないけれど、自分の血筋に魔王が産まれてしまう未来も受け入れがたい。

そんなことを考えてしまったら、火照っていた熱が急に冷めた。思わず月読が私の体をまさぐる手を払ってしまっていた。

——月読に抱かれるのは、もう無理。

月読が私のところに戻ってきてくれてあんなにうれしかったのに、抱かれることを拒否してしまった。思い出すと、ちょっと自己嫌悪。さすがに手を払うのはなかったよね……。

次の瞬間、我に返ってそれらしい言い訳をと口をついて出たのが、「今日は疲れているから、したくない」だった。

実際に私も月読も疲れていて、ご飯を食べたあとにお風呂に入るので精一杯だった。

なにせ、自分から抱きたいと言っておきながら、私がお風呂からあがって部屋に戻ったら、先にお風呂からあがっていた月読のほうこそ、もうベッドの上で寝息を立てていたくらいだ。

ある意味、月読だってひどい。

でも眠っている月読はかわいくて、いつもと変わらなくて。

その寝顔を見つめているうちに、なんだかすべてが夢のような気がしてきた。これまでと同じように、私と月読はなにも変わらないのかもしれないって……そう思ったら、すごくほっとしてしまい、私も目を開けていられなかった。

幼馴染みの眼鏡を外してやり、その隣に潜りこむ。月読の体温ってあったかいなぁなんてにやにやしているうちに、あっというまに寝落ちてしまった。

その翌朝、目覚めた私と月読は、早々に雨水さまの部屋に呼びだされていた。

「それで、月読の今後の扱いなんだけどね、真昼ちゃん。いまのところ、正式に陛下《へいか》から沙汰《さた》があるまでは僕が預かることになった」

「そ、そうなんデスか……」

どうなることかと緊張しながらやってきたあとだから、まだ裁定《さいてい》が下っていないとの雨水さまの言葉に、拍子抜けしてしまった。

月読は自分の話をされているのだと理解しているのかどうか。私の腕を掴んだまま、雨水さまを威嚇するように睨みつけている。

魔王――それは六枚の漆黒の翼を持つ異形。圧倒的な支配者。

子どものころからそう聞かされていたけれど、そもそも魔王というのはもっと怖ろしくて、もっと人としてありえないほどの異形の姿をしている敵だと思っていた。

想像していた魔王は間違っても、自分の幼馴染みじゃない。

魔導士としては落第すれすれ。外見上はのほほん眼鏡にすぎない月読が魔王だなんて、なにかの間違いじゃないんだろうか。そう思いたい反面、自分のステータス魔法で『魔王』の文字を見てしまったからには否定しようがなかった。

「やっぱり月読が魔王なんだよね……」

私は朝から何度目になるかわからないため息を吐いた。

「とりあえず……朝ご飯、まだだろう。食べながら話そう」

雨水さまはそう言って、優雅なダイニングテーブルの席に私と月読を招いてくださった。

瀟洒な曲線を描くテーブルに、品のいい花のシェードランプ。

そのテーブルの上には、ご飯とみそ汁を中心にした、白砂王国伝統の朝食が並べられていた。

ごくり。みそ汁のいい香りが漂い、私は思わず生唾を呑みこむ。

「遠慮なく食べていいよ。おかわりもあるから」

そうやって微笑む雨水さまを見て、月読がすこしだけ警戒心を解くのがわかった。

つまりこれって、魔王の餌付《えづ》けなのかなぁ。雨水さまってば……さすが性格ステータスに腹黒をお持ちでいらっしゃる。

苦笑いしつつも、私もご相伴《しょうばん》に預かることにした。だって、ほかほかの白い炊き立てのご飯が誘ってるんだもの！　あじの干物とイカの塩辛。それを海苔で包んで、パクリ。

「お、おいしい～」

さすが王室御用達《ごようたし》！　特別に料理人を抱えこんでいると暁兄さまに聞いてから、雨水さまの部屋にお呼ばれしたときは、ついお腹を空かせたまま、やって来てしまう。我ながら意地汚い。これが貧乏貴族の悲しい性《さが》というものね……。

ふっと遠い目をしてしまうけど、おいしいご飯には代えられない。パクパクと餌付けされる私と月読を前に雨水さまは話を続けた。

「どうやら月読が魔王になったことに気づいたのは、僕と遠見だけだったようでね……彼女にはいまのところ口止めをしている。最終的には隠しとおせるものではないだろうが……」

雨水さまが悩んでおられるのは、おそらく先日された『白砂魔族』の話のせいだろう。

魔王が白砂大陸に『ヨミガエ』ったことや、魔王が『ヨミガエ』ったあとに樹海魔族に寝返らなかったことを、どう説明するのか。

白砂王にしてみても、簡単に答えが出せない難問なのだろう。

学兵たちは、呰をすごい速度で下降した月読はもちろん、変化したところを誰も目撃しなかったらしい。風の軍師でさえ、ぽやーっと気の抜けた顔をしたのほほん眼鏡の月読と、冷ややかな顔をした魔王が同一人物だと気づいたのかどうか。いま私の目の前で、一生懸命ご飯を食べている月読を見ていると、私だってこれが魔王だとは信じられないくらいだ。

「ほら、月読ってば……頬にご飯粒がついてる」

私は手を伸ばして、月読の頬からご飯粒をとると、ぱくりと口に運んだ。一粒のお米にも神様が宿っているのだから、無駄にしてはいけないのだ。

「……真昼ちゃんに懐《なつ》いているのはいいんだけど……まるで犬だな。魔王ともあろうものが」

あたかも暁兄さまが吐くような辛辣《しんらつ》な言葉を、雨水さまが珍しく口にする。びっくりした。

先日、話をしたときも思ったけれど、雨水さまはおそらく魔王に――あるいは有翼高次魔族に対して、格別な感情を抱いておられるようだった。

なんていうか、好敵手に対する敵愾心《てきがいしん》が、一番近い感情なのではないだろうか。

弟に王位を継がせるためなんていうのはただの口実にすぎなくて、実は魔王と戦ってみたいだけな気がしている。

だってそうでなければ、おかしい。雨水さまのこの、「駄犬《だけん》めが！」といわんばかりの嫌悪感に満ちた顔をしている理由がどこにもないんだもの。

ちなみにいつもは雨水さまのそばに控えている暁兄さまがいないのは、どうやら昨日の戦闘の処理に出向かされているかららしい。もっとも、こんな朝早く出かけさせられているんだから、雨水さまが故意に、この話し合いの席に暁兄さまを外したいと思ったのだろう。

「実は過去にも、白砂大陸に魔王がよみがえったことはあったらしい」

「え……それって……本当ですか？　いつの話です？」

初耳だった。もちろん、それが歴史的事実なら、情報統制されたに違いない。

「第三魔王だ……しかしそのとき『ヨミガエ』った魔王は、すぐに四天王のひとりに迎えられて、樹海魔族と合流している。今回の月読がなぜそうならなかったのか……僕としては大変、興味がある。月読は風の軍師の名前を呼んだと言っていたね？」

「はい……『風見』と確かに口にしました。以前、風の軍師が魔法学校に入りこんだときにステータスを見たんです……でもその話は、月読にはしたことがなかったのに……」

それでも月読は風の軍師の名前を知っていた。魔王なら、自分の配下の名前を知っていて当然だから。

沈んだ気持ちでも、ご飯がおいしくて泣ける。うつむきがちにもぐもぐと咀嚼しつつ、複雑な気持ちでいると、唐突に左耳にかけた髪がふわりと舞いあがり、耳がこそばゆくなった。

これは以前にも雨水さまにされたことがある、風の魔法で言葉が運ばれてくる予兆だった。

「真昼ちゃん、月読に聞かれるわけにいかないから、君にだけ伝えるけど、なにをどうしても、月読を樹海魔族に寝返らせないようにね」

「なにをどうしてもって……あれ？　声が出ない？」

話をしたはずなのに、口をパクパクするだけで音が出ない。おかしいと思って、雨水さまの顔を見れば、にっこりと微笑まれた。

どうやら、月読に聞かれないように、私の口にも魔法がかけられているらしい。風の魔法を使って、私がしゃべった言葉は、雨水さまの耳に届くようにされているのだろう。

さすがは白砂王族。私と違って、精霊魔法を自由自在に使いこなすから、こんな離れ業も朝飯前って奴ですね？

や、たぶん、いまの雨水さまは朝ご飯を召しあがったあとだとは思うけど。

にこにこと微笑みながら、「月読、みそ汁のおかわりを持ってこさせようか？」なんて言って、月読の意識を食べ物に向けている間に、話をしようということらしい。

「どのくらい魔王としての意識が戻っているのかはわからないが、月読は君に異常な執着心を抱いている。もしかすると、君と契りを交わしたことも関係しているのかもしれない」

うわぁ、やめて雨水さま。雨水さまの口から、契りだなんて！　ぶっちゃけ子作りに関わる話は聞きたくない……。いまはみそ汁を飲む振りをして話しかけられているから、口が動いているところは見えないにしても。

「でも、私だってよくわからないんです……魔王の月読を引きとめるって、具体的にはなにをすれば……」

「それはやっぱり、子作りじゃないかな？」

優美な笑顔で即答だった。

子作り――つまりそれって、色仕掛けでってことですよね⁉

私は思わず口に含んでいたみそ汁を吹き出しそうになり、げほげほと咳《せ》きこんでしまった。

「真昼？　おみそ汁が気管に入っちゃったの？」

私の様子に気づいた月読は、心配そうな声をかけながら、背中を撫でてくれる。こんなときでも、かわいいやつめ。

ああ、もう……耳垂れ犬状態な顔で心配そうにのぞきこまれると、雨水さまと内緒の会話をしていることに、罪悪感が沸き起こる。

「う、うん……ここの食事はおいしいからって、つい急いで飲みすぎちゃった」

学食だって十分おいしいのに、雨水さまのところの食事を食べてしまうと、物足りなくなってしまうのは事実だ。

私は決して嘘をついているわけじゃないんだからと、自分をごまかしながら、月読に大丈夫だと微笑みかけた。どうやら雨水さまが察してくれたのだろう。今回は普通に月読に話しかけることができた。一方で、雨水さまの言葉はまだ、私の耳元に直接、響いてくる。

雨水さまってば、本当に器用だ。

「真昼ちゃん、颪の軍師はきっと魔王を自分たちの陣営に引きずりこむために、絶対に月読に接触してくる。そのとき、魔王としての意識より、月読であることを優先させること——それが君の使命だ。やってくれるね？」

疑問系の物言いで選択をこちらに任せてくれているようで、有無をいわせない圧力を帯びている。そのあたりが雨水さまの怖ろしいところだ。なにせ性格は腹黒だし。

「で、でも……魔王って、自分の血族のなかに『ヨミガエ』るんですよね？　今後、自分の子孫から、また魔王が現れるなんて……ちょっと考えたくないんですけど」

思わず、嘘偽りない本音が漏れてしまった。自分の目の前では音にならなかったけど。

私にしてみれば、もともとは前線で戦う月読がいつ命を落とすかわからないから、早く子どもが欲しかっただけだ。嫌な言い方をするなら、子どもを使ってでも、月読を戦場から引き離して、その安全を確保したかった。

でもまさか、いっしょに子作りをしようね。って頑張っていた月読が、敵の将である魔王になってしまうなんて――戦争がはじまったとき以上に、私の人生計画が破綻《はたん》しているよ。

まさかの大どんでん返し。こんなの、アリエナイでしょう？

でもとりあえず、魔王になった月読は簡単に命を落とすわけがない。つまり私からすると、子作りする必要はなくなってしまったのだ。

「じゃあ、避妊《ひにん》すればいいんじゃないかな？　帰りに避妊具をあげるよ」

もちろん、この会話は月読には聞かせてません。うぅ……雨水さま、結構おっしゃることが無茶ぶりです！　とは思ったけれど、笑顔の圧力に負けた。

「で、できるかぎりで、が、頑張らせていただきマス……」

「君が月読を引きとめてくれれば、ふたりとも悪いようにはしないから」

その言葉、信じていいんですか？　信じてますからね？　雨水さま。

ほかにどうしようもないけど、いくら魔王になってしまったからって、月読が殺されるのだけは受け入れられない。王宮に対してなんの影響力もない私としては、そこは雨水さまに頑張っていただくしかないのだ。

「あ、すみません。ご飯のおかわりもお願いします～」

風の魔法を介してのやりとりに月読は気づく由もないまま、おいしそうに朝食を平らげている。その無邪気な様子を見て、月読は魔王になっても、やっぱりどこか抜けたままなんだなぁなんて思っていたのに。

ここから、私の神経をすり減らす日々がはじまったのだった――。

‡　‡　‡

月読が魔王であることは秘密にして、しばらく様子を見るように。

雨水さまからそう命令され、しがない学生の身としては学校に通うしかない。そんなわけで、ここ数日、私と月読はまるで、なにごともなかったかのように、教室で授業を受けていた。

ああ、もう……魔王と魔法学校で授業を受ける日がくるなんて、夢にも思ってなかったよ！

授業が遅れがちなせいか、先日、試験があったばかりなのに、今日も魔法歴史の小テストを受けさせられた。

そもそも、魔王にしてみれば、白砂王国の魔法歴史なんて、大半が過去の体験なんじゃないの⁉　魔王としての記憶があれば、小テストだって余裕なんじゃゃない？　なんて期待は一瞬で打ち砕かれた。あ、あれぇ？　おかしい……どうしてこうなった。

魔王の知力は『555』。ほかの人より高い数値だけど、魔王のステータスのなかでは、かなり低い。だからなのか、月読が魔王になったところで、別に魔法歴史が得意になるわけではないようだった。残念無念……。

「月読・フユモリ……おい……いくら簡単な小テストとはいえ、零点はないだろう零点は」

ハナダはテストを丸めると、軽く月読の頭を叩いた。それはこれまでの月読とハナダの間ではよくあるちょっとしたやりとりだった。なのに、ぽすん、と軽い音がしたとたん、教室のなかに禍々《まがまが》しい霊威がドッと放たれた。

発生源は言うまでもなく月読だ。

「いぃっ⁉」

ちょっ、月読……なにしてるのよぉぉぉ⁉

私が心のなかで動揺の叫びをあげている間に、教室のなかが一瞬、不穏そうにどよめいた。

その原因がなんなのか、どうやらほかの人たちにはわかっていないらしい。

霊威の格の問題なのか、これまでの月読があまりにも、のほほん眼鏡すぎたのか。

「ですよね〜！　本当に月読ってば教えても教えても、なかなか覚えられなくって！　ほら月読、ごめんなさいは？」

私は慌てて教壇に近寄ると、月読の頭を無理やり押さえた。

「……ごめんなさい」

いつもの申し訳なさそうな顔の下に『不本意』とでも書いてあるみたいだ。

うぅ……顔だけは耳垂れ忠犬だけど、中身は飢《う》えた狼《おおかみ》だよぉぉぉ！

月読ってば、私を抱くときにエロ魔王に豹変するだけじゃなかったのね……ふぇぇん。

これまでも授業のときには月読がちゃんと勉強してるのかどうか、気が気じゃなかったけど、まさか中身が魔王になっちゃったせいで、こんなにドキドキさせられるなんて！

だって魔王なんだよ？　ハナダ先生は気軽に月読のことを叩いたけど、その気になったら月読は一瞬で先生のことを殺せちゃうんだ。教室内のほかの生徒だって、学校内のすべての人だって簡単だ。学校に埋まっている〝根の石〟を取り出すことだってできるかもしれない。

でもそれを知っているのは私だけ。止められるのも私だけ。

――『なにをどうしても、月読を樹海魔族に寝返らせないようにね』

唐突に雨水さまの言葉を思い出してしまうけど、重い！　やっぱりこれって重いです！

考えて行動しようと思うと、変に月読に対してぎくしゃくしちゃう。いくら月読が空気を読まないといっても、いまは魔王になったせいか、変に聡くなっているんだもん。

余計にどうしたらいいか、わからない。

いままではなにも考えずに過ごしていた教室が、急に生き残りをかけた戦いの場に思えてくる。友だちとのちょっとした会話さえ、何気なく爆弾を孕んでいて、私のガラスのチキンハートはもういつ壊れてもおかしくなかった。

「ねぇそういえば、この間、第六魔王が現れたの、真昼は見た？　やっぱりすごく恐ろしい顔をしてるのかしら……魔王って」

ユカリからそんな話題を振られ、私の口元はぴくりと引き攣《つ》る。

ひぃぃぃ……やーめーてぇぇ――‼　その話題は、デリケートゾーンです――‼

隣の席にいる月読――当の第六魔王は、にこにことなにを考えているんだかわからない笑みを浮かべて話を聞いている。その顔はよくよく注意して観察しなければ、昔の月読とあまり変わらない。でも、私にはわかる。

魔王化した月読は前より性格が悪い。ユカリの話をにこにこと聞いている腹の底では、どす黒い闇《やみ》を抱えている気配がする。なんていうか、幼馴染みの勘？　ってやつ？　魔王に対しても幼馴染みっていうかわからないんだけど。

「第三部隊は後方支援だったし、砦の外でなにがあったのかよくわからなかったのよね……気がついたら、魔導砲班が次から次へと降りてきてさ」

マサゴも私の後ろの席で机に腰かけながら言う。

授業と授業の間のちょっとした休み時間。大半の生徒が教室で他愛のない雑談をしているところだ。もちろんこれは、私からすればいつもの休み時間風景なのだけれど……。

「わ、私もよくわからないんだ。気がついたら月読に助けられていただけで、屋上は崩れちゃってたから……」

これは一応、間違ってはいない。正確には、魔王の能力で助けてもらっただけで。

ともかく魔王の話題はいま魔法学校で一番ホットな話題で、誰も彼もが新しい情報を知りたがっている。そのせいで、『魔王』という言葉を友だち同士で話していると、いつのまにかその話題が教室中に広がっていたりする。

「あ、俺、魔王を見た！　真っ黒で怖ろしい顔をした異形でさあ……鎌を振るってた」

「月読なんて魔王に捕まったら、一瞬にしてミンチにされちゃうぞ？」

あはははは……なんてクラスメイトは笑ってるけど。月読のことをできない奴だとからかっていたのはいつものことだけど。

あなたが髪の毛くしゃくしゃにしているのは、その魔王ですから！　ミンチにされるとしたら、あなたのほうだから！

——とは言えない。月読の笑顔が真っ黒に見えて怖い。禍々しい霊威も怖い。そんな空気を感じていないのか、それとも感じているが故に話さずにいられないのか。クラスの男子たちは魔王の月読のそばで、あることないこと魔王に関しての考察をはじめてしまった。

「でもあれ本当に魔王なのか？　そのわりには第一部隊は誰も死んでないじゃないか」

「じゃあ、あの火の雨は誰か味方の天魔魔法だっていうのか？」

う……ちょっと待って男子。嫌な方向にヒートアップしてどうする⁉　聞いているんだよ？　魔王さま、ここで聞いてますからね⁉

「でも冷酷非道な魔王が天魔魔法の必殺技——隕石襲雨《メテオ・ストライク》を行使すると、一個大隊が消滅するんだろ？　砦があれだけ壊れてるのに、誰も死んでいないっておかしくないか？」

ああああああ。叫んでいい？　叫んでいいよね？　月読の背後でしっぽがぴくぴくしたり、怒りで膨らんだり、興味深そうにパタパタしているのが見えるようだよぉぉぉ！

やめてぇぇ……もう私のガラスのチキンハートが限界……。

なんて思っているところに、とどめの一言。

「生きてておかしいって言うなら、いますぐここに隕石の雨を降らせてやろうか……」

月読がぼそりと呟いた言葉は、空耳だと思いたい。思いたいけど、魔王の月読が一瞬、冷ややかな表情になったのを見てしまった。

おまけに、私を試すようにちらりと視線を向けるのもやめて欲しい。まるで、

——真昼、こいつら殺ってもいい？

なんて聞かれているも同然の顔だ。そんなのダメに決まってるでしょ⁉　とばかりに、手をクロスさせて×を作ってみせる。月読は私からの合図を見て、すこし唇を尖らせたけど、小さく肩をすくめてそれ以上はなにも言ってこなかった。

ううう……これってなんの罰ゲームかなぁ……魔王に躾。頭が痛い……。

というか月読、わざとだよね？　私が焦っているのを楽しんでるんじゃないの⁉　なんて思ってしまうくらい、策略のオーラを感じる。

こんな調子じゃ、授業の内容が全然頭に入らないよ……。

ため息まじりに午後の授業を終えると、私はどっと机に突っぷした。とても疲れたよ……。

そんなふうにはじまった私のドキドキひやひやの魔法学校ライフ。

これからこれをずっと続けて行けるんだろうか……なんてぐったりしている私の気苦労の甲

斐はなく、どんなに隠していても、魔王になった月読はやっぱりいままでののほほん眼鏡とはどこか違う雰囲気になってしまっているようだった。

「フユモリ君って、なんか変わった？　ちょっとさ……男らしくなったよね……なんて。真昼に飽きたら、私なんてどう？　いつでも乗り換えていいよ」

放課後、にやにやとそんなことを言い出したのはユカリだ。

どきりとした。ユカリってば、私が月読と結婚したがっていたのを知ってるくせに、やめてよ。心臓に悪いじゃない。

しかもユカリの家は伯爵家で、ナナカマド家やフユモリ家と比べると裕福だ。悪い縁談じゃない。もちろん、魔王の月読がそれをどう考えるのか、私にはわからないけど……。

――月読は幼馴染みという関係がなくても、私のことを選んでくれたのかな？

月読がなんて答えるのか、ドキドキする。だって黒髪眼鏡の少年は、ユカリから迫られてまんざらでもない顔をしているように見えるのだ。

「確かにフユモリ君、変わったよねぇ……子作りハウスの効用かな？　ねぇ、真昼？」

マサゴにつんつんと肘で突かれて、「やることやっているんでしょ？」みたいなひやかしも、そこそこ辛い。辛いけど、ユカリみたいに月読に言いよられるより、まだましかも。

このところ、あまりにも怒濤のようにいろいろと起きたせいで、自分でもなにが辛くて、なにになら耐えられるのか、正直よくわからなくなっているんだよね。

「でも僕、やっぱり真昼がいいなぁ……ね、真昼。子作りするんだもんね？」

にっこり笑って言われたけど、ところどころ言葉に棘《とげ》が含まれていたのは気のせいじゃない。

魔王になった日の夜から、私が月読に抱かれるのを拒否していることを、どうやら恨みに思ってるらしい。

――だって……やっぱり……心の準備ってものがあるでしょう?

正直まだ、魔王の月読をどう受け入れたらいいのかわからない。

そんな私の心の揺らぎを悟られているのだろうか。念押しするように、月読が言う。

「ねぇ、真昼。早く寮の部屋に帰ろうよ……この間の続き、しよう?」

小首を傾げて、かわいらしい顔でおねだり。

うぅ……なにそれ。月読ってば魔王のくせに、いつもの耳垂れ忠犬の振りしてずるくない?

私がその顔に弱いの、絶対わかってやってるよね?

「う、や……でも、その……あっ! 訓練! これから月読は遊撃隊の訓練じゃないの⁉」

苦し紛れに教室のあちこちに視線をさまよわせた私は、黒板の脇に貼られた時間割りに『小隊別訓練』の文字を見つけて、慌てて月読のおねだり攻撃から逃れた。

「ちっ……あんなの、別に必要ないのに……」

低い声にぞわりと背筋に得体の知れない震えが走る。舌打ちなんて、月読はしない子だったでしょう⁉ 真昼おねーさまとしてはそんな子に育てた覚えはありませんよ?

「ダ・メ! に決まってるでしょ⁉ サボリなんて許さないんだから。私だって魔導砲班に顔を出さないとなにをいわれることか……」

私には月読がいるのに、先日ほんのすこし雨水さまに気にかけられただけで、雨水さまの親衛隊から目の敵にされているのだ。ただでさえ、月読が魔王であることを隠さないといけないこんなときに、私が足を引っ張られる隙を見せるわけにはいかない。

正直言って、魔王の月読をひとりにするのも心配なんだけど。

月読に顔を近づけて、ひそひそと注意する。

「つ、月読あのね……遊撃隊で訓練するといっても、無茶したらダメだよ？　目立たないで雨水さまの指示に従って？」

ものすごい能力を見せたり、他人を威嚇するように霊威を放ったりはNGだからね？

めっ、と目線だけで言い聞かせると、また月読が冷ややかな顔になった。

「──真昼ってば、どこかの姑《しゅうとめ》みたい。うるさい」

「う、うるさい⁉」

う、嘘……耳垂れ忠犬の月読がそんなこと言うなんて！

口にしたのは月読？　それとも魔王？　あれ……なんだかよくわからなくなってきた。

パニックになって固まる私を、月読はさらなる困惑に陥れる。

頬に手をかけたかと思うと、ちゅ、と私の唇を奪ったのだ。

人前でのキス。しかも放課後とはいえ、まだ同級生たちが沢山残っている教室の真ん中で！

周りから、「きゃああっ」なんて黄色い悲鳴があがったのも無理はないと思う。私だってびっくりした。心臓がばくばくして、口から飛び出てしまいそう。

「な、な、な……なにをして……月読……っ⁉」

「僕の心配性の奥さまに、行ってきますのキスをしただけだけど？」

なにか問題でもある？　といわんばかりに、ドヤ顔をされた。むかつく。むかつくのに、月読ってばかっこいい。してやったりの偉そうな顔に私の胸がきゅんとさせられるせいで、抗いの言葉が出てこない。頬が熱くて仕方ない。月読ってばＨするとき以外の性格も変わってきてない？　絶対にこれまでの月読とノリが違う！

困惑したまま月読と別れて、魔導砲班の訓練に向かったけれど、私の頭のなかは月読のことでいっぱいだった。

大丈夫かな。ほかの遊撃手をうっかり脅《おど》かしてないかな。またちっ、とか舌打ちして暁兄さまに怒られたりしてないかな。

雨水さまがいるから、フォローをしてくださっているはずだけど、心配で心配で、こんな状態で、そつなく優等生をやれっていうのは無理だと思う。魔導砲班の訓練が終わるとすぐに、私は人目もはばからず、大学部の校舎へと走っていった。

遊撃隊は大学部の学生が多いから、大学部の魔法実技演習棟を使って訓練しているのだ。

ハナダ先生が気軽に叩いたときのように、誰かのちょっとしたおふざけが魔王の逆鱗に触れたらどうしよう。なんて心配して走っていた私の目に見えたのは、教室にいたときのようにピリピリしているのではなくて、楽しそうに女の子たちに囲まれている月読だった。

「あれ？　ちょっと月読ってば……なにをしてるの⁉」

驚きが思わず口をついて出る。誰かに聞かせるための言葉じゃなかったのに、なぜか答えが返ってきた。

「なんだ、真昼。月読の監視にでもきたのか。ちゃんと月読の首に縄《なわ》をつけておけよ？　あいつなんかわからないけど、今日モテモテだぞ」

暁兄さまだった。

「は？　なにそのモテモテって……ど、どういうこと？」

ヤバイ。動揺するあまり、言葉がすらすらと出てこない。そんな私を慰めるようにだろうか。雨水さままでやってきて、心配そうに言葉を足してくれた。

「この間の戦闘で、月読はかなり活躍しただろう？　墜落した遊撃手を助けたところを見て、感激した子が学校に戻ってずいぶんとその勇姿を話して回ったらしくて……大学部ではちょっとした英雄扱いをされてるんだ」

つまり、月読が魔王化したことを知らない大学生のお姉さま方が、月読に胸キュンしちゃったってこと？

はじめての事態で頭がついていかない私に、暁兄さまは遠慮なく気力を削ってくる。

「偶像視されるぐらいならいいが……問題は月読の態度だな。なんていうか……女を誑《たぶら》かそうとしてる空気ムンムンというか――フェロモンがだだ漏れじゃないか？」

「フェロモンって……そんな、虫じゃないんだから……」

ははは……と笑い飛ばそうとして、途中でわからなくなった。雨水さまのチャームじゃないけど、魔王にも人を惹きつける魅力や、種族的にメスを——女性を捕食するためのフェロモンを発することがあるのかもしれない。そうだ。ユカリが突然、月読に気があるようなことを言い出したのも、そう考えれば納得できる。

「あ、真昼！　俺のこと迎えに来てくれたんだ」

「う……うん……まぁ」

なにか問題が起こってるんじゃないかと思って、心配で見にきただけなんだけど、あれ？

『俺』？　月読いま自分のことを『俺』って言ったよね？　いつもは『僕』って言っているのに……ええっ？　もしかして魔王になったから？　なんて月読の変化に動揺させられたあとで、ふと気づいた。

なんだか、女の子たちの視線が痛い。おかしい。え？　私に話しかけているのは、雨水さまじゃないよ？　月読だよ？　のほほん眼鏡だよ？

これまで誰も「男」として月読のこと見ていなかったくせに、突然なによ!?

なんだか気持ちがモヤモヤする。

月読の制服の端っこを摑み、子どもが拗ねてむずかるような気持ちで歩いていると、

「ねぇ、子作りハウスに帰る前にすこしだけ、ふたりきりでお散歩しようよ……真昼」

思わせぶりな言葉に振り向くより早く、膝の裏と腰に手を回され、体を抱きあげられる。

「つ、月読……なに!?　お散歩って……うわぁっ！」

私がとまどっているうちに、眼鏡の少年は私を抱きあげたまま、空高く舞いあがった。

だから飛行術は魔法学校のなかでは校則違反だってば！

そう言いたいけど、急に速度を速めて上昇されて、風の圧力に一瞬、声が出なかった。慌てて呪文を唱え、自分と月読の周りに、防御障壁を張る。月読は慣れているのか、苦にしている様子はないけれど、私は違うのだ。

雨水さまに抱きあげられたときはそんなことを感じなかったから、いま飛んでいる速度は比べものにならないほど速いのだろう。

「我は願う。一重二重、十重二十重に我らの敵を退け給え……加護障壁」

ふわりと魔法の障壁が周囲を覆ったところで、前方の上空に雲の塊が見えた。

「うわぁ！　ぶ、ぶつか……」

思わず目を閉じてしまったのは、ふんわりした雲にぶつかるにしたって、衝撃があると思ったからだ。なのに、すぅっと涼しくなっただけだった。どうやら雲というのは綿《わた》のように絡まりあった繊維《せんい》ではなく、蒸気が密集しているにすぎないらしい。

やだ……私、いままで知らなかった。

「雲のなか、すごいなぁ……」

素直に感動する私を抱いた月読は、雲のなかに入り、下からは見えないからだろうか。飛行しながら、器用に有翼高次魔族に変化して、バサリと六枚の翼を羽ばたかせた。

「つ、月読!?　う、うぁ……！」

魔王の姿で飛ぶと、また一段と速度を増して、防御障壁に守られていても怖い。ぎくりと身をおののかせて月読の首にしがみついていると、ぽんっと雲のなかを突き抜けた。

どこまでも真っ白の綿が続く世界。

耳がキィンと痛くなるような沈黙に満ちた世界は、息を呑むほど美しい。天空の藍色と、雲の白銀のなかに浮かびあがると、雲に落ちた翼を持つ異形の影は、虹色の円に包まれている。

月読が翼を羽ばたかせれば、影も羽ばたく。月読の腕のなかから手を伸ばして振ってみれば、影のなかの私も手を振る。その奇妙な影に心惹かれていると、すぅっと、私と月読以外の影が近づいてくるのに気づいた。

「魔王さま……いま一度、お迎えにあがりました」

六枚の翼を羽ばたかせる異形に跪く影。

それは紛れもなく魔王直属の配下、四天王のひとりと言われた風の軍師だった。

——つまり、月読が突然、上空にあがってきたのは風の軍師と会うため？

どきんと心臓が嫌な冷たさを伴って跳ねる。

ここ最近、何度も心をよぎった不安が、また私の心をどす黒く染める。

——もしかして、魔王になってしまった月読は私のことなんて必要ないんじゃないかな？

だって魔王の能力があれば、できないことはない。私よりもスタイルがよくて、胸が大きい女の人だって、惹きつけたい放題なのだ。幼馴染みの月読としての意識がこのままどんどん薄くなれば、私のことなんてどうでもよくなるのかも……。

「そのメスは確か、ステータスの魔法が使えるヒトですね。我々のところへ連れて行かれるのですか？」

私の不安をよそに、風の軍師は慇懃無礼に言う。相変わらず感じの悪い魔族だ。

そういえば、この魔族に処女を失ったことを見抜かれていたのだった。うぅ、恥ずかしい。

雨水さまから引きとめるように言われたばかりなのに、これ⁉

幼馴染みの月読でさえ、なにを考えているのかわからなかったのに、魔王になったいまは、もっとわからなくなっている。誰か助けてって悲鳴をあげたいくらいだ。

「つ、月読ぃ……」

あ、情けない声が出てしまった。泣きそう。

砦での戦闘で、月読が六枚の漆黒の翼を出して飛び去ってしまったとき、ひどく打ちのめされた気分になっていた。もう二度と月読と会えないんだと思って、絶望していた。

でも、私のところに戻ってきてくれて、うれしかったのに……やっぱり違ったんだろうか。

本当は樹海魔族のところに戻るつもりでいたんだろうか。

だって本当なら、樹海魔族はもともと白砂大陸に住んでいたわけで……。それとも魔王になった月読がこの大陸に残るのは、なにか意味があってのことなのだろうか。

ぐるぐる考えているうちに、だんだん気分が悪くなってきた。というか、もしかすると普通に飛行酔いしたかもしれない。うぅ、こんなピンチのときなのに情けない。

「ひとまず、星の島の拠点に戻りましょう。魔王さまと私が揃えば、白砂大陸を取り戻すのは時間の問題です。白砂王族のやつらをとっとと〝根の石〟から追い出してやりましょう」

「だ、ダメ！　月読、帰ったら続きをする約束でしょう！　さっきそう約束したじゃない！」

とっさに、口走っていた。やっぱり色仕掛けしかない。月読に風の軍師といっしょに行かれたら困る。

「続き……約束……」

「そ、そう……！　だって帰ったら続きしようねって言ったじゃない！」

うわぁ、ドキドキする。色仕掛けって本当はこういうのとは違う気がするけど、とっさにできることが思い浮かばなかったのだ。しかもこのところずっと月読を拒絶してたのに、こんなことを言う羽目になるなんて、想像もしてなかったよ！

雨水さま、色仕掛けって、いったいなにをすればいいんですか⁉

命令されておいてなんだけど、これまでの優等生人生で、色仕掛けを学ぶ機会はなかったんだもん！　雨水さま、ふたりでひっそり話し合っていた『魔王を色仕掛けで籠絡《ろうらく》させて樹海魔族軍に勝利しよう計画』――略して『色仕掛けで勝利計画』は早くも頓挫《とんざ》しそうです！

最初は私から誘っていたのに、自分から続きしようって言うなんて、恥ずかしいよぉぉ。

「続き……うん、そうだよね。帰ろっか。ちょっと、遠見の視線が煩《わずら》わしいなって思ったんだけど、妨害《ぼうがい》の魔法を使えばいいか」

あ、なんだ。突然どうしたのかと思ったら、そういうことだったんだ。どうりであっさりと引き下がったはずだ。

「魔王さま、そのメスが抱きたいのなら、我々の陣営に来たあとでもいいじゃないですか。ヒトの魔法学校になど戻る必要はないでしょう」

またそのメス扱いされた！　というか、風の軍師の魔王に対する言葉を聞いていると、なんだか月読に対して言っているとはとても思えない。

絶世の美形な魔王さまが美女を侍《はべ》らせて、気まぐれで誰かを選んで抱いているような後宮《こうきゅう》ハーレムのイメージが頭を過ぎる。

ヤバイ。なんかさっき大学生のお姉さまたちが月読を取り囲んでいたところを思い出しちゃった。後宮ハーレムなんて物語のなかでは、かなり淫靡《いんび》な場所として描かれているのに、ダメだって！　そんなところに、子作りに積極的な魔王の月読が入ったら……。

——あれ？　意外と似合う？

私は自分の想像に説得されそうになって、慌てて話を切り替えた。

「月読！　ね、お腹空かない？　子作りハウスのご飯さ、おいしいよね。帰ったら、夕飯も待ってるよ！　早く寮に帰ろう？」

風の軍師に対抗するように食べ物をちらつかせると、月読の耳がぴくりと動いた。

——もちろんずっと月読の腕にお姫さま抱っこされたまま、会話しております。なんというか、情けないです。もう色仕掛けじゃなくて、食べ物で釣るほうが確実な気がしてきました。

見た目は細いけど、私は知っている。月読ってば食い意地が張っているんだよね。

なんたって幼馴染みなんだから！

「風見……俺は行かない。この間も、そう言ったはずだ」

なんだ……そうだったのか。う……月読ってば、早く言ってよ！

風の軍師と会うなんて、樹海魔族側につくのかと思って、ドキドキしちゃったじゃない！

「もうそろそろ記憶がはっきりと戻られたかと思いまして……私と魔王さまが同じ時期によみがえったことこそ、われら樹海魔族の宿願が果たされる予兆に違いありません。早くご自分を取り戻していただきたく存じます」

確かに、魔王と四天王は滅多に重なって転生しない。樹海魔族からしてみれば、それだけでなんらかの予兆のように見えても不思議はない。

とはいえ、記憶がだんだんと戻るという話は、ある意味朗報だ。できるだけ月読としての記憶が消えないように努力すれば、月読はずっと私のそばにいてくれるんだ。

「月読……帰ろうよ」

月読の顔に手を伸ばして、視線を合わせながら語りかける。

ずっとふたりでいっしょにいたんだから。

たとえ、樹海魔族の千年にもわたる宿願だと訴えられても、私だって譲れない。

月読が眼鏡のなかで瞬きするのが見えて、あ、なんかここ、キスするところかも、と気づいた。お互いが、キスしようかなぁなんて思っている雰囲気を摑めるようになるなんて、恋人同士っぽい。

月読の首が傾くのが見えて、私も鼻が当たらないように同じように首を傾けたそのとき、バサリと漆黒の翼が動いた。と同時に、風の軍師から放たれた真空の魔法をうち払っていたらしい。高位魔族の得意魔法を、ぺしりって蚊でも払うかのように簡単に退けた。うわぁ……。

「しつこいぞ、風見。俺は行かないと言っているんだ。去れ」

冷ややかな声で月読が言う。その感情の見えない顔は、やっぱりいつもとは違う気がする。

魔王は霊威を高めてまた翼を打ちつけると、今度は魔法ではなく風の軍師本人をも吹き飛ばしてしまった。

「私はあきらめませんよ、まーおーうーさーまぁ――……」

きらりん☆　捨て台詞を吐きながら、双角の魔族は空の上で星になった。合掌《がっしょう》。

ちょっとかわいそうかななんて思ってしまったのは、魔王のそばにいるという安心感だろうか。虎の威を借る狐の気分だ。

「真昼、じゃ今度こそ帰ってしようか？　真昼は疲れてたからと思って、このところ普通に寝てたけど……約束だからね？」

月読は私を悠然と見下ろして、暁兄さまがいうところの、フェロモンだだ漏れで言う。

やだ、ちょっとそれ……禁止！　顔が熱いから！　胸がきゅんきゅんしちゃうから！

私が胸をときめかせていると、早くいやらしいことをしたいって、わくわくしている月読の背中に、しっぽが揺れているのが見える。あ、これしっぽじゃなくて翼か。

誰もが恐れる、魔王の六枚の漆黒の翼。

それが忠犬のしっぽに見えるのは、世界中でも私だけなんだろうなぁ。

そう思うと、喜んでいいのか悲しんでいいのか複雑なところだ。ちょっとばかし優越感がくすぐられないでもないんだけど。

これから私、耳垂れ忠犬の代わりに、魔王の躾をさせられるんだろうか。

先が思いやられるとばかりに、はぁっと大きなため息が漏れた。

‡　‡　‡

魔王の翼で飛ぶドキドキハラハラの遊覧飛行を終えて、私と月読は『子作りハウス』の温泉に入っていた。

白砂王立第一魔法学校の学生寮には温泉が湧いており、いつでも入ることができる。しかも『子作りハウス』では、大浴場とは別に夫婦で入れるように個室が三つ用意されていた。至れり尽くせりというやつだ。

寮に戻ってきたあと、月読は私から離れたがらないし、私のほうは高速の空中散歩で体が冷え切っていたし、お風呂に入りたかった。

だからこれは、やむを得ない選択なのよ。自分で自分に言い聞かせながら湯船に浸かると、体が溶け出すのを感じた。自然と頬がゆるんでしまう。

「ふわぁぁ……気持ちいい……『子作りハウス』って案外悪くないねぇ……」

もちろん普通の学生寮にも温泉があって、朝八時から夜の十時（朝十時から十一時を除く）まで入ることができるのだが、追試があったり戦闘があったりすると、どうしてもみんな同じ時間に集中して入ることになる。おかげで『芋《いも》の子を洗う様』と言われるぎゅう詰め状態で入ることが多かった。

それと比べると、大浴場より狭いとはいえ、ふたりでゆったり個室風呂というのは、いい。本当に体が休まる。

最初こそ月読の前で裸になることに恥ずかしさがあったものの、一番見られたくない秘処をはじめ、あちこち見られたあとではいまさらだ。最後には割り切った。なにせ、それだけ体が冷えていて、温泉に入りたかったのだ。

本当はやってはいけないけれど、個室だという解放感で、すこしだけ湯船で泳いで遊んでしまう。私が思いがけずはしゃいでいると、おとなしくお湯に浸かっていた月読が珍しく決まりごとを口にした。

「真昼、湯船は泳いじゃいけないんだよ」

普段は規則を破ってばかりいるのは、月読のほうなのに。

そう思うと、なんだか注意されたことがくすぐったい。風の軍師は、魔王としての記憶がじょじょによみがえるようなことを言っていたけれど、こうやって、いままでどおりの生活をしていれば、月読としての記憶のほうが、優位のままでいられるのかもしれない。

正直に言うと、『ヨミガエリ』の秘術がどういうものなのか、私にはよくわからなかった。もしかすると雨水さまでさえ、しっかりとは把握していないだろう。

だから結局、自分が信じることをやるしかないのよね、たぶん。

そろりと、幼馴染みの少年の顔を見れば、蒸気で眼鏡が真っ白になっていた。

「月読ってば、眼鏡をして温泉に入るなんて……それじゃあ全然見えないでしょう？」

さっと手を伸ばして、月読の顔から眼鏡を外してやる。

眼鏡をしているときはのほほん眼鏡の少年にしか見えないけれど、気のせいだろうか。魔王になってから、ときどき、以前よりももっと表情が読みにくい顔をするようになった。

ステータスに現れていたように、冷酷な顔とでもいおうか。ある意味、精悍《せいかん》な顔に見えないこともなくて、素の顔を間近で見た私は、不覚にも胸がときめいてしまった。

「真昼、どうかした？　顔が真っ赤だよ……」

そう言って私の首の後ろに手を回す月読の表情は、どこか蠱惑《こわく》的で、誘っているようでもいて——確信犯だ。

「ん……」

首を寄せられて、唇を合わされると、私はもう逆らえなかった。

一度触れて、下唇を啄むように弄ばれると、ざわりと怖気に似た快楽が背筋を這いあがる。

「ふぁ……っ、月読、ここで胸を触るの……やぁん」

口付けしながら、膨らみを手のひらに包まれて、ゆるゆると動かされる。ゆっくり触られるほうが、じっとりと粘り強い熱が体の内側を焼いて、烈しく揉まれるよりずっと、昂ぶらされてしまう気がする。

私が甘い声をあげると、月読はくすくす笑いながらからかうように言う。

「でも……帰ったら続きをするって約束だったじゃないか。真昼のいやらしい蕾がツンと硬くなって、俺のことを誘っているようだよ？」

嘘吐き。誘っているのは、月読のほうじゃないの。濡れた黒髪が額に張りついた顔で流し目をされると、捕食動物に狙いを定められた小動物の気分だ。

水滴が流れる首筋や濡れた鎖骨。透明なお湯に沈んだ引き締まった胸も、妙な色香が漂って、私のほうこそ目のやり場に困ってしまう。

たぶん、いまの月読は自分が異性にとってどれだけ魅力的に見えるのか、わかっていてやっているに違いない。そうでなければ、あんな自ら誘うような表情をするわけがない。

こういうところが、以前の月読とは変わったんだよね。

それが嫌なのかといわれると、返事に困る。魔王になる前も、月読は子作りのときには、ちょっと性格が変わっている気がしたし、あれはもしかしたら、魔王としての性格の一端だったのかな……なんて、いまは思わないでもない。

しかし、お風呂のなかでするのはマズイ。だって雨水さまからもらった避妊具、脱衣所にあるんだもん。まさか、月読がお風呂のなかで誘ってくるなんて思わなかったから、浴室まで持ってこなかったよ……私、大ピンチ！

「あぁん……や、待って……月読……きゃ……」

月読の視線に心も体も搦《から》め捕られそうになりながら、どうにか抵抗しようとしていたのに、体をくるりと回されて、湯船のなかで月読の膝の上に座らされてしまった。

「だって……真昼は、俺に、色仕掛けをしてくれるんじゃないのか？……ん？」

ちゅく、とうなじを吸いあげられながら、低い声で囁かれる。

蠱惑的な声にぞくり、と腰が蕩けそうになる。月読にこんな声が出せるなんて。私はすこしだけ怖くなって、ぶるりと体がおののいてしまった。

「き、聞いていたの……？」

心臓がどきりと大きく跳ねた。どうやら、以前、雨水さまとした会話はすべて聞かれていたらしい。ちょっとやめてよ……魔王ってどこまで、チートハイスペックなの⁉

ヤバイ……いったいなにを話したっけ？　なにか月読に聞かれたらまずいことを話していた気がするんだけど！

「あぁっ……やっ……ひゃう……ッ！」

動揺する私の胸の先を月読の指がきゅっと抓むと、鮮やかな愉悦にびくんと体が跳ねる。落ち着いて考える余裕を与えてくれない。

「ちょっと月読、本当にお風呂のなかでするつもりなの……⁉」

「さて、どうしようかなぁ？　ねぇ……真昼。今日も真昼が拒絶するなら、俺は樹海魔族のところに行ってもいいんだけど……どうする？」

「な……なにを突然……ひゃ、ぁんっ」

動揺したところに、下肢の狭間に手を伸ばされて、鼻にかかった声が浴室に響き渡る。はっと我に返って、手で口を覆う。ここは個室になっているけど、隣の大浴場や別な個室に声が聞こえやすい。他の人が入っていたら、嬌声を聞かれてしまう。

そう思って、ぎくりと身をすくめたのに、月読に耳朶を甘嚙みされて、また「あぁんっ」と甘い声が漏れた。

「声を抑えちゃダメ。真昼のかわいい喘ぎ声が、俺はもっと聞きたいんだから」

耳元で囁かれると、この声音にぞわりと腰が揺れる。しかも官能を掻きたてられたあとで、耳殻に舌を入れられると、「んんっ……」と咽喉の奥から堪えきれない声が零れでた。

やだ……どうしよう。もっとたくさん愛撫されたら、私だって我慢できそうにない。

――この月読は、本当に幼馴染みの月読なの？　それとも、『ヨミガエ』った魔王？

月読の言葉にぐらぐらと気持ちが揺れてしまう。

「ねぇ、真昼。真昼の体で俺を気持ちよくしてくれるなら、望みどおり、白砂王国についてあげてもいいんだけどなぁ？」

嗜虐的な笑みを浮かべて、魔王の月読は私を追いつめる。

ぞわり、と背筋が震えるのは月読の声があまりにも魅惑的すぎるから？　それともやっぱり私は魔王を畏れているのかな？　よくわからなくなってきた。

でも月読に樹海魔族の側につかれたら、いろいろと困ることだけはわかる。

戦力的にも私の気持ち的にも、やっぱりそばにいて欲しい。だから仕方なく、やってあげるんだからね？　べ、別に月読に命令されたわけじゃないんだからね？

そう自分自身に言い訳して、私は月読を浴槽から連れ出すと、

「わかった……じゃあ、私が月読の体を洗ってあげるから」

と言って、小さい木の椅子に座らせた。その隙に脱衣所に行き、海綿《かいめん》という体を洗う道具をとってくる振りをして、自分のなかにも入れる。雨水さまから渡された避妊具の海綿は指先がほんのり熱くなるから、たぶん魔法具だ。普通に避妊具として使われているのより、効果があるに違いない。

「うぅ……避妊なんて……」

本当はしたくない。でもやっぱり無理。魔王の子どもなんて作れるわけがない。

二律背反に苛まれながら、私は浴室に戻った。

月読は私が避妊したことに気づいたのかどうか。ハラハラしたけど、今度は文句を言わずに待っていてくれたようだ。

「泡を立てるから、ちょっと待ってね」

「海綿を使うんだ？　真昼の体で洗ってくれてもいいんだけどなぁ……？」

くすくすとからかうように言われると、耳まで熱くなる。ダメだ。月読のペースに呑まれたら、気持ちが乱れてしまう。

だって私、本当は……本当はね、月読。じわりと涙が溢れそうになって、慌ててごまかすように海綿で泡立てた滑らかな泡を、月読の体に塗りはじめた。

やりはじめると滑らかな泡を引き締まった体に塗っていく作業は意外と楽しい。

「ん……背中からして……真昼の胸がつんつんと当たるの……いやらしくていいよ」

まだ少年の線の細さを残した月読の体は、肩幅はそんなにないはずなのに、思っていたより胸囲がある。胸まで手を伸ばすと、背中に私の胸が当たって泡に滑るのが、さっきから気になってはいたのだ。

バカぁ……いやらしくていいなんて言われると、こっちまで意識してしまうじゃない！

「ね、ねぇ……月読、聞いていい？　魔王の記憶って……どのくらいあるの？」

どうしても私には、それが気になって仕方なかった。

雨水さまから聞かされた話が真実ならば、月読は第六魔王。

最初に魔王として倒されたのも含めて、五回もの転生した記憶を持つはず。

いまの私が普通に生きているだけでも、日々の記憶は簡単に薄れてしまう。なのに、魔王は、そんな大量の記憶をどんなふうにして覚えているのだろう。

白砂王国に殺されたときの痛みは？　憎しみは？　あるいは、いっしょに戦った仲間の魔族に対しての思慕《しぼ》はあるの？

「魔王としての記憶……ね。真昼はそんなことを聞いて、どうするの？」

「だ、だって……気になるじゃない！　月読は……本当は……じゅ、樹海魔族のところに帰りたいの？」

あ、ダメだ。聞きながら涙が溢れてしまった。

こんな鼻声で聞いたら、月読に気づかれちゃう。そう思って堪えようとしたのに、遅かった。

振り向いた月読に顔を見られて、泡だらけの手の代わりに唇で涙を拭われる。

髪を撫でて、口付けて、月読は私の体を浴室の床に押し倒していた。

湯船から掛け流しのお湯が流れているせいで石床は温かい。寝転がった状態で、月読を見上げると、天井の魔法の灯りで逆光になり、月読の表情がよく見えなかった。

「記憶は……もちろんあるよ……白砂王と戦った記憶、いく人もの有翼高次魔族に囲まれて、長い槍に翼を打ち抜かれた記憶……俺の子ども――過去の子どもを殺されて怒りに目の前が真っ赤になった記憶がね……」

う……それって……それって……辛い。

自分から聞いておいてなんだけれど、聞くんじゃなかった。なんだか痛くて苦しそうな記憶ばかりだ。胸が苦しくなって、目の前の光景が滲んでしまう。

「真昼？　なんで真昼が泣くの？　真昼は……俺のことを誘惑して、白砂に引きとめる役目なんだろう？」

「わ、私、泣いてなんか、い、いないんだから……ほら、起こしてよ……体を洗う続きをするんだから……泡が流れちゃう」

慌てて、いつもの憎まれ口を叩く。だって月読に泣き顔を見られたくなかった。泣いてしまったことを認めたら、心がぐちゃぐちゃになってしまいそうで、怖い。

だって私、月読の子どもが欲しかったんだよ？

すこし前の自分のことを思い出すと、そのときのしあわせな感情さえ、辛い。

自分を憐《あわ》れむなんて趣味じゃないはずなのに、胸がわし摑みされたようにぎゅっと苦しくなってしまい、意識するともなく涙が溢れてきてしまう。そうなると、そんな自分が情けなくて、ぐずぐずと涙が止まらなくなるのだ。

腕を押さえられているから、鼻を擤むこともできないじゃない。月読のバカ。

なんて咽喉を詰まらせながら、すんっと鼻を啜ったところで、意外な言葉を聞かされた。

「真昼は……いまも俺のことを好き？」

「え？」

私に覆いかぶさっている月読を見上げると、いつになく真摯《しんし》な顔をしていた。

魔王になる前でさえ、こんな顔で、好意を持っているのかと聞かれたことはない。

ふたりで告白しあったときだって、どこか照れ隠しするような表情だった。

いまさらながら気づいた。子作りしようと体だけ契ってみても、お互いまだ子どもだったのかもしれない。

「真昼からときどき恐怖の匂いがする……俺のこと、真昼は本当は恐いんじゃないの？」

どきっ……ちょっ、なにそれ⁉

恐怖の匂いを嗅ぐなんて、月読はできなかったよね……ごくり。思わず生唾を呑みこんじゃったけど、魔王の能力って、本当にどこまでチートなの⁉　月読ぃぃぃい、今後、他人の感情読むのは禁止です！　そう叫んでしまいたい！

ああ、もう。月読は私の顔色をうかがうことはあっても、どちらかというと——ううん、正直言ってかなり空気が読めない子だったのに。

二重の意味でショックだ。月読がどんどん変わっていってしまうことにも、私がいまの月読を畏れているって知られていることにも。

思わず月読から目を逸らした私の体に触れて、月読は脚に脚を絡めた。これってどういう意味かな。えーと、私が怖がってても組み敷いてやるからとか、そんな俺様宣言だったりして。う……なんていうか、私のバカバカ。ショックなのに強引な月読って、これはこれで新鮮だななんて思っちゃって、不覚にも胸がきゅんとときめいてしまった。

「ふぁ……つくよ、み……あぁんっ――ん、ぁ」

泡を含んだ脚と脚が擦れると、ざわりと体のなかが熱くなる。

気持ちよくて、腰が蕩けそうになる。脚を絡めながらも手の甲に、手のひらに口付けられるのは、どきりとする。なんか手に口付けられるのって、ちょっとお姫さま扱いされているみたいで、悪くないっていうか……ときめきのシチュエーションだよね⁉

肌を撫でられると、感情とは別に、体は快楽を感じる。それを知られているのかどうか。私の髪に指を入れて撫でながら、月読は首筋をちゅっと吸いあげた。

「……いいよ、もう。答えなくても。だって真昼は俺のものだから……白砂は魔王の力のために真昼を差しだすしかないんだから……んっ」

むむ……なによそれ。

『白砂は魔王の力のために真昼を差しだすしかない』って――まぁそうなんだけど……。なんだかもの扱いされたみたいで、ちょっとむかつくじゃない。月読のバカ。唇を尖らせて拗ねてみせるけど、月読の指先が、私を自分のものだと誇示するように臍回りを執拗《しつよう》に撫でると、お腹がきゅうっと痛いくらい疼く。

うぅ……たぶん私、魔王の月読のことは怖いけど、やっぱり豹変している月読にときめいてもいるよね。そのせいか、月読の手が次第に下方に伸びると、期待に昂ぶっていた体がびくびく跳ねてしまう。

「あっ……やぁ、月読、そこ――ぁぁんっ、ふぁ……ぁあんっ」

艶めかしい声が、唇から零れた。

「あれ？　おかしいな……綺麗にしているつもりなのに、どんどん蜜が零れて汚れてるみたいだけど……？　真昼のここは壊れちゃったのかなぁ」

月読の低い声で囁かれると、ずくんと腰に響いて、快楽が強くなる。さらにくすくすと嗜虐的な笑みを浮かべた月読の指で、ぐじゅりと陰唇の割れ目を辿られると、鋭い嬌声が迸った。

「ひゃぁぁあっ！」

ぞわりと悪寒めいた快楽が背筋を這いあがる。なのに、敏感になったところをさらに指先を動かされて、私の体はびくびくと陸にあがった魚のように跳ねた。

「あっあっ……やぁ、そんなにかき混ぜちゃ……ぁぁんっ――ひゃ、あっ！」

蜜が溢れる場所を捏ねるようにして嬲《なぶ》られると、膣の奥がひくひくと収縮して、ひっきりなしに感じてしまう。

「あはは……ほらまた、いやらしい蜜がいっぱい溢れてきた……気持ちいい？　真昼……本当に壊れたみたいに喘いじゃって……んっ」

ちょっと月読のバカ！　壊れたみたいって、月読のせいじゃないの！　と言いたい。言いたいけど、ざわざわと官能を開かれた体が疼いて、口にする余裕はなかった。

月読の手が太腿の内側を擦るのも、そこにちゅっと口付けたあとで吸いあげて痕《あと》を残すのも、やっぱり辛い。甘い息が零れて、ずくずくと体の内側から灼かれていくみたい。

ふぇぇ……なんか私ってばどんどん月読に開発されちゃってない？

初めからこんなに感じていたのかな……『子作りハウス』に移ってきてからされたときも、かなり喘いでいたとは思うんだけど……。

「ふぁ……月読、やだぁ……あぁんっ、お腹痛いから……ふぁ、触っちゃダメ……あぁぅ」

考えるそばからまた喘がされて、咽喉が痛い。でも肌を撫でられるだけで、ダメ。陰唇を嬲られたり、胸の蕾を抓まれるのも感じるけど、いやらしい手つきで腰を撫でられると――。

「ひゃぁあんっ……やだってば！　いまそう言ったばかりなのに……！　ひゃ、あぁっ」

ああ、ダメぇ――なんでかわからないけど、一度感じ始めると、肌を触られるだけで辛い。

腰の奥がずくずくと物欲しそうに疼いて、熱がちっとも収まりそうにない。

月読ってば私を抱くとき、いつもより攻め度が高いけど、今日もいやらしい子！

膝を月読の肩に担ぎあげられ、濡れた秘処にねっとり舌を這わされると、「あぁん」と艶めかしい声をあげて、いやらしい月読を堪能《たんのう》させられてしまう。腰の奥が痛いくらい疼く。

ねぇ月読、知ってた？　この切ない疼きは、女の人の子宮が、抱かれている相手の精が欲しいって——子どもが欲しいって合図なんだって。

「私、月読のものだよ……だから、月読は私のことを好きにしていいから……だから……」

「『だから、白砂王国に留まれ』って？」

いままで聞いたことがないくらい皮肉まじりの声が降ってきて、胸が痛くなる。本当は私だって、こんなことを言いたくないけど、仕方ないじゃない。だって月読が勝手に魔王になっちゃったんだもの。私は涙を堪えて、小さくうなずくことしかできなかった。

「ふぅん……じゃあ……遠慮なく」

そういうと、月読はぺろりと陰唇の割れ目を舐めて、舌を私の秘処に這わせた。舌っていうか、ぬるりとした生き物の触手みたい。やわらかいのに陰唇を丁寧に舐めとられると、気持ち悪いのに気持ちいい。すこしずつ官能を高められていた体は、執拗な舌遣いに責められて、あっというまにびくびくと跳ねた。

「あっあっ……ひゃ、ぁあああんっ……」

感じさせられて、鼻にかかった嬌声がひっきりなしに漏れる。

すこしだけ体に残っていた泡で、体が滑るのも肌が敏感に感じてしまい、胸の先が痛いくらい起ちあがっていた。ああもう……頭の芯まで蕩けて、おかしくなってしまいそう。

頭の芯にどろどろに甘い甘い蜂蜜を流されたような気分でいると、月読が低い声で囁く。

「気持ちいい……真昼？　蕩けそうな顔をしているよ……快楽を感じて、いまにも上りつめそうな……メスの顔だ」

風の軍師と同じ、メス扱いする言葉に、かぁっと頭に血が上る。月読の背には黒い翼がバサリ。錯覚かと思ったら本物だ。私をからかってうれしそうにしっぽ……じゃない、翼が揺れている。

月読ってば翼まで出しながら、なんてことを言うのよ！　信じられない……バカバカ、こんどそんなことを言ったら許さないんだから！

たっぷりと口答えしたかったけど、実際には声にならなかった。

月読の唇にひどく感じるところをちゅっと吸いあげられたせいだ。雷に撃たれたときのように、激しい快楽がつま先から頭の天辺まで駆け抜けて、びくんびくんと痙攣《けいれん》したように体が跳ねた。ふわぁって、体ごと持ちあげられた心地になって頭のなかで星が散る。

私は月読の舌にイかされてしまった。

「ほら……イったならイったと……気持ちよかったといってごらん、真昼？」

ぞわりと、腰に響く声を出さないで欲しい。イったばかりの体があっというまに、また感じたがって、体の芯がきゅうっと痙攣したようにひくついた。ダメだってば、わたしの体！

理性で快楽を抑えこもうとしても、絶頂を感じたばかりの肌をするりと撫でられるだけで、快楽に腰が揺れる。熟《う》れた胸の蕾をきゅっと抓まれて、「ひゃうんっ」と甲高い嬌声が理性の代わりに答えていた。

うわぁぁぁん、私のバカ！　なんでこんなに快楽に弱いの⁉

さらには早く「気持ちいい」と答えろと言わんばかりに胸の先を舌で転がされて、私は月読の責め立てに、あっというまに陥落させられた。

「……ひゃ、う……き、気持ちいい……です……は、ぁ……ん」

こんなの、ひどい。って思うけど、考えても仕方ない。だって私の体は月読に責め立てられても快楽を感じているんだから。ときどき翼が当たるのもくすぐったくて、肌が粟立つ。

「すごく、気持ちいい……もっと……気持ちよくして、ください……」

機械的に言葉を繰り返すと、苦い口付けが降ってきた。さっきまで、月読が——魔王が私の秘処を舐めていたせいだ。

「ん、ぅ……」

口腔に舌を入れられて、舌で舌を弄ばれると、舌の裏がびくんと痺れる。口付けは甘くて気持ちいい。もっともっととねだるように自分からも舌を絡めると、甘い吐息が漏れて、誰のものともつかない唾液を呑みこんだ。

「は、ぁ……あぁん……っ」

だんだん、また息が荒くなってきて、体の芯がずくずくと痛んだ。いまにも膿《う》んだ快楽に墜ちて、理性なんて欠片もなくなってしまいそう。そんな快楽に飢えたところに、太腿の柔肌を撫でさする月読が、魅力的な声で、もっと堕落しようと誘いかけてくる。

「膣内に入れて欲しい？　真昼……？」

ああ、もうダメだ。どろどろに甘い蜂蜜を流された頭に低い声で囁かれると、この声に逆らう気が欠片も失せてしまう。

「あぅっ……入れて欲しい……は、早く……は、ぁん……」

乱れた息で、あえぎあえぎ答える。早くしてほしい。時間が経って我に返る前に、快楽でなにもかも、わからなくなってしまいたい。

「魔王の俺の肉槍に穿《うが》たれて、気持ちよくなりたい?……真昼」

魅惑的な魔王の声が、私のほんのわずかに残っていた理性を搦め捕っていく。

捕食されるときの小動物って、きっとこんな気分なんだろうな。

もうとっくに私は急所に噛みつかれていて、いつ月読に息の根を止められても不思議はないんだよね、きっと。

そう思った途端、ぶるりと体が恐れおののいて、まだすこしだけ残っていた期待のようなものがすとん、と闇に落ちていった。

だって月読はもう私なんかいなくても、なんでもできる。

女の子にもモテてるし、本当は授業だって受ける必要なんてない。

だって魔王なんだもん。その気になれば、きっと世界は月読のものになる。

——もうお姉さんの代わりをする私なんて、必要ないんだ……。

そう思った瞬間、痛感してしまった。やっぱり幼馴染みの、のほほん眼鏡の月読は、ナノカ岬砦で死んでしまったのかもしれないって。

「……っぁ……ま、魔王……さまの肉槍が……ほ、欲しい」

『魔王さま』と、風の軍師が言っていたように口にすると、なぜだろう。これまでそう呼ばなかったのが不思議なぐらいに、しっくりと腑に落ちた。やっぱり、魔王って畏怖《いふ》すべき存在なんだねって、変に納得してしまう。

「へぇ……『魔王さま』ね……ん……じゃあ、要望に応えて、真昼には俺の肉槍でひぃひぃ喘いでもらおうかな？」

幼馴染みの月読だったら、きっとこんなことは言わないよ！　そんなツッコミを心のなかでだけしていると、体をぐぃっと大きく開かれた。

挿入される。そう考えた瞬間、ぎゅっと目を閉じていた。

早く終わって……そう祈る思いでいたのに、おかしい。陰唇を開いて入ってきたのは、太い肉棒ではなくて、明らかに指先で——と気づいて、ぎくりと体が強張った。まさか。

「や、やだ……ダメ、とっちゃ……！　あぁんっ」

体の奥からずずっと引き抜かれる感覚に、認めたくなくても、快楽を感じた声が漏れる。知られてしまった。避妊しようとしていたことを。

「ねぇ……真昼。あんなに子どもを欲しがっていたのに、どうしちゃったの？　魔法具の海綿なんかで、俺の精を吸いあげてしまったら、子どもができないじゃないか」

そう言って、にっこり笑う顔には魔王の冷酷さが漂う。

「や、あぁ……っひゃぁあっ……だ、ダメ、膣内に出しちゃ、やだぁ……あっあっ……！」

身を捩って逃げようとしたけど、体は簡単に月読の肉槍に跳ねていた。

力で押さえつけられれば、簡単に組みしかれる。ずっと昂ぶらされていた体は、硬くなった月読の肉槍を簡単に受け入れた。

やだ、こんなの……ダメ。気持ちよすぎて、頭が変になる。

私、月読の性戯《せいぎ》に溺《おぼ》れさせられてしまう——。

膣内の感じるところを、肉槍の括れが抉って、びくんびくんと勝手に腰が揺れた。

ずずっ……ぐじゅりといやらしい水音を立てて、抽送をはじめられると、さらに快楽が強くなった。もう、意識が吹き飛んでしまいそう……。

一度引き抜かれて、また膣内に勢いよく押しこめられると、内臓が揺さぶられるような心地が苦しい。なのに私の体の奥は、月読の肉槍を喜んで、きゅうきゅうと膣が物欲しそうに収縮を繰り返していた。いつのまにか、月読の翼が消えていたのにも気づかないくらい。

ぱん、ぱんと音を立てて肌が密着するように抽送を繰り返されると、そのたびに、ひどく感じるところを肉槍が掠める。

「あっあぁんっ——そこぉ……ふわぁんっ、あっあっ——！」

短い喘ぎ声をあげながら、頭のなかで星が散った。ぞわぞわと言葉にできないほどの快楽が背筋を這いあがり、繋がった場所からひっきりなしにいやらしい蜜が零れてくる。愉悦に蕩けた私は、もうまともにものが考えられなくなっていた。

「ほら、すごい……真昼の膣が俺の精を欲しがって絡みついてくる……いっぱい奥に注いであげるよ……早く子どもができるように……ね、真昼」

聞いたことがないほど昏《くら》い声で囁かれながら、魔王になった月読の肉槍に、私は絶頂に上り

つめさせられる。くる――やだ。でも、腰は勝手にぞわぞわと揺れて、快楽を貪っていた。

「や、ぁ……ひゃぁっ……あぁんっ……！」

ぶるりと体のなかで肉棒が震える感触がして、強く膣の奥に熱を感じる。とうとう子作りの精が私のなかに放たれた。放たれてしまった。

「あぁん――……」

絶望とも絶頂の果てともつかない声を漏らした私に、月読がちゅっといとおしそうな口付けを落とす。

「泣いている真昼もかわいい……今度こそ、逃がさないよ？　たとえ、俺のことが嫌いでも、白砂王国のために、真昼は拒否できないだろう？」

陰になった月読の顔がやけに艶っぽい。泣きたいときでも、かっこいいものはかっこいいと思えるんだね。バカみたいだけど。フェロモン全開ってこういうことかな。

「真昼はもう俺のものなんだから……」

そういう月読の声が、泣いているように聞こえるのは気のせいだろうか。

びくんびくん、と体が快楽に跳ねて、

――ああ……こんなにひどいって思うのに、気持ちいい……。

そう思ったのを最後に、私の意識は真っ白な恍惚に融《と》けてしまった。

第八章　魔王だって愛している!?

「あっあっ……ひゃ、う……あぁんっ……」

部屋に閉じこめられるようにして、月読に抱かれる日々が、どれだけ続いたんだろう。

喘ぎすぎて声は嗄れ、体は感じるあまり、快楽しか感じなくなっていた。

なんていうか、いまの私っていわゆる性奴隷《せいどれい》ってやつ？

月読の気が向いたら抱かれて、言うとおりにしなければ、「やっぱり樹海魔族の側につこうかな？」なんて脅される。「月読の安全のためにも子作りをしなきゃ！」なんて考えていたときと比べると、ちょっと信じられないくらい堕落した生活を送っている。

でも仕方がないんだよね。だってもし魔王が、あのチートすぎるハイスペックな能力を使って敵として攻めてきたら――ほんのわずかに想像するだけで、無理。ぶるぶる……体が自然とおののいてしまう。

だって私は無力だ。ステータスを見て、それがどんな種族なのかわかる能力なんて、戦いの場においてはなんの意味もない。魔王が手に持つ大鎌を気まぐれにほんのひと振りするだけで、一刀両断。簡単に命を奪われてしまう。

うぅ、私って本当に、魔法使いとしての才能がない……。

ずっと努力してごまかしてきたけれど、努力だけじゃ辿りつけない才能の高みを見せつけられた。自分の能力なんてなんの意味もなかったと、ただ打ちのめされてしまった。

白砂王族である雨水さまよりも強い有翼高次魔族。

私の理解を超える力を持つ魔王。

――そう、いまの月読は、ひとりでなんでもできる。

昔のように私が勉強の面倒をみてあげる必要はない。困っていたら、いっしょに相談に乗ってあげなくても、たいていのことはどうにかできる。

だって魔王なんだもん。

もう、お姉さんのように面倒を見てあげる私は、月読には必要がないんだ……。

『真昼ちゃん、遊ぼう』なんて、私を呼びに来た月読はもうどこにもいない。

なんていうかそれは、月読が魔王だと知ったのとは別のショックだった。じわじわと自分が月読にとってなんの役にも立たないとわかって、私の心のなかでなにかがぷつん、と切れた。

ちょうどそんなころ、白砂王からの月読に対する裁定が下った。

『もし魔王の月読が白砂王国軍に与《くみ》するなら、その生命を保障する』

とのこと。つまり、月読が望むなら、安全に白砂王国で生活できるようになった。

「うん……まぁ、妥当《だとう》なところだよね。白砂王国軍としても、わざわざ魔王ほどの戦力を失いたくないし、仮に敵に回しても、倒すためにどれだけの戦力が必要なのか、まったく想像がつかないからね」

そう言って、雨水さまは肩をすくめて笑う。その話を月読はあいかわらず感情が読みにくい顔で聞いていた。

誰からも恐れられるほど強いって、なにをしても許されることなのかな。

月読に抱かれながら、私は考える。もし月読が望むなら、白砂王国中の美女を集めて、後宮ハーレムを作ることだって許されるのかもしれないなぁなんて。

だって、すでに周りの反応だって笑い出したくなるくらいに変わってしまったのだ。

「あれが、噂の月読くん？　やだ、かわいい顔をしてるじゃない」

「そばにくっついている女と『子作りハウス』にいるって本当？　でも結婚してるわけじゃないんでしょう？」

授業を受けに教室に行くと、月読を目当てに、女生徒たちがひっきりなしにやってくる。

なんと、のほほん眼鏡の月読にモテ期到来！　私なんて不要になるくらい、常時女の子たちに囲まれるようになってしまったのだ。

あ、ヒト族に畏れられている魔王なのにって、思ったでしょ？

実は、魔王の月読が学校に通っていることは最高機密《トップシークレット》。

第六魔王だということは隠しているんだよね。白砂王国に残るための条件で。

なんといっても魔王。伝説の、畏怖されるべき存在だ。

それが身近にいることを知って、白砂王国の国民がパニックに陥ることを恐れたらしい。

実際私だって、幼馴染みの月読じゃなくて、誰かまったく知らない人が魔王になって同じ学校のなかにいると知ったら、たぶん登校拒否していたと思うもんね。

だって、雨水さまや風の軍師だって、足がすくんでしまうくらい怖かったんだよ？　そのさらに上を行くハイスペック魔族の魔王だなんて！

絶対お近づきになりたくないよね⁉　無理無理。だって、ヒト族の敵の総大将なんだもん。

でもほかの人たちは月読の真実を知らないから、そんなに怖くないらしい。むしろ逆に、変に都合がいい誤解をしているくらい。

「こんなかわいい子なら、年下でも構わないわ……ねぇ、今度、私とデートしない？」

大学部のお姉さまなんて、月読に面と向かって、そんなことまで言いにきたのだ。

「へぇ……大学部のお姉さまとデートか。それは……大人なデートになりそうだね」

「あら……もちろんよ。たまにはそういうのも、悪くないでしょう？」

そう言ってちらりと大学部の先輩は、月読のそばにいる私に蔑《さげす》むような視線を向ける。いかにも、おまえなんてもうすぐ用済みなのよ。といわんばかりだ。

魔王として覚醒《かくせい》する直前の月読の行動は大学部のお姉さまを中心に英雄視されている。

おまけに月読は、無意識にフェロモンだだ漏れ状態。

以前はのほほん眼鏡の月読なんて眼中になかった女の子たちさえ、熱い視線を送ってくる。

しかも誘いかけられる月読のほうも、まんざらでもない様子で、楽しそうに女の子たちの相手をしていたりして――私はだんだんとそれを見ているのが嫌になってしまった。

あ、そうなんだ。やっぱり月読は誰が相手でもいいんだ。

これからもっと魔王としての記憶がよみがえったら、きっと最後には、私のことなんてどうでもよくなる。そうしたら、性奴隷としての役目も終わりだよねっ。こんな生活、それまでの辛抱だよね。

そう思いながらも、心はモヤモヤして晴れない。

その日から私は、月読に話しかけられても、答えるのをやめてしまった。

「ねぇ、真昼。ちょっと……おいしいご飯を食べに雨水のところに……真昼？」

そんなふうに話しかけられても、無視だ。

別に私と行かなくたって、誰とでも好きにどうぞ。凍りついた表情のまま、私はもう月読のほうを振り返らなかった。

そんな、一見普通のようで、いままでとはまったく違う日常に次第に慣れたころ、北方戦線に四天王——風の軍師が現れたとの一報が入った。

その一報のほんの数日前、かねて恐れられていたことが現実になっていた。

大規模な寒波が起こり、どうやら白砂大陸と樹海大陸が北方で陸続きになったらしい。そこに、陸上歩行する大型の魔族を指揮して、風の軍師が攻めこんできたのだという。

北方の危機的な戦況は一時的にせよ軍属している魔法学校内でもあっというまに広がり、私と月読は緊急に雨水さまに呼び出されたのだった。

「月読、風の軍師と戦ってもらえないか？　そうすれば……君が本当に、白砂王国に敵対しないという確かな証拠を示せると思うんだ」

雨水さまは、月読にそんな説得をはじめた。どうやら、雨水さまは白砂王国内にいる反魔王派みたいな連中を心配しているらしい。

どうなのかな……その人たち。たぶん、魔法使いじゃない人たちだろうな。

昔の月読がただの末端貴族にすぎないからって、魔王の能力をナメてるとしか思えないよね。無知って恐ろしい。私が呆れた気分で雨水さまの話を聞いていると、暁兄さまが心配そうに意見を挟んできた。

「といっても雨水さま、白砂王国軍の正規部隊はそう思ってませんよ。月読を連れて行くのは上層部を刺激しませんか？　彼らの反発が強くなると、月読をかばう雨水さまにも害が及ぶかもしれませんよ？」

暁兄さまがこんな常識的なことを言うなんて！　こう言ってはなんだけど、珍しい……明日は雪じゃないかな？　なんて思わず突っこんでしまったけど、実は最近、雨水さまと暁兄さまの役割が逆転したみたいなんだよね。

以前はむしろ、雨水さまのほうが常識人で、暁兄さまはちょっと斜め上のことばかり言っていたと思う。私のことが大事なのはいいのだけれど、ちょっとシスコンというか、常識から外れていたというか。

でも、月読が魔王だとわかってから、その役割は変わってしまった。

雨水さまが月読のことをかばうと、白砂王国のなかでの雨水さまの立場が悪くなるかもなんて、暁兄さまがちゃんと心配しているんだよ？　ちょっと見には、まともな側近が頭のねじが飛んだ王様に諫言《かんげん》しているみたいで、びっくりしてしまう。

まぁ、私にしてみれば、どっちでもいいんだけど。

あ、月読が魔王だということを隠しているといっても、秘密を守るために必要だからと一部の人には明かしている。暁兄さまはそのうちのひとりだ。確かに、雨水さまの側近だから、知っていないといろいろと困るしね。

「北方って……なんか寒そう」

月読は魔王にしてはくだらないことを言う。

北方戦線というのは、魔法石から魔力の供給がしにくい戦線で、強力な魔法使いでないと、自分に心地よい環境にする魔法を使い続けるなんて無駄ができないらしい。

しかし、なにせ魔王はハイスペック魔族。自分の体を暖めるために周囲の温度を変える魔法を使うなんて、造作もないはずだ。それをずっと維持し続けるのも。

だから、月読が「寒そう」と言ったのは、言葉どおりというより、「面倒くさい」という程度の意味にすぎなかった。

「ちゃんと、暖かくて快適な船を用意させるから、ひとまず戦場だけでも見てくれないか？　ね、真昼ちゃんもいっしょに」

雨水さまの最後の言葉に、私はがっかりした。やっぱり私も行くのか。どうせ戦場に行っても、私なんてなんの役にもたたないし、月読に抱かれるだけなんだよね。

一部の人からなんて呼ばれているか知ってる。魔王の専属娼婦《しょうふ》だって。あながち嘘じゃないところが恐ろしい。口答えする気力もないけどね。

‡　‡　‡

そんなわけで、無理やり移動させられてきました、北方戦線。

やっぱり寒い！　ちょっとでも、甲板の上に出ると、歯の根が噛み合わなくなってしまうほどの寒さ。

こんなに寒いんだから、海だって凍りついてしまうに決まってるよね。できれば、こんなときに凍って欲しくなかったけどね。

見渡すかぎりの氷原と吹雪《ふぶき》の向こうに、ちらちらと灯りが見える。

風の軍師が指揮する魔族の陣営だ。寒さに強い個体や魔法で体温を維持できる高位魔族はともかく、中程度の魔族だと、やはりヒトと同じように毛皮を使って風や雪をしのぐほうが戦意が保てるのだろう。

ひととおり外を見て気がすんだ私が部屋に戻ろうとすると、船室中央の応接間で正規軍の制服を着た将校が雨水さまと向かい合って座っていた。雨水さまの隣には、月読もいる。

「この少年が本当に魔王なんですか？　雨水さま……とてもそんなふうには見えませんが」

「そう？　高位の魔法使いなら、彼の能力に畏怖を感じるんだけど……おかしいな？　君、確か魔導士だったよね？」

雨水さま、その嫌み、ちょっと恐いです！

揶揄を含んだ雨水さまの言葉に、聞いているこっちの背筋が寒くなってしまう。

どうも月読が絡んだ話をするとき、雨水さまの腹黒を隠すやわらかい仮面が剝げかけている気がする。ちょっと恐い。暁兄さま、早くフォローに入って！　なんて私の必死の訴えが聞こえたわけではないと思うけど、暁兄さまがやんわりと言う。

「恐れながら、雨水さまがおっしゃったことは本当です、准将《じゅんしょう》。ナノカ岬砦に隕石襲雨《メテオ・ストライク》が降ったことは近隣の村からも確認されておりますし、彼が六枚の漆黒の翼を広げて飛ぶところを私も見ました」

うんうん。そうだよね……ほかにも遠見の人だって見ているんだし、いまさらごねたって無駄だよね。雨水さまが苛立《いらだ》つのもわかる。この准将が言うことは、現実感がなさすぎる。これからいやっていうほど戦場の現実を目の当たりにして、打ちのめされなさい！

「六枚の漆黒の翼ね……それならいまここで、見せていただきたいところですな」

「別に……構わないよ」

くすりと妖艶《ようえん》にも見える笑みを零して、月読はソファから立ちあがるなり、ふわりと漆黒の翼を出現させた。

別に制服が破れているわけじゃないから、どうやっているのかと雨水さまに聞いたことがある。どうやら魔法の力で、制服を一時的に切り裂いているらしい。翼をしまうときには、同じように魔法の力で閉じると、見た目には元どおりに戻るのだそうだ。

「ちょっとここでは……狭いかな？」

月読の六枚の翼は、天井にぶつかって、なんだか狭苦しそうだ。もともと、こんなところで広げるものじゃないしね。准将は自分で口にしておきながら、まったく信じてなかったのだろう。突然現れた翼に驚いて、腰を抜かしている。ざまあみろ！

そんな状況下で、バタバタと焦燥感《しょうそうかん》に駆られるような足音が近づいてきた。

「准将、白砂王国軍第四大隊が消滅しました！」

その言葉を皮切りに、敵襲のサイレンが鳴り響き、痛いくらいに張りつめた空気が船内に満ちる。

「獣系魔族とは普通に戦っていたんですが、風の軍師がきたとたん、前線の魔導士が次から次へと防御障壁を破られまして……」

報告を聞く准将の見る間に青褪《あおざ》めていく顔と、雨水さまの、それみたことかという表情は、まるで対照的だった。

ナノカ岬砦のときには、砦の防御障壁はかなり強力だと感じたけれど、それは砦に埋まっている〝根の石〟が強力な魔法石だったかららしい。

砦に埋まっている魔法石は、どうやら力の差が大きいようで、ここ、北方戦線には長城はあっても、力のある魔法石は埋まっていない。

長城の外に出て戦うとなると、魔導士は魔法石の力を使うことができず、自分の魔力だけで戦わなければならない。雨水さまや魔王の月読のように魔力が高いならともかく、普通レベルの魔導士では、よほどうまく戦わないかぎり、先天的に魔力が高い魔族には敵わない。

だからこそ雨水さまは、月読を引っ張り出してきたのだ。

『魔力　９９９』なんて、魔王ぐらいしか存在しないものね。

「しかし……一個小隊ではなく、大隊？　いったいどのくらいの魔法使いがやられたんだ？」

「……そ、それは……少々お待ちください。いま、確認してまいります……」

准将は真っ青な顔で、倒けつ転びつしながら、応接間を出ていった。

「まったく愚問だな……月読。翼を広げてあんな小物を驚かすんじゃなくて、風の軍師と戦ってきたほうが、すっきりするんじゃないのか」

「……めんどくさい」

そう言いつつも、意外にも月読は雨水さまの言葉に従うつもりらしい。柱の陰から見ていたせいで、歩き出した月読と目が合ってしまい、私は慌てて視線を逸してしまった。髪飾りの音がしたし、絶対に気づかれているけど、まぁ、いいや。

このところずっと、私は月読と話をしていない。もちろん目が合っても、無視。話しかけられても、無視。笑いかけられても、微笑み返したりしない。

どうせ私なんて、体だけの存在なんだから。

外に出ていく月読と入れ違いになるように、私は自分の部屋に引きこもることにした。

ところがしばらく経って、今度は雨水さまから呼び出されてしまった。

「真昼ちゃん、月読と喧嘩《けんか》したにしても、そろそろ仲直りしたらどうかな？」

雨水さまからそんな仲裁めいたことを言われても、困る。別に元から喧嘩なんてしてないし。仲直りなんてしようがない。

ふぃっと反抗的に顔を逸らすと、雨水さまが困ったようにため息を吐く。

この場に、月読と暁兄さまがいないところをみると、どうやら戦闘準備に向かったのだろう。ご苦労さまなことだ。

どうせ月読なら、あっというまに片づけて帰ってくるんだろうけど。

そんなことを考える私は、いったいいつからこんなに拗くれた性格になったのか。

自分でもこんな自分は嫌だけれど、じゃあどうしたらいいのかが、わからない。

優等生で、ちょっとできが悪い月読の世話を見てあげる、やさしいお姉さんのようだった私。

あの私は、のほほん眼鏡の少年にすぎなかった月読が死んでしまった日に、同じように死んでしまったに違いない。

「僕は……真昼ちゃんは違うと思っていたんだけど……やっぱりダメ？　魔王の月読は受け入れられない？　もう嫌いになってしまった？」

唐突にそんなことを言われて、困惑する。なんで雨水さまが、そんなことをおっしゃるんだろうと顔をあげると、どうしてだろう。なぜか雨水さまのほうが傷ついたような顔をして、私のことを見ていた。

「べ、別に……嫌いになるもなにも……ないです……どうせ、私なんて……魔王にしたって、魔王の月読にしたって、性奴隷ていどの価値しかありませんから」

なるべく感情をこめない声で言おうとしても、声が震えそうになってしまった。

自分で自分にため息が漏れる。だって泣きたくなるってことは、心の奥底ではまだ期待しているってことだもんね。月読にとって私はなんの価値もないんだと、何度も思い知らされてるくせに……私って、バカみたい。

「じゃあ、真昼ちゃん。月読がもし誰でもいいというなら、真昼ちゃんは僕に乗り換えてみない？」

「は？　雨水さまに……乗り換えて？」

突然、なんの話だ。あれ？　私、なにか雨水さまの言葉を聞き損なったのかな？　話が通じてないような……あれれ？　たちまち頭が疑問符でいっぱいになった私に、雨水さまはまるで呪文を重ねるように言葉を重ねた。

「僕のね……真実の姿を知るものは少ない……暁だってみたことがないし、血縁のなかにも見せたことがない弟妹がいるくらいだ。でも真昼ちゃんは僕が翼を広げた姿を見ても、嫌悪せずにこうやって普通に話してくれている……結婚するなら、そんな人がいいと思っていたんだ」

唐突の告白タイム⁉　いったいなんで⁉

私が混乱していると、バキッとなにかが折れる音がしたけれど、気のせいだろうか。あるいは、船の外でなにかあったんだろうか。

「あ、え……でも、私……すでに月読とその……しちゃってますし……身分だって雨水さまのお相手としては全然ふさわしくありませんし……」

「そんなの、全部承知の上だよ。僕の身分にふさわしく、将来の王にふさわしい貴族のご令《れい》嬢《じょう》には……僕の本当の姿は明かせない……たぶんね」

そんなことが問題なのだろうか。

私に雨水さまのお相手なんて、務まるわけがないのに。

「どう？　中身は大して変わらないけど、白砂王国では魔王より第一王子のほうが相手としてよくない？　それとも僕って、個人的にそんなに魅力がないかな？」

「と、とんでもないです！　（チャームのスキルのせいかもしれないけど）雨水さまに魅力がないなんて、そんな！　雨水さまは王子の肩書きがなくたって、十分素敵ですから！」

それは間違いない。たとえ腹黒でも……いや、本当は腹黒なところも、雨水さまの魅力のひとつだと思う。そう力説したところで、またバキッというなにかが折れる音がした。あれ？これって窓の外で氷が落ちる音かな？　そういえば、船で北上してだんだん寒くなってくると、窓に氷柱ができて、それが落ちるとき、こんな音がしたもんね。

「じゃあ、僕を選んでくれる？」

「ええっ!?　や、それとこれとは話が別……」

話が別に決まっている——と言おうとしたところで、雨水さまの腕が腰に回され、覆いかぶさるようにして抱きしめられていた。

「なんで？　僕は意外と君のことが気に入ってるんだけどな……あれ、これって僕の片思いってこと？」

雨水さまの緑眼が、キラキラとすごく輝いて迫ってくる。

これってもしかして、私……雨水さまにキスされようとしているの⁉

キラキラの金色の髪、白皙の美貌が圧倒するように近づいてきて……私の胸はドキドキしっぱなしだった。雨水さまにキスされたいという気持ちも、雨水さまに憧れる気持ちも確かに私のなかに存在している。なのに、ふわりと長い金色の髪が頬に触れたとたん、頭を過ぎったのは、黒髪眼鏡の少年の顔で——雨水さまじゃなかった。

「や、ダメ……！　雨水さま、待って……っ、月読ぃっ！」

助けを呼ぶのに、私のことを性奴隷扱いしている相手を呼ぶのはどうなの⁉　って思うけど、とっさに出ちゃったんだから、しょうがない。

自慢じゃないけど、もう十数年そうやって幼馴染みの名前を呼んでいたんだから、そんなに簡単に変えられるわけがない。

——好きだという気持ちだって。

「ふぇ……」

好き。私はやっぱり月読のことが好き。

辛くて見ないふりをしていた気持ちを思い出したら、涙が溢れて止まらなくなってしまった。

雨水さまの腕からくずおれるようにして床の上に座りこみ、ひっくと咽喉をしゃくりあげる。

唐突によみがえった感情が、こんなにも苦しいなんて。

「やっぱり、月読がいいんだ？　真昼ちゃんは、月読が好きなんだ？」

雨水さま、卑怯です。こんな、気持ちが溢れだしてしまったときに、やさしく聞かれてしまったら、うなずかないわけにいかないじゃないですか。

私はぽろぽろと涙を零しながら、小さくうなずいていた。

「す……好き……でも、月読はもう、私のことなんていらないんだもん……」

雨水さまに敬語を使うことも忘れて、私は子どもが駄々をこねるように言ってしまった。

「だから、月読に冷たくしてたんだ？」

またしてもやさしく聞かれて、やっぱり私はうなずいてしまった。

「だって……お、お姉さん役の私なんていなくても、月読はひとりでなんでもできるし、ほかの女の子にもモテモテで……そばにいるのは私じゃなくたっていい……」

お姉さんぶって面倒みてあげる私に、弟役の月読。

ずっとそれでうまくつきあってきたのに、月読が魔王になったら、あっさりその関係は壊れてしまった。

「お姉さん役か。真昼ちゃんはそう思っていたのかもしれないけど、月読は違ったのかもね」

雨水さまは、私は慰めるように頭を撫でて言う。

「僕はね、真昼ちゃん。月読だって男なんだから、いつまでも弟ではいられなかったと思うんだよ……ねぇ、月読？」

んんっ⁉——月読って……どういうこと⁉

ちょ、ちょっと雨水さま……いま、誰に向かって呼びかけてました⁉

泣き崩れていた私がギクリと身を強張らせたところで、柱の陰から月読が出てきた。

「つ、つ、つく、よみ……い、いまの、聞いて、いて……⁉」

黒髪眼鏡の少年はコクリと小さくうなずいた。その手には、折れ曲がった燭台《しょくだい》がふたつ。手を放したとたん、ごとんとふかふかの絨毯《じゅうたん》の上に落ちた。

さっき聞こえた変な音は、氷柱じゃなくて、もしかしなくても、あれ⁉

嵌められた！　そう気づいて、きっ、と雨水さまを睨みつけるけれど、美貌の王子さまは自分の策略がうまくいったことに満足したのか、にこにこと笑顔を返すだけ。

やられた裏切られた……腹黒をお持ちの雨水さまを信じた私が、バカだったのかもしれないけど、ひ、ひ、ひどい。

なんていうか、久々にショックだった。

月読にだけは、いまの言葉を聞かれたくなかった。だって月読は私のことなんか、どうでもいいのに。それが耐えられないから、感情がないふりをしていたのに。

知られてしまった。まだ私のほうは、未練たらしく月読のことが好きだって。

ショックと怒りで体が震えてくる。

どうしよう。いや、逃げよう。こんなところまで来て、逃げるところなんてないけど、とりあえず自分の部屋に引きこもればいい。そう結論づけて、くるりと踵を返そうとしたところで、腕を摑まれた。

「真昼、待って！」

久々に月読の声で名前を呼ばれて、思いがけず胸が震えた。

バカみたいバカみたいバカみたい。こんなことで、いまさら動揺してしまうなんて。

「は、放して……やだっ！」

泣き声で叫ぶと、月読がぎくりと身をこわばらせて、私の手は自由になっていた。

いまだ、逃げよう！　そう思ったのに、今度はいつのまにか雨水さまが出入り口の扉を塞いでいて、私の邪魔をする。

「君たち、結構似たもの夫婦だね。月読も同じようなことを言って拗ねているし……かなりの強情《ごうじょう》っぱりだし……なんだか焼けるな」

そんなことで、くすくす笑われても、怒りがおさまるわけがない。

「雨水さま、そこから退いてください！」

このさい、不敬には目を瞑ることにして、怒りに満ちた声をぶつけたはずなのに、雨水さまは軽く肩をすくめただけ。あくまでも微笑みを浮かべたまま月読の肩を持つつもりらしい。月読を擁護《ようご》するようなことを言い出した。

「月読、おまえだって、自分が魔王だと知ってショックを受けたんだろうけど、真昼ちゃんだって、すごくびっくりしたんだよ。それはわかってあげないと」

雨水さまはそう言いながら、私の体をくるりと回転させて、もう一度振り向かせた。

月読の――黒髪眼鏡の少年の、いつもと変わりがない姿がそこにあった。

変わっていることと言えば、制服の上に北方の毛皮のファーがついた暖かそうなジャケットを着ていることだろうか。魔王のくせに。自分で自由自在に温度調整できるくせに。まぁ、私も北方まできて制服を着ているから、月読のことばかり言えない。

久しぶりにまっすぐに見る月読の顔は、なんていうか、拗ねていた。唇を尖らせて、ものすごく不服そうな顔で私を睨みつけている。

幼馴染みの、のほほん眼鏡の月読とも、冷酷な魔王とも違う、複雑な表情をしていた。

「だ、だって……真昼、すごく俺のこと、怖がるんだもん。前と違って……異形になった俺に触られるのが嫌なんだ」

「そんなことは言ってないじゃない！　つ、月読のほうこそ、私が子ども作るのを嫌がったのに、む、無理やり海綿をとっちゃって、なかに出して……ひどいじゃない！」

あのとき、冷たい声で、「白砂は魔王の力のために真昼を差しだすしかないんだから」なんて言われて、私がどれだけ傷ついたことか。

確かに畏怖を感じていたけど、当然だ。私の防御力では、魔王の月読じゃなくても、雨水さまだって暁兄さまだって、急所を狙われたら、簡単に殺されてしまう。

月読の力が増して、脅威になればなるほど、私のささやかな防衛本能が危険を感じとる。そうでなければ、私ていどの小市民が戦争のなかで生き残れるわけがないんだから。

「突然、態度が変わったのは、魔王になった俺のことが嫌いになったからだろ⁉　俺のことが怖いなら怖いって、はっきり言えば⁉」

「なによそれ……変わったのは、月読だって同じでしょ!?　突然女の子に言いよられるようになって、デレデレしちゃって……」

反射的に口答えしてしまい、後悔する。こんなの、ほかの子に嫉妬してるって言ってるも同然じゃない！　うわぁ、恥ずかしい。ちょっと待って私。月読のペースに乗せられちゃダメだってば！　そう思うそばから、愚痴めいた訴えが口をついて出て、止まらない。

「だって、月読だって別に相手が私じゃなくてもいいんじゃない……月読だって……」

もっと言いたいことがあるはずなのに、感情が暴風のように吹き荒れて言葉にならない。

——私は月読に……本当はどうして欲しいのかな？

考えようとしても、よくわからない。ただ胸が苦しくて、月読の顔を見ていられなかった。

子どもの喧嘩みたいなことを叫んで、私は雨水さまに通せんぼをされた扉とは反対のほうへ走り出した。

「月読のバカー‼」

雨水さまの部屋には船内の廊下に出る扉はひとつしかないけれど、部屋から出る手段がないわけでもない。非常口を開けて、外に出てしまえばいいのだ。

「真昼!?　そんな薄着で外に出たら危ない……！」

月読の叫び声を背に、船室のバルコニーへの扉を開けた。そのとたん、冷たい雪礫がびゅうっと頬に打ちつける。ひぇぇぇ、さ、さむっ！　半端じゃなく寒い！　なんで私、こんな北方戦線で雪のなかを逃げるようなことをしなきゃならないの!?

自業自得《じごうじとく》だし暖かい部屋に戻りたいけど、でも月読と真正面に向き合うのはまだ無理だ。感情の整理ができない。

「そうだ、防御魔法！　わ、我は願う。一重二重、十重二十重に我らの敵を退け給え……加護障壁！」

慌てて呪文を唱えると、どうにか寒さが耐えられるくらいには、おさまった。でもこれは、私の魔力じゃ長くは続けられない。早く逃げなきゃ！　なんて思っているうちに、月読が追いかけてきた。どうしよう。狭いバルコニーにいたら、すぐに捕まってしまう。

意を決した私は、船から飛び降りることにした。

もちろん飛行術は使えないけれど、防御障壁があるし、下は積もったばかりの雪だ。大きな怪我はしないと踏んでの暴挙だった。

背後から慌てたような月読の声が追いかけてくる。

「真昼……！　なにをして……真昼ってば！」

「追いかけてこないでよ！　月読だって、私のことが嫌いなんでしょう⁉　もう関係ないじゃない。じゅ、樹海魔族のところにだってなんだって、好きなところに行けばいいじゃない！」

嘘だ。本当は行かないで欲しい。

そばにいて欲しいのに、ずっと抑えこんでいた感情が爆発してしまって、なにをどう言ったらいいかわからない。

――だって魔王の月読になんて、なにを言っても無駄だもの。

防御障壁を張っていても、外の凍りつくような寒さがじわじわと入りこんできて、鼻水が出た。情けない。泣きすぎて目は真っ赤になってるだろうし、鼻だってきっと同じだ。きっとすごくみっともない顔をしているに違いない。

そんな情けない状態の私と違って、飛行術が使える月読は、ふわりとバルコニーの手すりを乗り越えて、あっというまに私に近づいてくる。

ちっ……このチートハイスペック魔王めぇぇぇ。実力の違いを見せつけられると、私の心がますます拗くれるじゃないの！

「こないでよ！　これ以上近づいたら、承知しないんだから！」

そう叫んで、雪に足をとられつつも船から遠ざかろうとしていた私の体が、急にふわりと浮きあがった。

「だから月読、やめてよこういうこと……」

月読がやったと思い、苦情を口にしかけた私の耳に、思いがけない怜悧な声が聞こえた。

「これはこれは……魔王さまお気に入りのメス自ら出てきてくれるとは……私の手間を省いてくださって、ありがとうございます」

慇懃無礼な物言いとともに、双角を持つ魔族の姿が近づいてきた。風の軍師だ。

「ちょ……なんでこんなところに……あ……」

そういえばさっき、風の軍師に白砂王国軍の大隊が倒されたって報告を聞いたばかりだった。しまった。雨水さまや月読があまりにも慌てていないから、すっかり忘れていた。

樹海魔族軍のほうが優勢なんだ。

ひ弱な私はどうすることもできずに、あっというまに手を捻りあげられる。後ろ手にまとめられると、思っていたよりも痛い。こんなときこそ髪飾りに籠められた防御魔法、発動してよ！　と思ったけど、ダメだ。せっかく直してもらったのに。それとも私の魔力が尽きたせいで、環境維持の魔法を優先させているのだろうか。なんだか、だんだん寒くなっている気がする。

ひぇぇぇ、私、いろんな意味で大ピンチ！

「放してよ……別に……私、魔王とはなんの関係もないんだから！」

「なんの関係も感情も持たないメスを、魔王さまがあんなに慌てた様子で追いかけてくるわけがないでしょう」

風の軍師は、私を月読に見えるように持ちあげて月読が近づいてくるのを待った。なんていうか、これって私、餌状態？　なんか枝に刺された虫というか、百舌《もず》の速贄《はやにえ》状態じゃない？

「さぁ、魔王さま。この娘は私が連れて行きます。これで白砂に未練はないでしょう。いっしょに私たちのところへ戻りましょう……すぐに、白砂大陸は魔王さまのものになるんですから、こんな胸が貧相なメスでなくても、よりどりみどり、好きなメスが選べますよ」

う……この魔族、私が気にしていることを言った！　胸が貧相だって！

じたばたと暴れて逃げ出したいけど、手が痛くて力が出ない。それに心なしか、体を覆っている防御魔法の力が弱くなってきたような気がする。手がかじかんできて、指先が痛い。

「つ、月読……き、聞いたでしょ……す、好きにすればいいじゃない。どんな相手だって、月読が好きなように選べば……」

うわ、言ってたら、また涙が溢れてきた。なに、これ。自分で自分を憐れんだところで、情けないだけなのに、やめてよ。私の体なんだから、私の言うことを聞いてよ！

「……だから、真昼がいいって言ったんじゃないか！」

月読は不機嫌そうに叫ぶと、手を振って、するりと黒い大鎌を顕現させた。

「刮目せよ……！」

月読は見た目にはかなりの重量があるように見える大鎌を軽々と振りあげ、怒気を孕んだ声で呪文を唱えはじめる。

魔王だけが使う天魔魔法の奥義だ。

ふわりと空に浮かぶ月読に魔力が急に高まって、その霊威に私の体が震える。こんなの、震えるに決まってるじゃない。弱まってきた防御障壁を通り抜けて、びりびりと肌が痛いくらい空気が振動している。

「うぅ……っ痛……！」

耐えられない。魔力がまるで打ちつける雪礫みたいだ。もし、風の軍師に手を摑まれてなかったら、私は一目散に逃げ出していたに違いない。

「我は高らかに絶望を謳う……」

呪文詠唱する声を聞きながら、ふっと痛みに意識が遠のきそうになったところで、魔王は大鎌で足下に大きく弧《こ》を描いた。

「隕石襲雨《メテオ・ストライク》!」

呪文の結びの言葉とともに、あたりの空気が一変する。パリンと薄ら氷が割れたときのような音がして――そんな気がして、呪文が成立する。

ただでさえ、灰色の曇天《どんてん》に覆われていた氷原の空に黒雲が湧き起こり、あっというまに夜のような暗さになる。その天変地異《てんぺんちい》は、何度、目にしても恐ろしい。こんなに簡単に天候を操ってしまうなんて。

この漆黒の空は、魔王の月読そのものだ。

強大で、他の追随《ついずい》を許さない、世界の理《ことわり》を超えた力。

そんな真っ黒な天空に私が圧倒されていると、次の瞬間、無数の流星が降り注いだ。

ひゅーんひゅーんどーんどーん――……。

光の筋が幾千、幾万……ううん、もっとかもしれない。ともかく数え切れないほどの火の雨が流れ、たちまち落下音と衝撃音が氷原に響き渡った。

凍っていたはずの海に火の雨が落ちて、どぼーんどぼーんと巨大な水飛沫をあげる。

うわぁ……あんなの当たったら死んじゃう。もう本当に呆れちゃうほどハイスペックな魔法使いなんだから、魔王さまってば!

なんて茫然と戦意喪失《せんいそうしつ》しかかっていた私とは逆に、風の軍師はひどく焦った声をあげた。

「なんてことを……魔王さま! おやめください! そのまま火の雨を降らせ続けては、氷の道が崩れてしまいます！」

――氷の道が崩れる？

風の軍師の制止の声を聞いて、私ははっと我に返る。

そうか……寒波のせいで海が凍りつき、樹海大陸と白砂大陸を繋いでいた氷が割れてしまえば、魔族の大軍勢は襲ってこられなくなるんだ。

「この娘がどうなってもいいのですね、魔王さま？」

風の軍師が長く伸びた爪を私の喉元に当てた瞬間、ひゅっと冷気が首を掠める。鋭い爪が凍りついて、パラパラと崩れ落ちた。

「ひっ……！」

「つ、月読……」

大鎌を手にして近づいてくるのは、幼馴染みなのか魔王なのか。

すっと大鎌の煌《きら》めく刃先を向けられて、恐怖を感じないわけがない。

「真昼、真昼はどうなんだよ……さっきは、俺のことが好きだって言ったくせに！」

「だ、だってあれは……雨水さまが……無理やり……」

無理やり口にさせられたのは事実だ。でも、やっぱり私は……月読が好き。

魔王の姿に畏怖を感じはするけど、それと恋愛感情は、まったく別だ。ずっと月読のことが好きだったんだから、翼が生えたぐらいで嫌いになれるわけがない。

――だけど、胸が痛い。

耳を垂れて情けない顔をしていた月読。私の忠犬のようだった幼馴染みはもういない。

そう思うと、胸がぎゅっとわし掴みにされたように苦しくなる。

「月読のほうこそ、私がいなくても、いいんじゃない……ひとりでなんでもできるし……昔みたいに私の言うことを聞いてくれないじゃない！」

バカバカ。月読のバカ。

叫びたい。泣きわめきたい。

でもバカは私も同じだ。ずっと月読は私を頼ってくれて、私も面倒を見てあげて――そんな関係がずっと続くと思ってた。月読が勉強ができないことに文句を言うふりをして、本当は安心していた。

姉弟のような幼馴染みの関係にこだわっていたのは、実は私のほう――。

「真昼は、なにもできない俺のほうがいいんだ？」

「それは……」

違うとは言えない。

「だって月読がなんでもできちゃったら……私の居場所がなくなっちゃう。私なんて、優等生だっていう以外、なんの取り柄もないんだもの……！」

むしろステータスの魔法なんて使える分、嫌がられることがあるくらいで。

魔王の月読みたいに、ものすごい能力を持っていない。誰かが墜落したときに、とっさに助けられる力なんてない。精霊魔法なんて、苦手だし、魔法使いとしては、三流もいいところ。

ううん、三流だって厳しいかもしれない。

涙をぽろぽろと零していると、月読がいつになくやさしい声で告げた。

私がずっと言って欲しかった言葉を――。

「別に、魔法が使える必要なんてないだろ。俺がその分、使えるんだし……」

幼馴染み同士、ずっと助け合ってきた。

私ができることは月読ができなくてもよくて、反対に月読ができることは私ができなくてもいい――それはずっと、私と月読の間の不文律《ふぶんりつ》だったのだ。

「真昼は真昼のままでいいよ……俺は、そのままの真昼が好きだから……お姉さんぶってたのだって、半分くらいは強がってただけだって、わかってる」

ちょっ……なにそれ⁉

強がってなんて――いなくもなかったけど、気づいていたなら、そういうのはもっと前に言ってよ！　本当に月読ってば、空気が読めない子なんだから！

いたたまれない。恥ずかしくて死にたい。もう耐えられそうにない。限界だって思うのに、月読が恥ずかしい言葉をぽんぽんと言うから、私の顔は羞恥のあまり沸騰《ふっとう》寸前だった。

「俺は真昼のことが好きだよ。世界で一番、真昼がかわいい。つやつやの黒髪も、そんなに大きくないって思ってる胸も好きだし、強がってるところだって、嫌いじゃないよ……」

か、かわいいって、かわいいって……月読ぃぃぃ。

それって、子どものころの「真昼ちゃんはかわいいねぇ」っていうのの延長じゃないの⁉

うわぁぁぁ。この天然めぇぇぇ。

やめてよもう、これ以上私のガラスのチキンハートが持たないからっ。そう心の奥底から叫んだのに、月読には届かなかった。さらに恥ずかしい言葉の続きを聞かされる。

「でもさ、あんまりにも弟扱いされるのは最近ちょっと俺だって嫌で……だって真昼。ときどき雨水にぽーっとなってたし」

う……それは確かに。そっか……私が女の子たちに焼いていたみたいに、月読も雨水さまに嫉妬していたんだ。

「毎日毎日、真昼に会いたいし、いつも真昼のこと、抱きしめたいなぁって思ってる。この気持ちが、たぶん愛してるってことじゃないかな？　真昼は違うの？　俺に子作りしようって言ってきたくせに、真昼は俺のこと、好きじゃないの？」

「そんなの、月読のことが好きだから言ったに決まってるでしょう!?　バカぁ……！」

月読の告白を聞かされて、恥ずかしさの沸点が振り切れた私は、思わず叫んでいた。

うあああ、もう。告白させられてしまった。しかも二度目！

月読が私の『好き』という一言を聞いた瞬間、ぱぁっと満面の笑みを浮かべたのが見えた。しっぽ代わりの翼もパタパタ揺れている。ああ、もう。月読ってば、こういうところ全然変わってないじゃない！　か、かわいいやつめ！

なんて実は『ツンデレ』している場合じゃ、なかった。

「私はこんなメス、魔王さまの相手として認めませんよ!?」

私の後ろ手を摑む風の軍師が力を籠めた瞬間、長い爪が肌を裂いたのだろう。鋭い痛みが走る。敵の前で告白させられた状況もどうかと思うけど、それ以前に、私は風の軍師に捕まったままだったんだよね。

「うあっ……！」

痛みに呻き声をあげた私を見て、月読がすぅっと表情を変える。魔王の冷酷な顔で、手に持つ鎌であたりを払う仕種をした。呪文を唱えるモーションだ。そう理解したとたん、圧倒的な霊威が月読から放たれた。

「戦慄《せんりつ》せよ、世界。時空の摂理《せつり》よ、我が声に従え」

知らない呪文を唱える魔王は怖くて、恐れおののきたくなる。それでいて、見るものの目を奪って放さないほど妖艶だなんて。

はっきり言ってずるいと思わない⁉ 私なんて、強大な魔法も、人を惹きつける魅力もどちらも持っていないんだよ⁉ ううう……認めたくないけど、魔王の月読が呪文を唱える姿は、言葉に尽くせないほどかっこよかった。

べ、別に幼馴染みの贔屓目《ひいきめ》とかじゃないんだからねっ⁉

大鎌を一閃させながらの呪文の続きが氷原に響き渡る。

「開け、漆黒に沈む異界の扉。此方は天空の道。彼方は『樹海大陸の中心』に繋ぐ。我が眷属《けんぞく》、戦いに来たる樹海魔族と名乗るものすべてをその彼方へ跳ばせ！ 異次元跳躍《ワールドゲート・ワープ》！」

結びの言葉で術式が完成すると、パチンと泡が弾けるように、魔法が行使される。

「あ……れ？」

ふっと私を縛《いまし》めていた力が解けて、体が自由になった。あれ？

なにが起きたのかわからず、慌てて振り返れば、風の軍師の長衣を纏《まと》った姿が、氷原のはるか上空へと舞いあがっていくところだった。風の軍師だけじゃない。無数にいたらしい異形の樹海魔族——大小様々な大きさの獣めいた姿まで宙に浮かび、どんどん高くなっていくと、その姿が一瞬にして見えなくなった。

「まーおーうーさーまぁぁぁぁぁっ⁉」

なんて風の軍師の断末魔の叫びが聞こえたけど。いや、あれたぶん死んでないから、断末魔は違うんだけど。

ともかく、そんな叫びを最後に、氷原からは一切の樹海魔族が消えてしまったのだ。

「ええええええっ⁉」

待て。ちょっと待て。これってこれって……北方戦線、終結ってこと⁉

月読が呪文をちょっと唱えただけで終わりってどういうことよ？　ハイスペック魔王のチート呪文ったって、これはないでしょう⁉

呆気にとられすぎて動けない。そんな私に、大鎌を手にしたままの月読が近づいてくる。

「真昼……」

名前を呼ばれた私は混乱した。

うわぁ、ちょっと、風の軍師のバカぁ！　勝手に捕まえたくせに、簡単に私と月読をふたりきりにしないでよぉぉぉ！　まだ月読と向き合う心の準備ができてないのに！

颪の軍師に責任転嫁しても仕方ないのはわかっているけど、でもでも困る。どうしよう。

私が決断できない間にも月読がさらに近づくから、完全にパニックになってしまう。

「だ、だから……だって、月読だってひどいんだもの……避妊したいって私の気持ちを無視して、あんなひどいことをして……それって魔王だとか人間だとか関係ないでしょう⁉　嫌なことされたら、どんな人でも嫌だって……子どものころから教えたじゃない！」

「だって……真昼はもう俺と子どもを作るのは嫌なんだろ⁉」

「そ、それは……だって……つ、月読は魔王なんだから……月読と子どもを作ったら……いつか私の子孫がまた、魔王になっちゃうじゃない……」

ずっと恐怖を抱いてきた樹海魔族。その頂点に立つ魔王。

思っていたよりもずっと人間っぽくて、しかも私の幼馴染みだけど、物心ついたときからどんなに恐ろしい存在なのかと思っていた身からすれば、目の前にいる魔王の月読より、未来によみがえる子孫の魔王のほうが恐いのだ。

その不条理な感情を、どう説明すればいいのだろう。

「つまり、月読のことは好きだし抱かれるのはやぶさかではないけど、子どもを作るのは、気持ちが落ち着くまで、ちょっと待って欲しいって、そういうことだよね、真昼ちゃん」

「そう……そんな感じ……って雨水さま⁉　なにをおっしゃっているんですか⁉」

私と月読しかいないと思っていたら、いつのまにか雨水さまが近くにいた。びっくりした。

しかも、その向こうには暁兄さま。おまけに白砂王国軍の兵士までいるじゃない……これってなにかの悪い冗談なの⁉

「なるほど……まぁ、そうだな。おまえと月読は雨水さま公認の仲だ。だが事情が事情だから、確かに正式に結婚するまでは、子どもは作らないほうがいいだろう」

いつもは月読よりも私の味方のはずの暁兄さままで、うんうんとうなずきながら、そんな調停案を差しだしてくる。

なんで⁉　どうしていつのまにか、こんなに見物客が増えているの⁉

そんな私の心の声を読みとったかのように、雨水さまがにこやかな声で告げた。

「だって、樹海魔族軍は月読が……樹海大陸に跳ばしてしまったみたいだし、ここまで氷が粉々に割れてしまったら、もう一度、樹海大陸と白砂大陸が繋がるのは時間がかかるし……それに、いくら兵士といったって、痴話喧嘩《ちわげんか》は楽しいものなんだよ、真昼ちゃん」

そんなことで⁉　そんなことが理由で、私は衆人環視の前で、子どもを作るとか、好きとか嫌いとかを告白させられていたの⁉

冗談じゃないです雨水さま！　止めてくださいよぉぉぉぉぉ！

私の心からの訴えは、けれども言葉にならなかった。だってみんな見ているんだもん。頬が熱くなって、あわあわいう不明瞭な音しか、口からは出てこない。

そんな私とは正反対に、月読はこの状況に全然動じてないようだ。というか、冷静に考えてみたら、おかしい。月読はいつでも魔法を使って樹海魔族軍を追い払えたわけで……。

そんな能力があるなら、北方戦線に留まっている必要なんてなかったんじゃないの⁉

私の盛大な疑問をよそに、月読は暁兄さまの調停案を吟味《ぎんみ》していたらしい。

「……わかった。真昼がそんなに言うなら、ひとまず子どもは作らなくてもいい」

不承不承《ふしょうぶしょう》といった顔で、まるで妥協してやった！　みたいに言われた。しかも自慢げに！

おかしい。こんなの納得いかない。

「だから、そういう話じゃなかったでしょう――⁉」

私の叫び声が、天変地異をすぎて青空になった氷原に響き渡る。

あれ？　気がつかなかったけど、いつからこんなに晴れていた⁉　もしかして、月読が隕石襲雨《メテオ・ストライク》を使った影響なの⁉

立て続けに起きたありえない事態に困惑する私とは正反対に、白砂王国軍の兵士たちは和やかな戦勝ムードに包まれている。

あいかわらず空気を読まないのか、あるいは珍しく、戦争の終結に喜んでいるらしい周囲に合わせているのか、どっちだろう。私が怒りをぶつけているのを気にするふうでもなく、月読が私の手をとり、その甲にちゅっと口付けて言った。

「うん、だから早く結婚しよう、真昼」

「は？」

突然、なにを言い出したんだ。この空気を読まない眼鏡魔王は！

話が嚙み合っていない！　真っ赤になっているに違いない顔で叫びたいのを堪えて、私はぶるぶると震えていた。顔からいまにも火がでそうなほど恥ずかしかった。

「真昼のこと、愛してるからね！　だから、結婚しようね！」

そんなことを言う月読に、ぎゅっと抱きしめられてしまった。

うぅ、月読ってば月読ってば……。

恥ずかしいのにうれしい。久々に月読と話して抱きしめられたら、胸が熱くなってしまった。心のなかにあった氷の塊のようなものが解けて、ずっと意地を張っていた自分がバカみたいに思えるくらいだ。

だって私だって、月読のことが好き。好きだから結婚したいと思っていたんだもん。

あらためてそう思うと、今度は胸がいっぱいになって、涙が止まらなくなってしまった。

そんな私をぎゅうぎゅうと抱きしめながら、月読がくるくると回る。いつかしたみたいに。まるでダンスを踊るみたいに。

「真昼の体、冷たい……真昼はか弱いんだから、外に出るときには、ちゃんと上着を着ないとダメだよ？」

月読のくせに、そんな説教めいたことを言って、自分が着ていたファー付きの上着を私にかぶせてくれた。暖かい。月読の温もりを感じて、妙にくすぐったい。

「真昼、返事は？」

叱るように月読から重ねて言われ、私は唇を尖らせて返事をする。

「うぅ……ご、ごめんなさい」

く、屈辱《くつじょく》……なにこの羞恥プレイ⁉

いつも私が月読にさせていたことをやり返されている気分だ。なんだか複雑。

いたたまれない気持ちで私がうつむいていると、月読が言った。

「ねぇ、真昼。北方戦線の樹海魔族は全部、樹海大陸に俺が送り返したんだけど？」

「んん？　うん……そうだね？」

私はなにを言われたのかわからなくて、曖昧に返事をした。どうも月読の様子がおかしい。

ちらちらと私の顔を見て、なんだか褒めて褒めてって催促《さいそく》されてるみたい。

あれ？　ちょっと待ってよ。だって月読が言ったんじゃないの……弟扱いは嫌だって！

正直、さっきのいまでまだ困惑しているけど、幼馴染みとしての長年の勘が告げている。これはどうみても褒めて欲しがっている顔だ。

――まったくもう……月読ってば月読ってば……やっぱり月読なんだから！

そう思ったら、なんだかおかしくて泣きたくなってしまった。すんって洟《はな》をすすりながら、私は月読を正面から見上げた。

「う……その、月読……頑張ったね。え、えらいぞ」

こんな感じかな？　さすがに魔王を褒めたことなんてないから、わからないよ！

ええいっ。ついでに頭も撫でておこうかな？　私は半ばやけくそになって背伸びすると、月読のサラサラした黒髪に手を伸ばした。なでなで。よしよし。

どうやら魔王さまはそれで満足したらしい。背後のしっぽをパタパタと揺らした。あ、しっぽ違う。翼ね……魔王の象徴でもある六枚の漆黒の翼。

「真昼、じゃあ……ご褒美は？　ご褒美くれるよね？」

「ご、ご褒美ぃ？」

月読はこんなに頑張ったんだからと言わんばかりだけど、ほんの一瞬しか働いてなくない⁉　や、もちろんほかの誰にもできないし、見た目よりも大変だった可能性もあるんだけど……でもチートハイスペック魔王さま？　なんだか、そんな大変な感じは微塵もしなかったよね⁉

でもでも、漆黒のしっぽ……じゃない、翼が揺れているから、めちゃくちゃ期待されているっぽい。しかも月読の顔ときたら！　黒目がちな瞳をうるうるさせて、じっと私を見つめている。ちょっとだけ不安そうに。それでいて、期待に満ちた表情をして。

うう……なにその、かわいい顔‼　月読ってば魔王のくせに、その顔はずるい……。

だって、姉弟ごっこはもうやめるって決めたのに。それでも私はやっぱり、月読のおねだりする顔に弱い。

「しょ、しょうがないわね……。べ、別に私がご褒美をあげるようなことじゃないと思うんだけど……でもまぁ、いいわ。確かに月読にしかできないことをしたんだし？　今回だけ、特別だからね⁉」

こんなの、腕を組んで上から目線ででも言わないと、やってられないじゃない！

なんて思ってたら、月読はとんでもないことを言い出した。

「やったぁ、真昼、大好き！　じゃご褒美ね！　学校に戻って、しよう？」

ちょっと……このエロ魔王め！　避妊するとか子作りの話とか、さんざんしたあとでいまさらだけど、人前でなんてことを言うのよ⁉　なんて恥ずかしがっている場合じゃなかった。

なんといっても月読は、チートハイスペック魔王さまだったのだ。私が考える以上に。

「じゃあ、雨水。俺と真昼は、先に学校に帰っているから」

軽くそう言うと、手にしている大鎌で、身のまわりにくるりと弧を描く。

あれ？　もしかしなくても、これって呪文を唱える前の仕種？　混乱する私の耳にたったいま聞いたばかりの呪文の詠唱が響く。

「戦慄せよ、世界。時空の摂理よ、我が声に従え」

——え、ちょっと待て。これって……。

「開け、漆黒の異界の扉。此方は天空の道。彼方は『白砂王立第一魔法学校』に繋ぐ。我は彼方へ跳ぶ！　異次元跳躍《ワールドゲート・ワープ》！」

その呪文の結びの言葉で、月読と私の体は、ふわりと天空へと浮かびあがり——次の瞬間、眼下に見えていた氷原が消えた。

————世界が消えてなくなった。

‡　‡　‡

ハイスペック魔王、恐ろしい。

気がついたときには、私と月読は白砂王立第一魔法学校を見下ろす上空にいた。

本当に、過去の白砂王族はいったいどんな手を使って魔王を倒した……。今度雨水さまに聞いてみたい。

あれかな……やっぱり腹黒？　案外、騙し討ちだったりして⁉　うわ、まずい。私の思考、止まれ。私のなかでキラキラ輝く白砂王族のイメージが壊れちゃう。

そんなくだらないことを考えているうちに、月読が『子作りハウス』の前に着地した。ちゃんと、低空に近づいたところで魔王の翼をしまって、最後のところは飛行術に切り替える気遣いまで見せて。

「真昼の体、今日は俺が洗ってあげるね？」

なんて期待に満ちたきらきらした瞳を向けられると、こ、断りづらい。

ご褒美をあげるなんて言わなきゃよかったー！

後悔しても、もう遅い。月読はウキウキと温泉に入る準備をすると、私を引きずるようにして個室風呂へと連れこんだのだった。

「ふぇぇぇ……お、温泉………！」

いろいろと言いたいことがあったのに、湯船に身を沈めると、いやなことが全部吹き飛んでしまう気がするから不思議だ。

雨水さまや暁兄さまを北方戦線に置いて帰ってきてしまったことや、たくさんの白砂王国軍の兵士に月読が魔王であることを知られてしまったけど、ひとまず、また今度考えよう。

「真昼、すごく気持ちよさそうな顔をしてるね」

だって、温泉もだけど、くすくす笑いながら、月読が私の髪を梳くように撫でてくれるのだって気持ちいいんだもん。

いろんなことを棚上げして、問題解決が得意な雨水さまや暁兄さまが来たら相談すればいいや。と思うくらいには、気分がよくなっていた。だいたい、月読の能力のこともだけど、戦争の事後処理なんて私が考えることじゃないもんね。

そんなふうに心を決めると、気分がずいぶん軽くなる。そのせいか、月読の手がいつのまにか私のうなじに伸びて、顔を近づけられると、今度は素直な気持ちになって受け入れられた。

「んんっ……ふ、ぅ……」

唇を重ねて、離れて、角度を変えてまた口付けられる。

唇を唇で啄まれて、押しつけるように唇を合わされて、舌を絡められた。

「ん、う……っ、くよ……んんぅっ」

いきなり貪るように口付けられると、ちょっとだけ息苦しい。だから苦情を言おうとして名前を呼んだのに、舌先で舌裏を舐められたとたん、ぞわりと腰が疼いた。

うわぁ、ちょっと……は、早いってば！　まだゆっくりと体だって洗いたいのに！　そう理性は訴えるけど体は別だった。胸の先がじんと疼いて、ぴょこんと飛び出て硬くなっている。

口腔を蹂躙される口付けに、頭の芯まで甘く蕩かされていた。

「ゆ、湯船のなかなのに……ま、まずいよ。月読ってば！」

口先だけで抵抗してみせるけど、別に嫌だってことじゃないからね⁉

甘えた声で言ったから、そんなことは伝わったはずだ。ただ単に月読が手を止めないだけ。

私の胸の膨らみを手で覆い、ふにふにと弄びはじめる。わわっ。体も近いよ。肌が擦れると感じちゃうんだってば！

太腿に手をかけられたところで、びくんと体が跳ねて、私は体を抑えることができなかった。

ボチャンと、盛大な水音をあげて、湯船のなかに頭まで浸かってしまった。

だから言ったのに！　じたばたと手足を動かしたあとで、月読に体を抱きあげられる。

「……ッ、げほっ。月読のバカぁ！　湯船で遊んだら、危ないでしょう⁉」

鼻に入ったお湯を湯船の外に吐きながら、浴槽の縁でぐったりする。こんな注意をするなんて、子どもじゃないんだから！　って思うけど、いまさらだ。魔王の月読って、普段の月読にも増して子どもっぽいと前からうすうす気づいてはいました！

「だって……ご褒美なんだから、真昼のこと、好きに抱いていいんだよね？」

浴槽の縁にぐったりした私の体の上に、なぜか月読が乗っかってくる。重い。しかも、腰を撫でるの弱いんだってば！

「ちょ……月読、やぁ……あぁんっ」

ちゅっ、ちゅっと、うなじに口付けられながら胸を撫でられて、鼻にかかった声が漏れる。

舌を絡めながらの濃厚なキスもドキドキするけど、軽いバードキスを首筋とか背中に降らせられるのも胸がきゅんってなる。なんだかとっても愛されている気にさせられるんだもん。

月読の唇に甘やかされているって感じで、嫌いじゃない。

「だぁめ。真昼がご褒美くれるって言ったんだから、もう真昼は、俺のものだからね」

ちょっとそれ、どういう論理よ⁉

月読ってば、雨水さまに嫉妬したときも、『真昼は俺のもの』だなんて言っていたけど、は、恥ずかしい。どこでこんな言葉を覚えたのかなぁ。うう、なんだかまだお湯に浸かりたいのに、のぼせそうだよ。

「んっ、やぁんっ……月読、胸の先、だめ……ひゃ、ぅ……あぁっ」

背中から手を回されて、両手で胸の先をくりくりされると、疼きはじめていた体に、あっというまに火がついた。赤い蕾を潰されるようにして弄ばれたあとで、くいっと縊《くび》れを抓まれると、「あぁんっ」なんて甲高い嬌声をあげて、びくびくと体が跳ねる。

「あ、はぁ……あぁ——や、ぁ……っ」

形を変えるほど胸の膨らみを揉みしだかれ、下肢の狭間に、濡れた蜜がとろりと零れる気配がした。やだ。お湯が汚れちゃう。艶めかしい吐息を零して、ぞくぞくと震えあがるような快楽に耐えていると、月読の手が下半身に触れた。

「やぁぁっ……っ、月読。そこ、ダメぇ……あっ——あぁんっ！」

温泉とは違う、ぬめりを帯びた粘液の感触に、私はまたびくびくと腰を揺らした。粘ついた秘処に指を滑らせられると、烈しく感じてしまう。私のいやらしい蜜を絡めて、月読の指がくちゅりと陰唇の入り口をかきまぜる。ぞわりと背筋に快楽に似た悪寒《おかん》が這いあがり、私は身を震わせた。

「真昼……そんな甘い声を出して、ダメだなんて言っても、ちっとも説得力ないよ……こんなに感じているくせに」

そう言うと月読は、私の太腿を開かせて、更に奥へと指を突き入れた。しかも二本も。

「ひゃあぁんっ……や、ぁ……あぁっ……月読、指、動かしちゃ、やだぁ……あぁっ」

お湯のなかなのに、指が動くとぐじゅぐじゅとぬめりを帯びた液が音を立てている気がする。いやらしい蜜が次から次へと溢れて、自分が感じていると思い知らされるようで、すごく恥ずかしい。

「ほら、真昼……感じているんだから、俺の指でイっていいよ？」

低い声を耳元で囁くのも止めて欲しい。月読の嗜虐的な声音は、冷たいのにひどく艶っぽくて、耳元で聞かされると、ぞくりとさせられて腰が砕《くだ》ける。

「ひゃ、ぁ……やぁんっ。月読、あぁん……耳元で、その声、ダメだってば……あぁんっ」

声に身悶えさせられたところで、指の腹で膣壁を撫でられ、お腹がきゅうっと収縮した。やだ。ぞわりと快楽の波が昂ぶって、体の芯が熱くなる。

「ほら、真昼……感じてるくせに……素直にイきな？」

昂ぶりを見透かされたように指を動かされて、またひどく感じるところを掠められた。びくんびくんと体が跳ねて、私の体は軽く達してしまった。

「や、ぁぁ……——」

気持ちいい。でもなんだか月読の言いなりにさせられているみたいで、すこしだけむっとしてしまう。ぐったりと体を弛緩させていると、月読が私の体に手をかけた。わわっ、ちょっと待って。達した直後に肌を触れられると苦しいんですけど⁉

「や、ぅ……肌、感じちゃう……ふぁっ」

月読から逃れたいけど、それさえ肌を擦ることになって辛い。どうすることもできずに抱きあげられると、水音がした。どうやら月読が湯船からあがったようだ。

「真昼のこと、洗ってあげるって約束をしたからねっ」

なんて、弾むような声で言われたけど、うれしくないっ。そんな約束は守ってくれなくていいっ。

「やぁんっ……月読！　体なんて、自分で勝手に洗うから！　ひゃぁっ」

いつのまに手にしていたのか、月読は片手に海綿を、片手に石鹸《せっけん》を手にしている。泡立てた海綿を肌に滑らせられると、変な声が口をついて出た。

な、滑らかな海綿、くすぐったすぎる！

「ほらぁ……真昼。動くと危ないよ？　真昼がしてくれたみたいに、たっぷり泡をつけて綺麗にしてあげるからね？」

にっこりと笑う月読の顔が、黒く見えるのは気のせいだろうか。

やだやだ。泡をつけて触られると、すごくくすぐったくってぞわぞわするんだもん。そんなの、感じさせられちゃうに決まってる。

ブンブンと首を振ったのに、月読は放してくれなかった。私を膝に乗せた格好で、お風呂用の椅子に座ると、またさらに泡を作って、海綿を私の胸に押し当てた。

「ひゃうんっ……やっあぁ……あぁんっ——月読、ダメぇ……ふぁぁっ！」

泡いっぱいの海綿で腋窩《えきか》をくすぐられると、抵抗したくても体に力が入らない。自慢じゃないけど、腋窩をくすぐられるのは弱いんだからっ。知ってるくせに、月読のバカぁぁっ。

暴れたくても動けない。たぶん、飛行術で固定されている。このチートエロ魔王！

うわぁぁぁんっ。ダメだ。くすぐったい。ぞわぞわする。滑らかな泡が滑ると、気持ち悪いのに気持ちいい。どうすることもできなくて、くてんと、されるままになっていると、くすくす笑いが聞こえた。

「ダメだなんて……あれ、おかしいな？　真昼の胸の先、こんなにツンとなって硬くなっているのに……ほら」

くるんと泡だらけの海綿で、胸の先を擦られて、全身に烈しい愉悦が走った。まるで、雷に打たれた瞬間みたい。「ひゃぁんっ」という甘い声を迸らせて、びくびくと痙攣したように身震いしていた。

「んー真昼、気持ちよくない？　こっちの胸の先のほうが感じるのかな？」

そんなことを呟く月読は、くるくると肌に弧を描きながら海綿を動かして、もう一方の胸の先も弄びはじめた。

「ひゃ、う……やぁんっ……あっあっ……！」

くるん、ぴょこん、ぐに。海綿でくすぐるように赤い蕾の縊れを擦られ、弾かれて、押し潰される。柔らかくて滑らかな感触が敏感なところを嬲ると、ぞわぞわと震えあがるような快楽がわき起こり、腰の奥が蕩けそうになる。「あっあんっ」という短い喘ぎ声が絶え間なく漏れて、もう止まらない。気持ちいい。頭の芯までどっぷりと快楽に侵されてしまった。

「ふぇぇ……つく、よみ……も、ダメぇぇ……気持ちいい……気持ちよすぎて、頭、おかしくなっちゃうからぁ……」

快楽に蕩かされたせいで、舌がうまく動かない。舌っ足らずなしゃべり方が恥ずかしいけど、それどころじゃなかった。こんなことを続けてたら、自分が自分でなくなってしまいそう。そう思ってしまうくらい、月読の手に昂ぶらされている。

「うまくしゃべれない真昼って……なんかかわいい」

必死になって訴えたのに、わけのわからない理由で褒められて、ちゅっ、なんて口付けられた。おかしい。そうじゃなくて、もう泡まみれで触られるのは嫌なんだってば！

「ん、ぅ……ふぅん……」

泡まみれで抱っこされたまま、キス。

滑らかな泡まみれの手で、腰を撫でられるのが、ぞわりと腰に愉悦を走らせる。肌を撫で回されながら、舌に舌を絡められると、頭の芯まで蜂蜜を流されたように甘く蕩かされてしまう。気持ちいいとか気持ちよくないとか考えられない。月読。頭のなかまで月読のキスでいっぱいになる。

舌が甘く痺れているから、きっといまもうまくしゃべれないんだろうな。

「……んんっ、真昼……まだまだ洗ってないところ、いっぱいあるよ？　ほら、ここ……また蜜が溢れてる」

くすりと意地悪い声で言われて嫌な予感がした。やだ。って思うまもなく、泡まみれの海綿で秘処を擦られてしまった。

「ふぁ……あぁっあっ——や、ぁんっ、だ、めぇ……あっあぁ——！」

蜜を零して愉悦にひくついていた陰唇に、やわらかい海綿なんて凶器だよぉぉっ。しかもきめ細やかな泡まみれ。感じないわけがない。私はたちまち甲高い喘ぎ声をあげて、びくびくと身悶えした。やだ。胸の先もダメだけど、これはもっとダメ。

抵抗しようとしたところで、

「真昼、往生際が悪いよ。ほら、かわいい真昼のいやらしい芽が、こんなにぷっくらと膨らんでる……触ってって俺に訴えているみたいだよ」

そんな言葉とともに、陰唇のひどく感じる膨らみを海綿でつつかれたから、たまらない。

「ひゃ、ぁぁ——月読ぃ、やぁんっ……だ、め、あぁんっ……こんなの、あっあっ——っ」

くちゅりと、泡と陰唇をかきまぜる音を聞きながら、私はまた絶頂に上りつめさせられた。

真っ白な快楽のなかに、意識が吹き飛んでしまった。

「ふ、ぁ……あぁん……」

月読のバカぁ……こんなの、こんなの、もうやだぁぁぁ。

性奴隷よりはマシだけど、好き勝手をされているのは変わりない。

「うぅ……もっと普通に、新婚っぽく抱かれたいのにぃ……」

自習室の机の上とか、お風呂のなかとか。なんかそれ違う。くすん。私だって、女の子なんだもん。好きな人と体を契るのに、ささやかな夢くらい、あったのに！

月読の膝の上で、ぐずぐず洟をすすっていると、ざぱんとお湯をかけられた。うぁっ。泡が流れて気持ちいいけど、ちょっとびっくりした。ずっと肌を敏感にさせられていたから、熱いお湯が流れるだけでも、感じてしまうんだってば！

「お風呂、楽しいのになぁ……」

なんて月読はぶつぶつ独り言を言っていたけど、どうやらいやらしいことをするのは、もう終わりらしい。お湯で泡を洗い流したら、また湯船に運んでくれた。

あったかい。体が芯まで暖まる。

なぁんだ。月読ってば、いっぱい氷原で口喧嘩したから、私の気持ちも考えてくれるようになったのねっ。やったぁ。寒い思いをした甲斐《かい》があったじゃないの！

そんな自分に都合よく考えた私が甘かった。月読は確かに私の希望を聞いてくれたけど、ただ単に場所を変えただけだった。

「じゃ、新婚っぽくベッドでしようか」

なぁんて……うぅぅ。このエロ魔王が、泡々海綿攻撃だけで許してくれるわけがなかった。

ゆっくりと暖まることができたのはいいけど、部屋に戻ってくるなり、ベッドに運ばれた。

文句を一言でも口にする隙はなかった。

いきなり落とされて、「ぷはっ」という声が漏れる。やわらかなスプリングが利いているから痛くはないけど、びっくりした。

「真昼のご希望どおり、ベッドの上で新婚ごっこしようか……朝まで奥様を寝かせなければいいんだよね？」

「は？」

上から月読に覆いかぶされて、にっこり笑っての俺様発言。

だから月読ってば絶対、いやらしいことをするとき、性格が変わってるってば！

「当然でしょ？　だって真昼ずっと俺のこと、無視してたんだもん。朝まで抱くぐらいで許すんだから、感謝してくれてもいいくらいだと思うな」

唇を尖らせながら言われた。うぅ……それを言われると、正直反論しにくいけど、でもあれは月読だって悪かったんだよ？　私だって、性奴隷扱いされて切ないほど悩んだんだから！

うーっと負け犬の心地になって私も睨み返す。うぅ、でも悔しい。月読が潤んだ瞳で睨んでくるほうがかわいい。

「ず、ずるい……月読！」

「え、なにが……？」

私が不満げに唇を尖らせると、月読はわけがわからないって顔をした。別にいいけど。こんな私の劣等感なんて、知られたくないし。

「……キスして、欲しい、な……月読ぃ……お願い」

まだ拗ねた気持ちをもてあましたまま、私はおねだりする。だって新婚ごっこだもん。これまではおねだりするのは月読ばかりだったけど、もう、お姉さん役はしないいんだもん。私だっていっぱい月読に甘えて、いっぱいおねだりしちゃうんだからねっ、覚悟してなさい！

そんなつもりで睨みつけていると、私の頭の上で、月読の顔が熟れた林檎《りんご》のように真っ赤になった。

「な、なに、それ……真昼……いつからそんな顔して、おねだりなんてするようになったの⁉ か、かわいい……真昼が恥ずかしそうに睨みつけてくる顔、もう絵に描いて永久保存しておきたいぐらいかわいい！」

「わわっ……！」

月読こそ、聞いているこっちが恥ずかしくなる台詞を口にして、私のことをぎゅっと抱きしめた。

――恥ずかしそうに睨みつけてって……おねだりなんて恥ずかしいに決まってるじゃない！いままでやったことないんだから！

自分でもわかってるくらいだから、月読に口にされるともっと恥ずかしい。バカバカ。月読のバカ。本当に恥ずかしいんだから、こういうときぐらい空気を読んでよ！　そんな苦情を言いたかったけど、ダメだった。体を密着させたまま、唇を奪われていたから。

「んん……ふ、ぅ……」

月読の唇を動かされながら唇を合わされると、ざわりと背筋に悪寒めいた震えが走る。唇がぷっくらと膨らんで鋭敏にさせられたところで舌に舐められると、腰が砕けそうになった。官能を掻き立てられて、体の芯が熱くなる。

——おねだりを聞いてもらってキスされるのって、すっごく気持ちいい……。

自分の言葉を受け入れてもらえると、唇から与えられる愉悦とは別に、心がとても満たされる。こんな気持ちでキスされたら、女の子は誰だって幸せな気持ちになっちゃうよ……ねぇ、月読。

何回も月読とキスしてきたけど、こんな気持ちは初めてだ。ドキドキもしているけど、すごくうれしい。楽しい。もっとキスしていたい。お風呂場でブラウスと制服のスカートを着てきただけだから、脚に足を絡められると、月読の制服のズボンが擦れる。布の織り目が肌を擦るのさえ、感じちゃう。

ああ、制服のスカート、皺になっちゃうかなぁ。先に脱げばよかった。

そんなことが気になったけど、月読と抱きあうのに夢中で、服を脱いでいる余裕はない。

月読の唇はだんだん唇から頬に、頬から耳元に移った。唇で首筋を吸いあげられると、くすぐったくて、「んんっ」というくぐもった声が咽喉から漏れた。

耳裏に舌を這わせながら、月読はすこし焦った声で言う。

「ん、ねぇ……真昼。さっきの顔、俺以外にしちゃダメだよ？　特に雨水には絶対にしちゃダメだからね？　約束だよ⁉」

「——は？　んんっ……なんでここで、雨水さまの名前が出てくるの⁉　ふぁんっ」

わけがわからずに聞き返したら、月読に耳朶を甘噛みされた。くすぐったい。なのに、ぞわりと背筋に愉悦が這いあがる。

「な、なに……やぁんっ、耳、くすぐった……あぁんっ」

甘噛みされたあとで耳殻に舌を這わされると、甘い疼きが下肢の狭間にわき起こる。

「俺が真昼を抱いてるときに、雨水の名前出すの禁止」

「はぁ⁉　なにそれ……月読が先に言い出したんじゃな……ひゃんっ」

また言い返そうとしたら、ブラウスの上から胸を揉まれた。さっき温泉に入ったばかりだし、ブラウスの下にはなにも身につけていない。浴室で月読に触られたあと、収まっていたはずの胸の先がまた疼きはじめて、ツンと白いブラウスの布を突きあげていた。

「やぁん、だ、ダメぇ……布が擦れて……あぁんっ——あぁっ」

月読の手で、膨らみを摑まれると、その真ん中がうっすら赤くなっているのが見える。肌が汗ばんで、布が透けて見えたのかもしれない。ちらりと見える形を変えた乳房が、やけに猥りがましい。

「胸の先に布が擦れて辛いんだ？　真昼……ね、俺が脱がせてあげようか？」

くすくす笑いながら、ねっとりとした声で囁かれた。耳朶をぞくぞくと震わせる甘い声で、月読がなにを考えてるのかわかってしまった。こういうとき、幼馴染みって難しい。うわぁん。わからないまま、無視しちゃいたかったよぉ。

でも私は耳まで熱くなったから、たぶん私が理解したことを月読にも悟られたに違いない。

「まーひーる？　ねぇってば」

もう一度、催促するように名前を呼ばれた。うぅ。なんかわからないけど、月読ってば私のおねだりがやけに気に入っちゃったみたいだ。

なんで、ああいう変なところに反応するかなぁぁぁ!?

「うぅ……だから……あぁんっ、やぁ……しゃべっているんだから、あっ、胸を揉まないでってば……ふぁんっ！」

さっきから何度も昂ぶらされていた体は、月読の愛撫にどんどん快楽を感じてしまう。

ばかぁっ。月読がして欲しいって言ったんじゃないっ！

きっ、と涙が出そうな目で睨みつけると、なんでだろう。月読が満面の笑みになる。

「ふふ……真昼が泣きそうな顔で、睨みつけてくるの、すっごくかわいい……食べちゃいたいくらい……んっ……真昼、大好き」

甘い言葉とともに、ちゅっ、なんて鼻の頭にキスされたってごまかされないんだからね!?

月読ってばひどい。人を泣かせて喜ぶなんて、このドSエロ魔王！　性格が悪いんだから！

なんて思ってたら、ブラウスのボタンに手をかけられたから、「脱がせて」なぁんて甘い声でおねだりしなくても、満足したらしい。まったくもぉぉぉ。

うぅぅ……気持ちは感じとれるけど、最近の月読ってば行動が読めない。

これはこれで新鮮でいいけど、口にしたら絶対月読ってば図に乗るから、黙っていよう。うん。いろいろと危険な予感がするし。

ブラウスを脱がされて、スカートに手をかけられたところで、私も月読のシャツを脱がせることにした。だってずっと私、月読に脱がされてばかりだったんだもん。たまにはいいよね？

私だって月読を脱がせちゃうんだから！

「あれ？　真昼が脱がせてくれるんだ？　今日はずいぶん積極的だね……よほど、喘がされたいのかなぁ？」

月読からは、からかい混じりにそんなことを言われたけど、無視無視。

下手に反応すると、藪蛇な気がするし。

シャツを脱がせて、肩を露わにすると、月読も下になにも着てなかった。別に訓練を続けていたふうでもないのに、やっぱり腹筋が割れている。どのくらい硬いのかなぁ……。

思わず興味本位で、唇を寄せてみた。う、あれ……思っていたより硬い。手で触れるより硬く感じる。

「なんだ。今日の真昼はずいぶん攻め気だね……それとも上でやりたいの？」

「は……？　上ってなに？」

月読は私のスカートをベッドの外に投げた。パサリと軽い衣擦れの音がする。

あーあ、スカート……。体の下に敷くよりはマシだけど、アイロンをかけないとダメだろうなぁ。なんて思いつつ、私は月読のズボンの留め金に手をかけた。

うぅ……見ないようにしていたけど、月読ってばすごくやる気だ。きのこ……じゃなかった肉棒が、ずいぶん窮屈そうだよぉぉぉ。

「つ、月読……これ苦しい？」

「苦しいって言ったら、真昼がどうにかしてくれるの？」

くすくす笑い返されたけど、あ、なんだかこんな会話、前にもした気がする。あ、あれ？　なんか聞かれると恥ずかしいな。うん……別に、魔王さまが望むなら、なんでもしてあげないこともないいんだけど……いや。やっぱこれも言ったら危険だから、黙っておこう。うん。

私が逡巡《しゅんじゅん》しているうちに、月読は自分で下着ごとズボンを脱いでしまった。その上、ベッドの上にごろんと寝転がり、

「真昼、俺の上に跨がって」

なんて無茶を言う。うぇぇぇっ⁉　ま、跨がるって月読のそれ、反り返ってるんですけど⁉　でも、動揺しても無駄だった。チートハイスペック魔王である前に、月読は飛行術が使える。私の体を魔法で持ちあげると、有無をいわさずに言われたとおりにさせられてしまった。

「ひ、ちょっ……っ、月読ぃぃっ……やぁんっ」

月読の腰に跨がった格好の私に、最後の砦のように残っていた下着を指先で引っ張られる。

「ちょ、やだ……月読、伸びちゃうでしょう⁉　や、やだぁ……あぁんっ」

抵抗して、下着を守ろうとしたけど、無駄だった。さっきから感じさせられて濡れていた秘処に、月読の肉棒の先を当てられると、ぞくぞくと愉悦が背筋を這いあがり、私は背を仰け反らせた。

「ひゃ、う……やぁ……っ、月読……あぁん、動いちゃ……ふぁ、あぁぅ……」

ぐりぐりと布越しに秘処を嬲られると、感じてしまう。なんてことをするのよっ、もう。体が跳ねたところで、下着を押さえておくことができなくなった。後ろから太腿の付け根まで引きずり下ろされ、露わになった秘処に生々しく月読のものを押しつけられる。

「ひゃ、あぁ……やぁ、月読、なか出しはしないって……約束、あぁん、したのに……ッ！」

腰をくねらせながら訴えると、月読がいたずらっぽく笑う。うう、ひどい。わかっててやってたくせに。

「あ、なんだ。やっぱり覚えてた？　しょうがないなぁ……かわいい真昼のお願いだから、聞かないわけにはいかないかな」

そう言うと、月読は近くのナイトテーブルから、避妊具の海綿を魔法で引き寄せた。

「じゃあ、俺が真昼のなかに入れてあげる」

「え、やぁ、いいっ！　そんなの自分でやるから……ひゃぁんっ……あっあっ……！」

ぐじゅり、と塗れた密壺のなかに海綿を入れられて、甲高い嬌声が寝室に響き渡る。

「やぁんっ、だ、ダメぇ……押しこめちゃ……あぁんっ！　月読のバカぁ……あぁぅっ」

肉槍を押しこめられるのとは違う。すっかり濡れているから、痛みはないけど、疼いている膣に入れられると海綿は冷たくて、異物感にぞわぞわと背筋が震える。感じて膣内がきゅううっと収縮したところに、さらに奥に押しこめられると、びくびくっと体を震わせてはまたしても達してしまった。

「ふぇぇ……やぁ……もう、月読のいじわるぅ……あぁんっ」

ぐりぐりと指先を捻るように奥に入れられると、ひくんひくんとお尻が揺れる。恥ずかしい。でも止められない。

「真昼が子ども作りたくないって言うから、協力してあげたのに、いじわるだなんてひどいなぁ……そんなことをいわれると、もっとひどくしたくなっちゃうかもよ？」

月読は嗜虐的でいて、ひどく魅力的な笑みを浮かべて、下から私を流し見た。うう、その顔やだ。畏怖を感じて戦慄させられるのに、ぞくぞくと震えあがるほどの愉悦を感じてもいる。

もしかして私って被虐趣味があるのかなぁ？

愉悦に蕩けそうになっている、私の体を月読は器用に浮かせて、申し訳ていどに残っていた下着を剝ぎとってしまった。ふたりして裸で契るのは、確かに新婚夫婦っぽいけど、私が月読の上に乗るのって、なんか違う！　心のなかだけで抵抗しても、体は別。甘く疼いた熱に内側から灼かれて、もう月読の言いなりになるしかなかった。

「真昼……ほら、腰を落として？　もっともっと、気持ちよくいじめてあげる」

誘いかけるような甘い声をかけられたあとで、ふっと腰が抜けた。たぶん、月読の魔法の支えがなくなって、陰唇に肉槍を挿入させられた。

「ひぃ、あぁ……あぁ――や、ぅ……つ、くよみ……あぁんっ」

悲しくもないのに、涙が溢れる。

体の奥まで月読の肉棒に穿たれて、ぞくぞくといままで感じたことがないほどの快楽が、つ

ま先から頭の天辺までを駆け抜ける。ぞわりと頭の芯まで愉悦に満たされて、甘く痺れた。ひどいって思うそばから、理性が吹き飛んでしまいそう。腰をわずかにあげさせられて、また下ろされて、体のなかで火花が散ったみたい。

「ひ、あぁ……やぁあっ……あぁん――あっ」

びくびくと快楽を感じて、鼻にかかった声をひっきりなしに零していると、だんだん意識が吹き飛びそうになる。かくんと体を崩して、月読の胸の上に体を投げ出した。

「ふぇんっ……も、ぉ無理……やぁ……月読、月読ぃ……ッ！」

なにをどうして欲しいのかわからないまま、月読の名前を繰り返す。すると、月読は頬に流れた涙を唇で拭って、私の体を抱きしめてくれた。

「ああ……もう。泣いている真昼もかわいい……もっといじめたくなって困るなぁ」

ちゅっ、ちゅっと頬から右の目尻に、首の傾きを変えて、左の目尻にと唇を落としながら言われても騙されない。どんなに甘い声で囁かれても、月読の言ってることはひどい。

なのに、体位を変えて脚を抱えられたとたん、また烈しい愉悦を体に打ちつけられた。

「真昼……真昼、ねぇ……愛してる。もうずっといっしょだからね？　約束だよ？」

月読の声は偉そうなくせに、どこか私に縋りつくような響きを帯びている。

――月読ってば、もう……。

「そんなの、わ、私だって……あぁんっ、愛してるに決まってるでしょう⁉……あぁっ」

そんな言葉をかけると、月読はいつものようにうれしそうにしっぽを振る代わりに、抽送を速めた。

ずくずくと、体のなかに肉槍が打ちつけられて、そのたびに、びくんびくんと大きく腰が跳ねる。気持ちいい。頭の芯まで快楽に満たされて、真っ白な波に呑みこまれていく。

「ふぁん……つくよ、みぃ……あぁ――あぁっ、あっ……あぁんっ――……！」

――ずっと、いっしょにいようね。

月読の首に腕を回し、ぎゅっとしがみつく。すると、月読も抱き返してくれた。うれしい。

月読、大好き！

「私、月読にそばにいて欲しい……月読が魔王だって愛しているんだからね？」

意識が飛びそうになる瞬間、小さな声で囁いた。

だってどちらも私の月読なんだもん……。

そう思ったのを最後に、私は真っ白な波に意識を呑みこまれてしまった。

朝までHするって言ってたのに、やっぱり疲れていたみたいで、そのまま朝まで、満たされた気分でぐっすりと眠ってしまったのだった。

エピローグ　私のとなりには魔王

私、真昼・ナナカマドは、ほんのすこし前まで学兵として戦っていました。

でもそれも、もう終わり。ある日突然はじまった戦争は、やっぱりある日突然終わりました。

魔王が現れたせいです。

顕現した第六魔王の強さは、魔法歴史に謳われていた以上のチートさで、よくもこれまで、魔王という存在が倒されてきたものだと戦慄するしかありませんでした。

しかもその魔王が、幼馴染みの月読だなんて……まるで悪い夢を見ているかのよう。

どこか頼りなくて、ずっと私のあとをついてきた月読。私が面倒を見てあげないとダメなんだから！　なんて思っていたのに、魔王になった月読と私の関係は逆転。

私は月読の言うことを聞かされるようになりました。ひどい。月読は私のことなんてもうどうでもいいんだ。なんて拗ねたときもあったけど、違ったのです。

ずっと私はお姉さん風を吹かせて、月読は弟みたいに振る舞ってくれていました。でも、その関係ももう終わる時期が来ていたのです。

月読が魔王になってすれ違ったのは、ただのきっかけにすぎませんでした。

だって月読はもとから、『魔王』の一面を持っていたのです。そう気づいてはじめて、私は魔王の月読だって愛してるとわかりました。

第六魔王、月読・フユモリ。

月読は樹海魔族の宿願を果たすよりも、私といることを選んで、白砂王国に残ってくれました。だから、白砂王国の魔法歴史には、第六魔王の復活は記されても、その討伐の日が記録されることはありません。

だってその魔王は、私といっしょにいまも学校に通っているのです——。

‡　‡　‡

「まーひーるー！　真昼ってば、終業式に遅れちゃうよー」

今日は白砂王立第一魔法学校の一年の終わりの日。

月読が北方戦線で魔法を使ったあともいろいろあったけど、最終的には戦争終結宣言がされ、私の失われていた日常も返ってきた。

——今後の進路をどうするのかといった問題とともに。

実を言うと、魔王の月読に抱かれて自暴自棄になっていたときに、かなり学校を休んでしまったのだ。だって、とてもそんな気分じゃなかったし。国のために私が犠牲になってるんだって、悲劇のヒロインに酔っ払っていたと言われればそれまでだけれど、周囲の目も恐くて、とてもじゃないけれど、普通に毎日教室に出てくるような剛毛が生えた心臓は持ち合わせていなかったんだよね。情けない。

　さすがにそれまでの素行がよかったことと、雨水さまの口添えのおかげで、落第だけは免れた。とは言え、もともと魔法学校では無断欠席に対して厳しい処分が下ることが多くて、私の成績はガタ落ちしてしまった。これまでの努力がぁぁぁっ！

　でも仕方ない。ずっと頑張ってきた優等生をやめてしまうぐらいショックだったんだもん。

　終業式を行う講堂へと向かいながら、隣に並んで歩く元凶を軽く睨みつける。

「ねぇ、真昼。魔導士資格なんてなくても、もういいんじゃないかな……雨水に頼めば、きっとどこかで雇ってくれるよ」

　そんな堕落したことを言う、外見だけはのほほん眼鏡の幼馴染み。

　転生したのを機に、一人称の『僕』が『俺』になり、『雨水さま』を『雨水』なんて呼び捨てにするようになった——一応、魔王さま。

　その能力を発揮すれば、白砂大陸中を恐怖に陥れるに違いないチートクラスの魔法使い。

　またの名を、第六魔王。漆黒の六枚の翼を持つ。

「早く結婚して、子どもを作る気になろうよ？　ねぇ、真昼ってば」

　私は月読の訴えに答えなかった。周囲には他の生徒が歩いていて、見慣れたニヤニヤ顔が手ぐすね引いて、冷やかそうと待ち受けているのを見つけてしまったからだ。

「ひゅーひゅー、おふたりさん、あいかわらず仲がいいねぇ」

「子どもができるのも、時間の問題じゃないのぉ？」

友だちのユカリとマサゴだ。

ふたりとも、月読が魔王だとは知らない。でももう戦争が終わってしまったあとでは、言う必要もない気がしている。だって、真実を知らせて、無駄に怖がらせても仕方ないもんね。

あいかわらず月読を追いかけ回す女生徒はいるし、むっとしてバラしたいときもあるけど、月読は私を選んでくれたんだし、まぁ気にしないことにしている。

「でもさ、魔王っていったいなんだったんだろうな？　本当にあれは魔王だったのかな？」

誰かがときおり思い出したように、そんなことを言う。

たいていの人からすると、一瞬だけ現れて、消えていなくなった第六魔王は謎の存在だ。

北方戦線の兵士のなかには、魔王と私——雨水さまが連れていた女子高生が痴話喧嘩したのを知っている人もいるけど、一応あれは箝口令《かんこうれい》が敷かれている。もちろん、雨水さまが手を回しました。

「えー……俺はナノカ岬砦に現れたのは、本当の魔王じゃないと思うなぁ」

なんて言うクラスメイトの隣りに、実は魔王はいる。昔のようにのほほん眼鏡の顔をして、でもときには、妙に色香を漂わせる男子高校生として。

——ふぁぁ、なんて終業式にのんきにあくびをしている顔を見たら、誰もこれが、白砂王国が畏怖する魔王だなんて思わないだろうけど。

「ねぇ、真昼。このあと、雨水のところでパフェ作ってもらおうよ」

終業式が終わると、月読はたたたっと私のそばにやってきて言う。

「月読ぃ……せめて、人前では『雨水さま』って呼ぼうよ……私の心臓が壊れちゃう」

お姉さんぶっていたときと違い、軽くたしなめるようにして、ツッコミを入れる。

実はこのところ、甘いものが好きな魔王さまは、雨水さまの部屋の甘味にめっきり餌付けされているのだ。

雨水さまは腹黒をお持ちだけど、どうやら数少ない有翼高次魔族としての月読に同族意識を持っているところがあるようで、この餌付けの意味はなんだろうなんて、私が考えてしまう。

まぁ、そんなに深い意味はないのかも知れないけど。

‡　‡　‡

大学男子学生寮の、きらきらと眩しい、雨水さまの雅やかな部屋。

「ああ、今日は高等部の終業式だったんだ。春からは三年生だね」

月読とふたりで顔を出すと、雨水さまはにこやかに出迎えてくれた。どうやら、大学部は授業が少ない時期らしく、暁兄さまもいる。

「おまえら、また甘味を食べに来たのか……真昼なんて、最近太ったんじゃないのか？」

どきっ。暁兄さま、鋭い。月読につきあって雨水さまの部屋の甘味を食べに通ってるせいか、このところすこし、スカートがきついのだ。思わず、お腹回りに手を当ててしまった。

「ええっ。真昼は太ってないよ！　すこしふっくらしてるほうが抱き心地がいいし……食べようよ、パフェ！」

ううぅ……食べるのは今日だけ。明日！　明日からはダイエットするから！　なんて、よくある言い訳をして、私は甘味の魅力に負けた。

「はい真昼、あーんして？」

なんて、運ばれてきた甘味に手をつけると、月読は部屋のなかの空気を読まずに、自分が食べる抹茶パフェを綺麗にスプーンの上に載せて差しだしてくる。しかも、三つしかない桜の塩漬けまでつけて！

月読ってばもう……魔王のくせに、かわいいやつめぇぇっ。こういう太っ腹なところは、変わってないんだからっ。食べないわけにいかないじゃないっ。

パクリと、月読のスプーンを口に運ぶ。う……この味付け、おいしい！　桜のふんわりとした香りと、王室御用達ならではの上品な抹茶味のソフトクリーム。

やっぱり今日も絶品だなぁ。

「真昼、ねぇ」

――真昼のパフェもちょうだい。

そう言わんばかりに、きらきらと期待に満ちた瞳を月読は向けてきた。もちろん、わかっている。ただパフェをあげるんじゃなくて、食べさせてくれってこと。

「しょうがないなぁ……もぅ月読ってば……」

ここは雨水さまの部屋で、雨水さまも暁兄さまもいるんですけどね。

思わずため息を吐いたけど、だから余計に月読は私に「あーんして」っておねだりするのかもしれないなぁ、なんて思う。

月読って、いまだに雨水さまに嫉妬しているところがあるんだよね。

「はい、月読。フルーツパフェです。あーん」

私もどうにかスプーンに生クリームやら白桃やらを盛りつけて、月読の前に差しだした。パフェ用のスプーンって細長くてパフェを盛りにくいんだもん。なんて愚痴めいた考えはすぐに吹き飛ぶ。パクリ、と月読が食べる姿はかわいくて、見ていると、へらりと相好を崩してしまうからだ。

月読はフルーツパフェを食べ終わると、じっと私の顔を見て、

「あ、真昼。頬にクリームついているよ」

なんて言うと、顔を伸ばして、頬にチュッと口付けた。忠犬にぺろりと頬をひと舐めされる、そんな感じで。うわぁ……なにするのよぉぉぉ。きっ、と睨みつけると、月読はいたずらっぽく笑った。うぅ、バカぁ。

「月読おまえ、俺と雨水さまがいることを忘れてないだろうな?」

「え、やだなぁ……暁さん。もちろん、忘れてませんよ。暁さんも恋人を作って、同じことをやればいいじゃないですか」

わざらしく言って、さらに挑発するなんて……月読は暁兄さまにはある種、辛辣だ。雨水さ

まにするのとはまた違う方向で。私のことでさんざん邪魔されたからだろうか。

雨水さまは大人の余裕でくすくす笑いながら、私と月読を眺めている。

「さてさて……真昼ちゃんは、月読の攻撃にいつ陥落させられるかなぁ、ねぇ暁？　なにか賭けないか」

「そんな賭け、意味がないですよ……そんなことより、雨水さま。今度こそご自分の婚約者の心配をしてください……私だって陛下に泣きつかれているんですから」

ちょっとその話は禁止！　子作りなんて言葉を月読に聞かせたら――。

「真昼、子作り……」

「子作りはしませんっ」

ほらぁ！　月読ってば耳敏いんだから。こんな期待に満ちた目をされて、断る私の身にもなってよぉぉぉ！

雨水さまと暁兄さまをきっ、と睨みつけたら、心のなかを悟られたらしい。

「子作り、してあげれば？　真昼ちゃん。魔導士同士の結婚には補助金……まだ有効だよ？」

そんなことを言って、雨水さまは月読の肩を持つ。

うぅ……最近、ちょっと外堀を埋められている気がする。

雨水さまは特にそうだ。

『未来の心配より、いまの幸せをとってもいいいんだよ？』

なんて、私の心を揺さぶるようなことばかり言う。そのうち流されてしまいそうで、怖いような、本当はもう流されてもいいと思っているような——ちょっと複雑な心境。

——そんな、いままでと同じようで、すこし違う日常に、私は暮らしている。


月読のお姉さんを卒業して、私はちょっとだけ大人になった。

いまは弟みたいな幼馴染みから恋人になった魔王が私の隣にいる。

私がおねだりすると、月読は照れた顔で、ときには不承不承ながら、私のお願いを聞いてくれる。そんな新しい関係が、まだほんのすこしこそばゆくて楽しい。

まだしばらくは、この関係をふたりだけで楽しんでいたいな、なんて思うくらいには。

だからまだ、月読がしゅんとなったりする顔が見たいと思ってしまう間は、きっとこう言ってしまうのだ。


「魔王になった幼馴染みと子作りなんて……できるわけがないじゃない！」

なんて、冷やかされて真っ赤になっているに違いない顔で——。

〔終〕

† あとがき †

はじめまして。もしくは、こんにちは。藍杜雫《あいもりしずく》です。

ジュエルブックスさまでは初めて、藍杜にとっては十一冊目の本になります。

魔法学校に通うヒロインの真昼は、ある日、よく知っているはずの幼馴染み——ヒーロー、月読の知らない顔にどきりとさせられて⁉　という趣味に走ったチート魔法ファンタジー！　制服で戦うヒロイン！　月読は乙女系小説で大丈夫かわからないヒーローですが、愛していただけるとうれしいなぁ。大丈夫かなぁ（笑）。わりと変な話かも……ドキドキ。

もぎたて林檎《りんご》先生のイラストでお察し……中身はド☆ラブコメ♥です。打ち合わせで「高機《こうき》動幻想《どうげんそう》ガンパレード・マーチ」というゲームの話をしまして、それに触発されたネタだったのですが「まぁ、このプロットは通らないかな」と思っていたのが、なぜか本になりました（笑）。

担当さまが私のデビュー作の「ご主人様と甘い服従の輪舞曲《ロンド》」で「情念に溢れた作品」と仰ったことは、いまも忘れられません……じょ、情念⁉　みたいな……そんな担当さまをはじめ、この本の制作等々に関わってくださったすべての方に厚く御礼申し上げます。そして、手にとってくださった読者さま、気楽にすかっと楽しんでいただけたら、幸いです。

SSを藍杜個人サイトやお知らせ用メルマガに書いてますので、のぞいてやってください。

よかったら感想などもぜひぜひ！　お聞かせくださいませ～。

藍杜雫〔藍杜屋　http://aimoriya.com/〕

ファンレターの宛先

〒102-8584 東京都千代田区富士見1-8-19
株式会社 KADOKAWA アスキー・メディアワークス ジュエルブックス編集部
「藍杜 雫先生」「もぎたて林檎先生」係

http://jewelbooks.jp/

魔王《まおう》になった幼馴染《おさななじ》みとは子作《こづく》りできません!

2016年3月31日　初版発行

著者　藍杜 雫

イラスト　もぎたて林檎

発行者 ―――― 塚田正晃
発行 ―――― 株式会社 KADOKAWA
〒102-8177 東京都千代田区富士見2-13-3
プロデュース ―― アスキー・メディアワークス
〒102-8584 東京都千代田区富士見1-8-19
03-5216-8377（編集）
03-3238-1854（営業）
装丁 ―――― Office Spine
印刷・製本 ―― 株式会社暁印刷

小社ホームページ http://www.kadokawa.co.jp/

Printed in Japan
ISBN 978-4-04-865784-6 C0076